U0915708

生态视域下的英美文学研究

SHENGTAI SHIYUXIA DE YINGMEI WENXUE YANJIU

毕 晟◎著

四川大学出版社

责任编辑:杨　果
责任校对:杜　彬
封面设计:王国会
责任印制:王　炜

图书在版编目(CIP)数据

生态视域下的英美文学研究 / 毕晟著. —成都:四川大学出版社，2018.6
ISBN 978-7-5690-2045-8

Ⅰ.①生… Ⅱ.①毕… Ⅲ.①英国文学-文学研究②文学研究-美国 Ⅳ.①I561.06②I712.06

中国版本图书馆 CIP 数据核字（2018）第 152582 号

书名　**生态视域下的英美文学研究**

著　　者　毕　晟
出　　版　四川大学出版社
地　　址　成都市一环路南一段 24 号 (610065)
发　　行　四川大学出版社
书　　号　ISBN 978-7-5690-2045-8
印　　刷　郫县犀浦印刷厂
成品尺寸　170 mm×240 mm
印　　张　11.75
字　　数　221 千字
版　　次　2018 年 9 月第 1 版
印　　次　2018 年 9 月第 1 次印刷
定　　价　50.00 元

◆读者邮购本书,请与本社发行科联系。电话:(028)85408408/(028)85401670/(028)85408023　邮政编码:610065
◆本社图书如有印装质量问题,请寄回出版社调换。
◆网址:http://press.scu.edu.cn

前　言

生态文学产生和发展的主要动因，是从 20 世纪 60 年代以来愈演愈烈的生态危机。生态文学的兴起和逐步走向繁荣，是人类减轻和防止生态灾难的迫切需要在文学领域里的必然表现，也是文学家对地球以及所有地球生命之命运的深深忧虑在创作上的必然反映。外在的压力，甚至可以说是外在的强迫，与文学家的生态责任感、自然关怀和人类终极关怀相结合，为生态文学注入了强大的生命力。

生态文学不是一种传统的写作方式，不能把传统文学中关于自然山水、田园风光和动植物题材的写作称为“生态文学”。这是因为生态文学有着自身特定的内涵和取向，它的出现与现实自然生态和精神文化生态的危机，与生态科学和生态哲学、生态伦理学等思想理论的建构紧密结合在一起，有着极为丰富深刻的现实根源和思想理论依据。

全书共分为六章。第一章是对古代西方的生态观的概述。第二章分析了英美生态文学中的主要意象，包括自然的涌现与灵魂的守护、田园与荒野的诗意向往、乡愁与家园的呼唤、城市与异化的焦虑及动植物与生命之爱。第三章论述了生态文学的思想内涵：征服、统治自然批判、工业与科技批判、欲望批判、生态责任、生态整体观、重返与自然的和谐。第四章从生态视角来研究英国经典文学，包括彭斯的诗歌、华兹华斯的诗歌、济慈的诗歌和劳伦斯的小说。第五章从生态视角来研究美国的经典文学。第六章介绍了当代英美生态文学。

本书在撰写过程中参考和借鉴了诸多专家、学者的前沿研究成果与文献资料，在此向相关作者表示诚挚谢意。由于著者自身水平有限，书中错漏之处在所难免，恳请广大读者批评指正。

著　者

2018 年 1 月

目　录

第一章　古代西方的生态观

人类是大自然的一部分,而大自然是人类生存和发展不可或缺的外部环境。早在人类文明诞生以前的漫长岁月里,人类的祖先就和其他生物一样,从大自然获取资源来维系自身的生存和发展。当人类进入文明社会以后,在不同的文明阶段,对大自然也产生了不尽相同的认识。在古希腊古罗马文明时期,由于生产力水平和意识水平的局限,人类对大自然更多的是崇敬和敬畏。在古希腊古罗马文学作品中所体现出来的人类的自然观念中,虽然也有如荷马的《奥德赛》式的征服自然的豪情,但更多的则是对大自然力量的谦卑的歌颂,以及对回归古朴大自然的情怀的抒发。这两种思想感情在本章所选取的两位诗人忒奥克里托斯(Theocritus)和维吉尔(Virgil)的作品中有充分的体现。

在古代,人类对大自然的理解基本局限于自然崇拜与原始宗教的角度,打雷、下雨、干旱和洪水等大自然现象都被人类用宗教的形式予以解读。因此人类文明中出现了神的形象,人们对诸神的崇拜其实就是对大自然的崇敬。人类的一切活动必须遵循一定的法则——自然规律,否则就会惹怒神灵,遭到惩罚。在诗人维吉尔的作品《农事诗》中,诗人在每一章的开头都向和农业有关的神灵进行庄严的祷告。在维吉尔看来,人类的农业生产活动是一种和大自然的互动和交流,作物的播种、耕作以及丰收的过程实际上是人类利用自然规律向大自然索取资源的过程。农作物的丰收实质上是大自然对人类的恩赐。人类应该对大自然怀有感恩和敬畏之情。人类绝对不是至高无上的,并不能为所欲为。这种对神(或者说自然规律)的敬畏和尊崇的思想与后世所奉行的征服、改造、统治大自然的人类中心主义的思想形成了鲜明的对比。

当然,在古人眼中,大自然不仅仅是高高在上、喜怒无常的主宰者,它同时也是一种美好的精神寄托。在忒奥克里托斯的《田园诗》以及他后来的模仿者维吉尔的《牧歌》中,两位诗人都向读者展示了完全理想化的、远离现实的田园世界。在这个世界里,牧羊人放声歌唱,歌颂爱情和友情,过着恬静惬意的田园生活。但我们知道,这种世外桃源般的生活在现实中几乎是不存在的,作品所表现的仅仅是诗人对现实的不满和对美好生活的向往;或者更准确地说,对“回归”大自然的向往。

因为从人类发展的历程来看,人类本来就是来自丛林,起源于大自然的。但随着文明的产生和发展,人类逐渐脱离了大自然,建立起了属于自己的居住环境——城市。然而对现实生活的诸多不满又让人们对那种虚幻的、无忧无虑的生活充满了向往。此时,与城市文明生活相对的田园生活,便成了人们逃避现实的精神寄托。

第一节 基督教平台上的自然伦理生死对话

基督教在中世纪欧洲的全面统治将神性重新归还给自然,因为人们都无法否认圣经中提出的上帝创世说,《旧约・创世纪》一书中说世界是上帝用语言创造出来的,上帝说“要有光”,于是就有了光,上帝看光是好的,于是就造了穹隆、大地、万物和人类的始祖亚当、夏娃。这一神圣自然观伴随着基督教对欧洲至高无上的精神统治而渗入人的心灵,人们甚至极为热心于自然之物的形态和属性背后的神意,他们建起的哥特式教堂,那挺拔坚定的尖塔造型将人的心灵与上帝的天国神秘地联系在一起。

因此可以说,中世纪长达一千年的时间里,自然的神性几乎是得到了无限的张扬。

中世纪里自然的文学形象,最生动地体现在但丁的《神曲》之中。但丁在《神曲》中让早于他一千多年的维吉尔做他的导师,这也说明他对维吉尔所继承的古希腊神性自然观念的接受。但丁在他所生活的这个物质的世界内外又附着了一个更伟大的精神的世界,包括地狱、炼狱和天堂,这个伟大的精神世界里包含了人类伦理精神的最高境界,上帝的意志通过这个精神世界的各个区域里的各种神圣形象,对生活在物质世界中的人们做崇高神性的伦理评判。

《神曲》中这个精神的世界,其实与现实的世界是相通的:地狱有一个入口,它就在耶路撒冷城下,当然凡人是不能到达那里的,须乘船渡过那条阴阳分界的冥河;炼狱则是南半球海上的一座山上,底部与耶路撒冷相对,那里也有那些生平罪孽较轻的亡魂的入口;天堂是地球之上太阳系的诸天体,那里是基督教伦理观念中美德的所在，在那里，基督教的最高美德境界（即信、望、爱）与古代传统美德（即智、义、勇、节）的代表，被安放在月轮天、金星天和日轮天等天体上，智者如托马斯·阿奎那，正义的代表如修法典的查士丁尼皇帝，他们处在这真理的境界里对人间的政治行为予以评判。但丁在《地狱篇》中提到古希腊英雄奥德修斯晚年曾来到炼狱的山前，这位完成了复仇大业的英雄晚年时不甘寂寞，于是鼓动了一批水手航行到海上，当他们正要接近岸边时船毁人亡，奥德修斯也只好按其欺诈罪被发配到地狱第八圈第五断层，这里被火团围住，他在极度痛苦中追忆自己那次勇敢的航行。

《神曲》的自然思想并不仅限于将一个神灵的世界附着在一个现实的世界之上，如同维吉尔或荷马那样；但丁的这个世界更具有一种伟大的"原理的力量"，它支配着整个《神曲》的三界，更支配着我们所生活的这个自然世界。这个支配点就在九重天的高处，是为宗动天，这里是一切运动起源之地，从天体的运行到火的运动规律，无不源自这里的运动，而策动万物运动的则是上帝之爱。但丁在整个《神曲》结束时最后说到这种爱：

是爱也，
动太阳而移群星。

但丁的这种神性自然观不应被看作是"旧时代的痕迹"，因为他在这里坚持了古希腊人关于自然的智慧，他以崇高的上帝的观念向人们警示着自然的崇高。但丁在《神曲》中描述了基督教的原罪思想与"七罪宗"伦理观念，把骄傲视为人性的第一大罪，这不仅仅是在重申基督教的伦理观念，而且具有重大的生态伦理启示意义，因为人在与自然相处的关系中切不可骄傲。骄傲不是一种成就的感受，而是一种人性的致命错误，它的逻辑并不是要求人类在自然或神的面前永远自甘卑贱、躬身屈膝，它要求的是人类绝不能否认自己犯错误的可能性。从这个意义上讲，人类出自这一原因曾犯下许多严重的错误，尤其是在近代。工业革命所带来的科学崇拜更轻易地制造出罪恶与污染，社会变革所带来的世界秩序之争已通过两次世界大战和无数其他的战争剥夺了无数人的神性的生命。

但丁是古代神性自然的最后的热情歌者，是呵护人神和谐观念的最后一位骑士，而他所面对的竟然是这个世界对他的几乎是完全的拒斥。尽管当时他作为故乡佛罗伦萨的一名执政官，坚持真理，勇于斗争，但他还是在故乡的激烈党争中被迫害、被放逐了；尽管他已经享有了不起的诗人声誉，但他死后的几百年里竟仍然是诗名寂寞，因为此后的文艺复兴运动中，人们把彼特拉克奉为第一个人文主义者，而但丁只能在冥冥中承受后人对他更不公正的否定——例如伏尔泰，他就认为但丁只不过写了几个谁也不认识的佛罗伦萨人，这种怪异的书不会有人再读。从笔者的角度来看，但丁被否定意味着古代人类的神性自然观走向了它的否定，因为此后的欧洲精神主潮中，再也没有人像他那样，把自然的地位放到神的意志的高度。

文艺复兴所带来的自然观是人性的自然。所谓人性的自然，是指一种把自然视作人类活动环境或象征的自然观，它是作为宇宙中心的人类的一种附属，就像彼特拉克把鲜花、乡土和时间都放进他的歌里，而这一切只是因劳拉之美而美；也像乔叟笔下四月的生机：

夏雨给大地带来了喜悦，
送走了土壤干裂的三月，
沐浴着草木的丝丝经络，
顿时百花盛开，生机勃勃。
西风轻吹留下清香缕缕，
田野复苏吐出芳草绿绿；
碧蓝的天空腾起一轮红日，
青春的太阳洒下万道金辉。
小鸟的歌喉多么清脆优美，
迷人的夏夜怎好安然入睡——
美丽的自然撩拨万物的心弦，
多情的鸟儿歌唱爱情的欣欢。

《坎特伯雷故事集》（*The Canterbury Tales*）开篇的这些优美诗句，可说是人类歌颂大自然的范本，那生机勃勃的草木和百花似乎正喧闹着迎接英格兰人文主义的春天，并且诗人拟人化的表述“自然撩拨着万物的心弦”①使人感到仿佛他仍继承了赫西俄德对自然神祇的描述，但他这美妙的开篇语只是为了引出故事的主体框架，那一群朝圣者就是在这样美妙的气氛里出行了，并且为打发无聊讲了一个又一个来自现实生活中的故事。

---

① 〔英国〕杰弗雷·乔叟：《坎特伯雷故事集》，外语教学与研究出版社，1995 年，第 1 页。

我们在这里应当注意的是乔叟这种与人类心境相呼应的自然观。表面看来，乔叟这美丽的自然之花与华兹华斯的《水仙》中对黄水仙的咏唱也没什么区别，但实际上二者的主体地位却有本质的不同：乔叟可以转眼间丢开这美丽的自然叙事而进入那些诙谐的故事；而华兹华斯则不然，他是在同他的黄水仙进行心灵的交流，那美丽的跃动的无数水仙也能时时浮现在他眼前，一扫他心中的抑郁。

乔叟这种"环境气氛"式的自然观在莎士比亚那里达到了高峰，他的哈姆莱特对自然既有美好热烈的礼赞，又有阴冷抑郁的厌倦；从热烈赞美到否定舍弃只在主体的一念之差，仿佛是哈姆莱特"生存还是毁灭"的心理活动：

我近来不知为了什么缘故，一点兴致也提不起来，什么游乐的事都懒得过问，在一种抑郁的心境之下，仿佛这负载万物的大地，这一个美好的框架，只是座不毛的荒岬；这覆盖众生的苍穹，这一顶壮丽的帐幕，这个金黄色火球所点缀的灿烂的屋宇，只是一大堆污浊的瘴气的集合；人是一件多么了不起的杰作，多么高贵的理性，多么伟大的力量，多么优美的仪表，多么文雅的举动，在行动上多么像一个天使，在智慧上多么像一个天神，宇宙的精华、万物的灵长！可是在我看来，这个泥土塑成的生命又算得了什么！①

莎士比亚与乔叟的相通之处，在于他们都把自然看作人的心情的映衬，这种自然观的最直接作用，就是牢牢建立了人对自然的主体地位。在莎士比亚那里，人对自然而言，后来发展成一种主宰，正如《暴风雨》中的普罗斯彼罗那样，他手中的法术可以让他呼风唤雨，指挥精灵，甚至可以让他奴役凯列班——一个智力、文明程度都落后于他的"野蛮人"，而这个奇丑无比的人事实上也有常人的心理，尤其对被奴役的命运有一种深深的怨怒，正如现实世界中一切被压迫者一样。不过，骄傲的普罗斯彼罗绝不愿意承认这个丑八怪竟然与他同为上帝所创造，普罗斯彼罗在坚信人类善良天性的良知里仍保留了这一个小小的毒瘤，这是莎士比亚"诗的遗嘱"中最耐人寻味的地方。莎士比亚似乎不曾提到过但丁，但此刻他似乎像炼狱山第一坡上的但丁一样，思量着骄傲究竟为何成为人类如此普遍的罪孽。②

乔叟和莎士比亚的这种自然观在当时并未显示出任何负面的影响。人（特别是人的个体，individual）的主体意识的上升是对中世纪神权压抑的正常反动，无可

---

① 莎士比亚：《哈姆莱特》，朱生豪译，《莎士比亚悲剧六种》，山东文艺出版社，1992 年，第 300 页。

② 但丁在《神曲 · 炼狱篇》中承认自己有骄傲罪。

厚非；但是这种自然观在哲学上开辟的思路则对人类产生了极为深远的影响。这种自然观在启蒙运动中走向了极致。

欧洲的启蒙运动是人类历史上的一次伟大的进步，这一运动的最突出特点，就是把以往的价值观念统统拿过来，在理性的尺度下重新检验；启蒙思想家们从文艺复兴的先辈手中接过了“反封建、反教会”的精神旗帜，他们凭理性认识了完美的人类社会的理念，并且要以这种理念为蓝图，建立新型的社会关系，当然也包括人与自然的关系。

欧洲启蒙运动的伟大思想家们同时也是伟大的文学家，他们在这个特定的时代展开了理性的思考，对哲学、宗教、社会都提出了自己的理念。不少启蒙思想家在文学作品中都表现出重新安排世界的愿望，正如伏尔泰（Voltaire）的《老实人》（*Candide*）一书中，老实人康第德在游历了现实世界和一个叫作“黄金国”的理想境界后得出的结论，要“种自己的园地”，不少西方学者把伏尔泰的这个结论比作上帝对伊甸园的创造，这实际上也恰如其分地表达了伏尔泰当年的愿望。不过伏尔泰并没有表现如何去种他的园子，而如何种植园子，即如何建立理想的人间共和国，这一行为方式被歌德（Johann Wolfgang von Goethe）在他的巨著《浮士德》（*Faust*）中做出了形象的描述。浮士德在第五幕追求中获得了一片海边封地，于是他靠着魔鬼靡非斯特非利斯的力量，移山填海，要建立理想的共和国，这个国度里人人劳动并且各得其所，过着幸福的世俗生活，这正是启蒙思想家的伟大社会理想：

我愿意看到这熙熙攘攘的人群，
在这自由的土地上生活着自由的国民。

但歌德在上述表达中仍然保持了哈姆莱特式的深沉，我们从《浮士德》的叙事中，从魔鬼靡非斯特非利斯“协助”浮士德的行为方式中，感受到了歌德对启蒙运动理想的一种沉思。毕竟离开了魔鬼，浮士德寸步难行，而利用恶的力量去实现善的理念，这在建设伟大的理想共和国的行动中又会出现什么样的情形呢？

虽然歌德把靡非斯特非利斯定义为“作恶造善之一体”，也就是说，从理论上讲，利用恶的力量有可能实现善的目标，但他的叙事仍是极有保留的。在这项移山填海的工程里，有一对老夫妇做了现代意义上的“钉子户”，不肯搬迁；魔鬼按浮士德的命令前去动员，但他的行为方式只是露一下面，就让那对可怜的老夫妇“见了鬼”。浮士德由此忧愁而瞎了双眼。

歌德把这个描述的思考藏在一个小小的细节里，这个细节就是这一对老夫妇的名字，男人叫费莱蒙（Philemon），女人叫鲍琪丝（Baucis）。根据罗马神话，这一对老夫妇是极虔诚而善良的人。当时大神朱庇特和神使麦鸠利以凡人的模样来到弗里吉亚（Phrygia），他们处处碰壁，终于被这一对老夫妇收留了。大神心存感激便将他们的茅屋变成了神殿，并请他们表达自己最大的愿望。而他们最大的愿望就是双双生为这神殿里的祭司，死则同年同月同日同时。朱庇特最后应许了他们的请求。

这个神话故事对理解歌德的社会理想与自然观念都有十分重要的启示意义。首先是一对老人，他们是世界上最善良的人，但为达到建立美好人间共和国的目标而必须让他们死去，那么这个理想是否会因此打折呢？其次，更重要的是，这一对老夫妇是神意留在这个地方的，他们住的屋子虽然破败却真正是大神的圣殿；换句话说，这是神所安排的造物，与自然界有完全等同的意义，那么，这具有神性的自然，究竟应不应该改造呢？歌德在这里显然怀疑了浮士德移山填海的初衷，也怀疑了他自己和一切启蒙思想家们关于人间共和国的最高理念。当然，歌德在这里表现出了人类精神界一流大师的深沉，他并未使浮士德获得的那块海边封地真正变成一个人间共和国，那令浮士德为之动容、为之唱出他那天鹅之歌的共和国形象，实际上只是他失明后的幻觉——当时魔鬼看他快要死了，便命人给他挖墓坑；可怜的老浮士德还以为是移山填海的人间共和国工程已经开工了呢！

歌德的深沉与谨慎使他仅仅肯定了人类永不停息的追求精神，但他从不认为人会一贯正确不犯错误，而浮士德的五幕追求全都是错误、全都是悲剧，这也说明歌德对浮士德最后的这个追求，即启蒙运动的理想王国，开始感到了忧虑，他不能再向前走了。

而沿着这条启蒙主义道路继续高歌猛进的是尼采。从文艺复兴到启蒙运动形成的自然观最终到尼采那里迈出了真理通向谬误的关键一步，尼采宣称上帝死了。尼采针对的不是自然，而是传统的基督教道德，是人类社会和人类自身，但同样可以推论的是，人是自然的精华，是自然的最高境界；而在他的观念里，自然和人类都失去了以往的神性；人类全凭自己的理性来裁定是非，安排人类自己的命运，而理性则有些像潘多拉魔匣上的一把锁（如果它曾经有一把锁的话），而掌握这钥匙的仍是理性自己，这就像是财务室里的会计与出纳使用了同一个人。于是自然伦理也死了，变成了人类中某些精英分子任意宰割的畜群，最终实际上大部分人类都被物化，被扔进了这个大畜群。它的终极结果预示着人类的毁灭，因为全球的核武器已经蓄积了毁灭地球数十次的能量，而人类究竟是否有必要动用这些核武器，全凭少数精英人物之间心里感觉的平衡；而一旦这种平衡被破坏，地球就会变成广漠宇宙里任何一个无生命的星体，这是常识而非危言耸听。也只是到了这种境地，自然伦理才如同浴火凤凰一样重新建立起它再也不需要证明的权威。

第二节　忒奥克里托斯最负盛名的牧歌

忒奥克里托斯出生于意大利西西里岛，他的《田园诗》描写的也是西西里岛上牧羊人质朴的生活。但他的许多作品却并不是真正走到乡村里去创作的，而是在埃及亚历山大的宫廷里写出来的。诗人忒奥克里托斯用充满诗意的语言，向读者描绘了一个完全理想化的、远离现实的田园世界。在这个世界里，读者可以了解到牧羊人们的爱情故事，可以见证人们在唱山歌、辩论等丰富的活动中尽情享受生活的美好，感受到那种恬静和惬意。

但必须指出的是，作品中的田园生活并不是现实生活的真实写照，因为在诗人所生活的时代，西西里山区的生存条件是非常恶劣的，人们的生活也远没有诗歌中描绘的那么惬意和舒适。诗歌中的田园世界几乎完全是诗人凭想象虚构出来的。诗人通过对这种乌托邦式的田园风光和乡村生活的诗意的描绘，表达了一种对城市文明生活的厌恶和对大自然的向往；或者更准确地说，对“回归”大自然的向往。因为从人类发展的历程来看，人类本来就是来自丛林，起源于大自然的。但随着“文明”的产生和发展，人类逐渐脱离了大自然，建立起了属于自己的居住环境——城市。在诗人所处的公元前三世纪，埃及的亚力山大城已经有了高度的发展，城市里人口众多，商业十分繁荣。然而伴随着文明的发展，城市生活的问题也日益展现。人类虽然在物质生活上较以往更加富足，但精神生活方面却没有出现相对应的进步，反而出现了诸如贪婪、偷窃和杀戮等道德问题。因此人们逐渐对现实生活产生了种种不满。此时，与城市文明生活相对的田园生活，便成了人们逃避现实的精神寄托。也许诗人并不熟悉真正的乡村生活，但他依然用诗歌语言虚构了一个理想化的田园世界，以此寄托自己的精神理想。诗歌中西西里岛上的人们生活得非常恬静悠闲，并且精神生活十分丰富。这种世外桃源般的生活模式正是诗人所渴望和幻想的。诗人对田园生活的美化和向往与当代生态主义思想所倡导的回归大自然、融入大自然的质朴的生活观有诸多相似。

第三节　维吉尔的田园抒情诗

维吉尔(公元前70年—公元前19年),古罗马最伟大的诗人。维吉尔早年住在曼图亚(Mantua)附近的安第斯(Andes)一个小村的农庄里,父亲是个富足的农民,这使得维吉尔受到了良好的教育。他17岁时赴罗马,向当时最优秀的老师学习修辞学和哲学,著有长诗《牧歌》(*Eclogues*)、《农事诗》(*Georgics*),史诗《埃涅阿斯纪》(*The Aeneid*)等。

维吉尔最重要的作品是史诗《埃涅阿斯纪》。全诗12卷,1万余行,叙述英雄埃涅阿斯(Aeneas)在特洛伊城被希腊军队攻陷后离开故土,历尽艰辛,到达意大利建立新的邦国的故事(其后代奥古斯都建立罗马),以当地部落首领图尔努斯与埃涅阿斯决斗被杀结束。史诗借用神话传说歌颂罗马帝国,歌颂奥古斯都统治的历史必然性。其情节结构模仿了《荷马史诗》,但具体描写有自己的特色。全诗情节生动,故事性强,语言凝练。《埃涅阿斯纪》是欧洲文学史上第一部个人创作的史诗,自问世到现在,一直受到很高的评价。

维吉尔第一部公开发表的诗集《牧歌》(*Eclogues*)共收诗10首,具体写作年代在公元前70年至公元前19年之间。维吉尔的牧歌主要是虚构一些牧人的生活和爱情,通过对话或对唱,抒发田园之乐,有时也涉及一些政治问题。维吉尔的第二部作品《农事诗》(*Georgics*),写于公元前37年至公元前30年间,共4卷,每卷分别叙述一个农业问题:种谷、园艺、畜牧和养蜂。

维吉尔的《牧歌》大约问世于公元前39年,诗集的问世让维吉尔闻名全国。牧歌是一种精美的传统诗歌,它通常是诗人对在理想化的自然环境中的牧羊人和其他农人的淳朴恬静生活的描述。维吉尔的《牧歌》是对古希腊诗人忒奥克里托斯(Theocritus)所首创的田园诗歌的模仿,但同时又形成了自己的风格。《牧歌》以阿卡狄亚(Arcadia)山区理想化的田园环境为背景,通过流畅而精美的语言描写了牧人们的生活。他们或在阳光下歌唱他们的欢乐,或通过对大自然的景物的描述来悲叹爱情和死亡所带来的不幸。很多诗歌也暗含诗人想要表达的政治主题,有很强的现实意义。

《牧歌》由十首诗歌组成,该章节我们选录了其中的第十首来进行分析。这首诗中的伽鲁斯(Gallus)也是现实中的人物。他是罗马一位优秀的将军,同时也是一名出色的诗人。在安东尼于阿克丁战役失败后,伽鲁斯担任了罗马共和国的埃及总督,但最终却在政治斗争中遭遇失败。在这首诗里,伽鲁斯爱上了一名叫作吕柯丽斯(Lycoris)的女子,但她却随别人远走他方。情感上受到巨大打击的伽鲁斯只能对着自然界里的各种生命抒发自己的悲痛之情。牧人们也很同情他。最终他只能接受爱情残酷的现实。

在维吉尔的许多作品中,古朴的生态主义观点有较为明显的体现。在《牧歌》中,作者用生动的语言塑造了一个理想化的田园世界。在这个世界里,人类(以牧羊人为代表)和大自然(山川、动植物以及天神)并不是对立的。相反,人和自然和谐相处,并融为一体。人类并不是自然界的中心,不是其他生物的高高在上的统治者,而是和其他生物一样,是自然界不可分割的一部分。人类和自然界中的其他生物能够平等地进行情感上和思想上的交流。诗歌中,牧羊人总是把自己的喜怒哀乐向大自然诉说。此时,自然界就像人类的朋友,认真地聆听人类的情感表达,并且对人类的经历和遭遇感同身受。在这首诗中,一个人与自然和谐相处的理想世界生动形象地展现在读者的面前。当诗人为饱受恋爱折磨的伽鲁斯唱起哀歌时,自然界的一切都充满了灵性,像一个个知心朋友一样,能够感知伽鲁斯心中的悲伤。高山、动物和植物都默默地聆听诗人的哀诉,并为之落泪;而自然界中的神灵则不断安慰伽鲁斯。此时人和自然界中的其他生物并不是征服与被征服的关系,毫无高低之分。相反,双方相互理解、相互关联、高度融合。因此维吉尔笔下《牧歌》的世界,是一个人和自然高度和谐、密不可分的理想化世界。这体现了维吉尔的生态整体主义的观点。

维吉尔被但丁写进《神曲》,让他在地狱和炼狱两个境界里做自己的向导。因此可以说,维吉尔在欧洲人的自然观中具有一个非常重要的桥梁作用,他维系并发扬了古希腊人开创的神性自然的观念,并把它传递下去,形成了一个与以古希腊自然哲学为源头的物化自然相对应的思路。

第四节　浪漫主义文学的自然观

在欧洲文学史上,人的主体意识对自然的否定终于在启蒙运动和尼采的宣告里达到顶峰,然而,启蒙文学在提出改造世界、建立理性王国或人间共和国的同时,也提出了与之相对立的思想,那就是卢梭作品中表现的返回自然的思想,它启迪欧洲浪漫主义文学热爱自然的传统,进而形成了自古希腊起人与自然的关系的否定之否定,人对自然的认识又试图回归以往的神性。当然卢梭并不能完成这一否定,他的返回自然也不是主张让人回归森林与熊罴为伍。完成这一过程的是英国浪漫派诗人,在他们的诗中自然回归了以往的尊严,并在与人的心灵交流中与赫西俄德时代的神性自然相媲美。

浪漫主义诗人所带来的这种人与自然关系的否定之否定在哲学上根植于启蒙运动中自然神论的哲学思想,在文学上则重启了神话时代的自然观。启蒙运动在反教会的斗争中提出的是泛神论(Pantheism),这是一种认为神等同于自然的哲学观点,认为神就存在于自然界一切事物之中,由此否定了超自然的主宰或精神力量。就本质而论,泛神论属于唯物主义的无神论,只是仍然使用了神学的语言来进行其学说阐释。泛神论代表人物斯宾诺莎便认为精神和物质皆由"实体"派生而来,而这个"实体"便只能是神。

哲学上的否定之否定规律是一种螺旋式的上升,它在回归起点的时候其实又实现了新的升级,这种哲学的演变模式实际上也恰恰描绘着自赫西俄德时代到浪漫主义的自然观升级。这种升级表现为泛神论自然观的唯物主义属性和它的神学思维模式的结合。于是浪漫主义文学在强调自然的神性的时候,描绘了比神话时代自然观更准确、更优美的人与自然和谐关系的新篇章,这时的人类不再是宙斯掷出的雷电下瑟瑟发抖的弱势群体,也不是莎士比亚所说的宇宙精华、万物灵长,它是一种心灵的态度,其中既蕴含着自己神性的尊严,也赋予自然以神性的尊严,以此实现宁静而和谐的共存与交流。神性自然(divine nature)是英国浪漫主义诗歌最富有魅力的特征,其中蕴含着更加丰富的诗歌主张,我们或可以称之为"隐性的诗学思想"。它的内容主要是从认识论的角度表达人与自然的关系,而这一关系的最重要特征是从泛神论的出发点体察大自然的神性(the divinity of nature)。"神性自然"一词是对英国浪漫主义诗歌自然观的概括,与华兹华斯的"崇高景物"(high objects)同义:华兹华斯称大自然中蕴含着无所不在的宇宙精神和智慧。正如国内学者在评论华兹华斯的自然诗时指出的那样:"华兹华斯的泛神信念则是将上帝引入到所有存在物中,将超出经验世界之外的绝对价值引入世俗世界中,使世俗世界充满神性的辉映,获得神性的终极依靠与终极关怀,因而改变了生存的有限性与世界的无目的性。自然或卑微之物就在神光的普照中而拥有神性。”①正是基于这种认识，浪漫主义诗人几乎无一不尊重自然、崇尚自然，把自然看成是朋友和伴侣，不仅陶冶人的道德与情怀，更能激发人的灵感与智慧。

英国浪漫主义诗人在许多诗歌中都热烈表达了神性自然的意识，如柯勒律治在其诗歌中表达了“上帝与自然合一”的观点，在《致自然》(*To Nature*)中，他宣称上帝蕴涵于自然之中，自然是唯一上帝，对自然的敬畏便是对神的虔诚。

华兹华斯在描述孩童特有的禀赋的同时，还向我们展示了更深刻的思考，他说自己已经看不到童年时曾看到过的天国明辉，这当然是人类成长的必然规律：儿童生活在一个灵性的世界里，他把自然即周围的万事万物都看作和自己同样的灵性体，通过语言或其他行为同万事万物进行充分的交流；成年人是从这灵性世界中走过的，他用自己的逻辑思维能力把握了这个世界越来越多的现象与规律，从而使自己的自然观发生了质的飞跃，而自然的灵性便永远地在他心目中失去了神性，失却了华兹华斯所说的“神圣的明辉”。在华兹华斯描绘的这一过程里，人长大了，认识力增强了，却未尝不是一种遗憾，因为他再也看不到那个灵性的世界，正像亚当和夏娃吃了禁果便再也无法回到那象征着本初世界的伊甸园一样。他在这里向我们提出了一个貌似极浅显实则极深刻的问题：儿童眼里的带着神圣明辉的世界与成人眼里的物质世界，哪一个更接近世界的本质呢？

显然，这看来与《旧约》神话、柏拉图的理念说都极为相似的“明辉说”，其实有它更接近世界本质的地方：因为从欧洲文艺复兴到启蒙运动所建立的人类中心主义观念已经在真理的顶峰开始迈出了致命的一步，而这致命的一步，就是人在科学主义的极端狂热中任意地榨取自然、宰割自然并招致自然强烈的报复，而只是到了这时，人们才恍然悟出与自然和谐相处的道理，而人与自然的和谐相处则要求人在尊重自己的神性的同时尊重自然的神性。当我们开始感觉到自然的神性的时候，我们就想到了华兹华斯，他那孩童般的眼光，将我们带回到自然的神性中来。

把自然与儿童联系在一起是浪漫主义诗歌的又一特征。在浪漫主义诗人眼里，儿童、童心与自然一样是单纯、美好、未受污染的。华兹华斯的“儿童乃成人之父”这一有悖常理的惊人之言并非出于他的痴狂，而是华兹华斯以其诗性慧眼看到了儿童身上蕴藏着伟大而永恒的灵性。在《永生的信息》里，诗人强调“婴儿时，天堂展开在我们身旁”。显然，在华兹华斯看来，“人之初，性本善”“我们披祥云，来自上帝身边”，婴儿时，天堂就在我们身边。然而，随着“儿童渐渐成长”，是什么

① 易晓明：《华兹华斯与泛神论》，《国外文学》，2000年，第2期。

样的“牢笼的阴影”“便渐渐向他逼近”并进而使得“明辉便泯灭”呢？正如圣经里的隐喻一样，人类的孩提时代是伊甸园时代，儿时的人类不知善恶之分，生存在纯粹的自然之中，与之相伴的是山川虫鱼鸟兽，换言之，免于物质社会的浸染。随着人类的成长，人开始产生物性的欲望，也正因如此，夏娃才受到了魔王撒旦的引诱，从而走上了歧途。显然，华兹华斯在提醒人们是人类现代工业文明泯灭了人类原有的纯真与自然，成人应从儿童那里得到启示，不要被社会生活变得老于世故，应留一份纯真和一颗敏于感受自然的心。

拜伦在《但愿我是个无忧无虑的孩童》(*I Would I were a Careless Child*)中明确地表示：“我憎恨去碰一双双卑恭的手臂，我憎恨奴隶们围绕着我点头哈腰。让我回到我心爱的岩石群，置身其间，倾听大海咆哮激荡。我别无他求——但求重温我少年时就熟悉的自然风光。”可见，儿童善良、天真的本性是浪漫主义诗人们共同的追求，他们把拯救人类灵魂的希望寄寓于儿童，就是因为儿童具有自然、纯洁的心灵。

浪漫主义诗人对自然的虔诚不变、对自然的敏锐观察力和感受力不变，他们认为自然是快乐之源。他们认为乡村百姓的淳朴与自然同样保持着儿童的灵性和纯洁。与他们相比，现代人远离了自然，亲近只是偶尔之举，蓝天白云、羔羊溪水、花草树木以及鸟兽虫鱼等大自然景色很少引起麻木双眼的注意和麻木心灵的惊叹。人的悟性离开了大自然，失去了自然的支撑和依托，精明多了，智慧却少了，人的心灵被金钱和物欲所牵制，因而变得孤独与绝望，当然毫无快乐可言。相反，华兹华斯笔下的老迈克尔虽然生活清贫，但他挚爱羊群、了解自然、自食其力又有爱妻相伴，因而其精神世界是丰富的。济慈在《秋颂》第二节写道：“伴着谷仓，背着谷袋，随意坐在打麦场上，让发丝随着簸谷的风轻飘；有时候，为罂粟花香所沉迷，你倒卧在收割一半的田垄，让镰刀歇在下一畦的花旁。”开仓、打麦、捡穗、运粮，在田垄边美美地打盹，看榨果架上徐徐滴下的酒浆。庄稼人秋收后的喜悦与幸福充溢在字里行间，还有什么比这种生活状态更悠闲自在、更让人神往呢？人只有在这种自然的、未受工业文明侵扰的环境里保持人的天性纯真，获得真正的快乐和身心健康，也只有这里才是人性得以复归的理想之地。浪漫主义诗人之所以把自然与儿童和乡村百姓联系在一起，就是因为他们距离大自然最近，他们与大自然的交往是直接的、面对面的、不需要任何中介和修饰的，他们身上还保持着自然的灵性和纯洁，因而，他们应该成为现代人返回自然、重返精神家园的中介。

如果说回归自然代表着湖畔派诗人们面对资本主义工业化造成人性异化而渴望与自然相亲、相融进而净化心灵，老水手杀死信天翁遭到惩罚意味着生态整体的不容破坏，那么，诗人们对生与死同一的超然理解则最终诠释了人生于斯、长于斯，最终归于斯的自然伦理情怀。人世间的生与死常常是文人志士们抒发情怀的主题，或赞叹生命的伟大与奇迹，或感叹死亡的无奈与悲凉；而在英国浪漫派诗人那里却有着不同的含义，无论是华兹华斯、柯勒律治还是济慈、雪莱等对生与死的描述或认识，都有一个惊人的相似之处：生就是死，死也是生，生死界限模糊化。《我们是七个》（*We Are Seven*）是华兹华斯最著名的诗篇之一，诗人生动地描绘了在威尔士古德里奇城堡附近遇见一个乡村小姑娘时的情景。这位乡村小姑娘家原先有兄妹七人，后来珍妮病死，约翰冻死，只剩下五个。然而这位年仅八岁的小姑娘并没有按照一般数学公式来计算家庭成员，相反，她本能地认为躺在她家附近墓地里的珍妮和约翰仍然与她朝夕相伴，情同手足，因而他们并没有离她远去，他们虽死犹生。所以，诗的最后，小姑娘坚定地回答：“不，我们是七个！”柯勒律治在《墓志铭》（*Epitaph*）中面对他友人的死去这样写道：“他多年来劳作不辍、艰难辛苦，昔在生中寻觅死，愿今死中寻到生！”生与死哪个更有意义，在基督徒柯勒律治那里似乎并不重要，重要的是无论在哪里，我们与自然万物都是“上帝的儿女”，是相互依存在一个生态整体中的平等成员。济慈在《夜莺颂》里写道：“我在黑暗里倾听；呵，多少次我几乎爱上了静谧的死亡。”在诗人看来，自然界“夜莺的世界里”是没有死亡的，只有永恒的光芒。因此，诗人接着发出感叹：“永生的鸟啊，你不会死去！饥饿的时代无法将你蹂躏。”难怪华兹华斯写道：“‘诞生’其实是‘入睡’‘忘却’，那么‘死亡’就是重回‘上帝身边’‘我们的家园’，人、自然与上帝浑然一体。”这些都是浪漫主义诗人的一种生死同一、人与自然相融的超然境界。

浪漫主义诗歌中的自然并非单纯的、外在的物质自然，浪漫主义诗人在表现自然之美的同时，更多的是把自然视作连接诗人内心世界与外在世界的桥梁，通过描写自然使诗人内在情感客观化，真正地实现物我相融的和谐境界。雪莱的抒情诗《致云雀》（*To A SkyLark*，1820）就是他自我形象的象征。这只在蓝天上展翅高翔、放声歌唱的云雀，鄙视尘世的污浊，厌恶空洞浮华的腔调，以其真挚热烈的感情、优美朴实的歌声诉说着内心的忧伤和对人类的热爱，饱含着纯洁的自由精神。可以说，云雀寄托了诗人的精神境界、社会理想和艺术抱负，表现了诗人不倦地为人类寻找出路的使命感。《云》（*The Cloud*，1820）中的云“从海洋、从江涛”给人类带来“清新充沛的甘露”“冰雹的链枷”“纷纷雪片”，往来于海洋、天空与陆地，威武自由，造福万物。诗人也渴望自己像这旷野的流云一般自由穿行。《西风颂》（*Ode to the West Wind*，1819）中的西风，在作者笔下更是自由的象征和一股巨大的精神力量。西风所到之处，落叶四散飘舞；而“有翅的种子”又被撒向冬天黑色的土壤。

西风越过高山丛林，穿过大地海洋，气势磅礴，威力无穷。诗的结尾，诗人对未来充满了希望，表示了坚定的信念：“既然冬天已经来临，春天还会远吗？”诗人在这里以生动的比喻和丰富的形象，表达了自己对自由的渴望和对未来的追求。由于他对人类的无限热爱及对理想和自由的执著追求，他本身就已成为自由精神的化身，在他所倾注了情感的自然身上，也就无所不在留下他心灵的美丽火花。

济慈的《夜莺颂》表现的同样是诗人的内心情感：面对现实的痛苦，诗人试图凭借酒力达到忘我的境地，并随着夜莺的美妙歌声进入一个欢乐和理想的世界。诗人一边倾听夜莺的歌唱，一边驰骋自由的想象，不由自主地达到了一个永恒的境界。夜莺是欢乐和幸福的象征，代表着一种永恒的原则和崇高的境界。当然，彭斯的《小田鼠》(*To A Mouse*)、布莱克的《病玫瑰》(*The Sick Rose*,1794)以及华兹华斯的《水仙》等，无一例外地表现着诗人的内心世界，使诗人的内在世界与外在世界浑然一体，你中有我、我中有你，难分彼此。

浪漫主义诗人融自己的情感于自然山水之间，视人与自然平等、人的生死同一，进而沟通着人与人、人与自然以及人与社会之间的种种关系；同时，浪漫主义诗人把工业文明重压下的人的主体精神的自由、自然在人的生存与发展中的作用以及以上帝为中心的宗教教义统一起来看待，以期建立起一种人与自然、人与社会、过去的人与现在的人与将来的人联系起来的伦理道德原则。因而，我们从生态伦理角度关注浪漫主义诗歌，可以看到它们绝对不是简单意义上的山水自然诗歌，更不是缺少历史关注和社会关怀的无病呻吟。浪漫主义诗人们的自然观虽然有其超自然的、非理性的一面，但是它是以拯救人类灵魂、促进社会和谐发展的生态整体主义思想为其价值标准的理性思考。

第二章　英美生态文学的主要意象

生态文学世界是意象纷呈的世界，作家们通过不同的文学意象传达出他们对世界的生态关照、生态理解、生态思考和生态理想，很多意象由于自身具有丰富的生态价值内涵和可供展开生态反思的广阔空间，能较充分表达作者的内在生态体验而被作家反复书写。如“自然”“城市”“乡村”“荒野”“动植物”等，这些意象在生态文学写作中表现出许多与传统文学不同的意象内涵。

第一节　自然的涌现与灵魂的守护

生态问题最直接的就是人与自然的关系问题，作为整体的自然范畴和实体的自然现象描写在生态文学中占有重要的地位，自然意象也就有了独特的生态表现价值。我们说起自然时，总是把它与大地、生命、丰富、野性、和谐、自由、自在以及本色等联系在一起，“自然”不仅具有自身的生态内涵和价值，还以其巨大的包容性成为所有生命和存在得以生存发展的依据和背景。自然是生命启程和回归的地方，是所有生命得以存在和共生之所，它是人类文化孕育的摇篮，是生命状态的参照。无论是作为万物生命在栖居中展现的大自然，还是顺应天地法则、生命秩序的自然状态，自然一直处于人类物质和精神生活的重要地位，且与人的生存发展紧紧联系在一起。人类最早的文学就是在与大自然的交往中产生的，生态文化学写作也是在人与自然交往的过程中逐步确立起来的。

自然既是实体，也是本源。“自然在一切现实之物中在场着，自然在场于人类劳作和民族命运之中，在日月星辰和诸神之中，但也在岩石、植物和动物之中，也在河流和气候中……我们甚至也不能用某个现实事物来解释无所不在的自然。它在不知不觉中已经出现，阻止着任何对它的特殊驱迫。”①那么，应该如何认识和界定“自然“这一概念呢，柯林伍德在《自然的观念》中指出：

“在现代欧洲语言中，‘自然’一词总的说来是更经常地在集合的意义上用于自然事物的总合或聚集。当然，这还不是这个词常常用于现代语言的唯一语言，它还有另一个意义，我们认为是它的原义，严格地说，是它的准确意义，即本源。

……它总是意味着某种东西在一件事物之内或非常密切地属于它，从而它成为这种东西行为的根源，这是在早期希腊作者们心目中的唯一含义，并且是作为贯穿希腊文献史的标准含义。但非常少见地且相对较晚地，它也富有第二种含义，即作为自然事物的总合或聚集，它开始或多或少地与‘宇宙’‘世界’一词同义。”②

贾丁斯指出：“这种词义重心的转移意味着一个重大的观念转变：在近代思想中，‘自然物’取代了‘自然’的位置。”③自然一旦成为一种具有消费和使用价值的物体，人们过去对它的神圣感和奇异感也就消失了，自然遭到全面破坏的危机时代也就到来了。中国古文化中，“自然”更多的是从本源上来理解的。如老子的“人法地、地法天、天法道、道法自然”中的“自然”就是在这一层面上使用的，自然是左右所有的大道法则。而“在现代语境中，‘自然’一词，首先指向大自然，也就是日月星辰旅行其中、水火石土寄寓其中、花草树木生息其中、鸟兽虫鱼繁衍其中的作为人栖居之地的自然界”④。其实，无论我们是从本源的意义来理解，或是把自然视为一个整体总合来关照，还是将自然视为由无数实体组成的自然物，自然都是我们生存的根据所在。

中外历代文学作品中都大量存在着表现自然的文学作品。早期人类还处在孩童般蒙昧未开的状态，自我意识和对象意识还很朦胧，缺乏把自身与外部世界区分开来的能力，物我不分、万物有灵，自然与人和人的生命是一体的。从各民族最早的神话和传说看，尽管人类早期的神话可以借助神的力量实现对自然的控制，但实质上人对自然的感情和观念是建立在对自然的依附和敬畏之上的。人类起源的故事几乎都在诉说人与大地、与动植物之间的联系，所谓征服自然不过是一种虚幻的想象。在现实中，自然不会总是与人类保持人类所希望的“和谐”，它要按照自身

① 〔德〕海德格尔：《荷尔德林诗的阐述》，商务印书馆，2000 年，第 60 页。

② 〔英〕柯林伍德：《自然的观念》，吴国盛译，华夏出版社，1990 年。

③ 〔美〕戴斯・贾丁斯：《环境伦理学——环境哲学导论》，林官民译，北京大学出版社，2002 年，第 176 页。

④ 汪树东：《中国现代文学中的自然精神研究》，黑龙江人民出版社，2005 年，第 284、75 页。

的法则来运动和呈现。很多时候，如果仅仅从人类需要和愿望出发来看的话，大自然对人类并不总是仁慈的，它甚至有极为残暴和毁灭性的一面，尤其是自然灾难爆发的时候。当然，自然灾难不等同于生态灾难，自然灾难的直接原因是非人为因素，主要是自然地理运动造成。当自然灾难爆发的时候，甚至地球本身对自己也是无能为力的。比如，地震和火山爆发，整个世界被强大的力量所控制。当然自然灾难和生态灾难之间也有联系，很多自然灾难往往会伴随和引发生态灾难，这也是人们对自然力充满畏惧的主要原因。“基本上说，在传统的民间社会里，自然力经常被想象、被塑造成为‘神’；这些由人类创造出来的又‘异化’到人类对立面的‘神’给予人类许多的压力和庇护。神话与仪式的一个最重要的主题正是表达这种关系。”①从各民族早期的神话、传说来看，“自然神”几乎都居于主导地位。如，古希腊神话中就有大地女神、太阳神、海神、森林女神……当时的人类对自然的感情取向是矛盾的：既感激敬畏，又满怀恐惧和渴望征服的梦想。这是早期人类生态意识的表达。“土地依然是人类立足的根基，河流依然是人类发育的血脉，天空依然是人类敬畏的神灵，草木、鸟兽依然是人类生命亲和的对象……人们对自然既持有疑惧、敬畏的膜拜之心，又怀着亲近、依赖的体贴之情。”②而大自然的气象万千和不受人事束缚的自在状态使得其后的文学作品更多的是把自然诗意化为主观情感的载体和隐喻，自然成为人类精神特质的象征。

中国文学历来有着关心大自然的传统。早期的《诗经》里面就有关于大自然的描写，但那不过是一个起兴的作用，并没有将大自然作为一个有生命的形象加以特别描绘。此后，一些记述山水的文字，也大多把山水自然物象当作情感的外化和陪衬，很多脍炙人口的名篇佳句都把大自然作为一个陶冶人们心灵、涵养性情的寄托物，对自然本身的生命活力和人与自然的本源关系表现得不多，作家常常通过精神性的象征活动以形而下的实体性的自然物，如天、地以及万物等，来象征和表达人类对世界的理解，自然成为自然生命状态的写照和自由闲适心境的象征。中国传统文学在对意境的营造中创作了大量借景抒情、托物言志和情景交融的篇章。但总体而言，这类作品没有把大自然作为一个主要的文学形象加以描绘，作家的文学表达主要是对人而非自然，是站在人类主体关照的结果。此外，自然之所以成为中国古代审美文化的一个重要范畴，还因为它包含了“自由”这一内涵。在中国古代文献的绝大多数语境中，自然都不具有现代汉语中“自然”的“自然界”这一义

① 彭兆荣：《人类学仪式的理论与实践》，民族出版社，2007 年，第 327 页。

② 鲁枢元：《生态文艺学》，陕西人民教育出版社，2000 年，第 293 页。

项。中国古代文献中的“自然”大多取《老子》和《庄子》中的“自然”的内涵,此内涵学术界大多数学者都解释为“自己如此”,这是古代中国人对“自然”的最基本规定,自然如果是按其本性“自己如此”的话,那么,“自然”就是自然而然的状态。因此,在中国古典文学中,“是体现着自由内涵的作为理想状态的自然使自然范畴成为美学范畴,而实体性的自然则因为是体现着人类主体自由本质的作为理想状态自然的象征和确认而成为审美的对象,作为审美对象的实体性的自然的美学内涵植根于体现着自由内涵的作为理想准状态的自然。实体性的自然物像是以其外表形状和生命节律上与人类主体的自由本质异质同构而成为人类主体自由本质的象征和符号。至于作为对象的自然物本身的实质和内在规律,则很少在中国古代文人考虑范围之内,那是近代意义上的自然科学家所探讨的”①。

在欧洲文学历史上同样有书写自然的传统。早期的神话史诗中不乏大量描写大自然伟力的内容,自然成为人感知自我生命存在的巨大背景和舞台。面对大自然的变化,人们感受到大自然中蕴含和充满了不可知的神秘力量,人在自然面前是无能为力的,只有神灵方能对自然进行干预。早期人类生存资料的获得是没有保障的,只能依靠大自然的赐予,但这个春华秋实、充满生命更替斗争的大自然却激发了人类丰富的想象和无上的敬畏,自然绝不只是食物的来源和外在的环境,而且还是一个神圣的生命体,有着难以想象的力量和意志、丰富的情感和旺盛的生命力。作为它表象展示的日月星辰、风雨雷电、山川草木和鸟兽虫鱼,无不具有神秘的力量,充满着灵性和神性。它们不仅直接影响着人类的生死存亡,而且决定着人类的命运,人的生命存在是由大自然来决定的,大自然因而成为人崇拜的对象。卡西尔指出,原始人的自然观“既不是纯理论的,也不是纯实践的,而是交感的,即一体化的。这表现在如下两个方面:其一,动、植物和人处于同一层次,并不认为自己处于自然等级中一个独一无二的特权地位上;其二,各不同领域间的界限并不是不可逾越的栅栏,而是流动不定的,在不同的生命领域之间没有特殊的差异,一切事物可以转化为一切事物”②。当人们为了自身的生存而不得不从自然界获取物质生活资源时,他们把这一切看作是自然的无私馈赠或赏赐。因此,人们在劳动之前,会谦卑地向自然祈祷;收获之余,也真诚地向自然感恩。对大自然的雄伟神秘和力量,他们没有太多好奇,因为无端地探究和窥视自然的奥秘,同样是对自然的不敬、亵渎。更多的时候,他们只是用心去凝视,坦然接受大自然赐予自己的命运

---

① 赵志军:《作为中国古代审美范畴的自然》,中国社会科学出版社,2006 年,第 13 页。

② 〔德〕卡西尔:《人论》,甘阳译,上海译文出版社,1985 年,第 59、105 页。

遭际。然而，随着文艺复兴运动和启蒙思潮的深入，自然神秘的面纱被揭开了，文学描写中自然逐渐成为一个可供人类随意改造的对象，人类可以凭借自身的强大力量从自然中获得自己所需要的一切资源库。尽管在浪漫主义作家那里，自然再度获得了自由的文化精神和独立的文学表达，在对工业文明和城市文明的批判中，自然的自由、野性、和谐和慷慨等精神特质在很多作家如卢梭、拜伦、华兹华斯、柯勒律治、雨果和梅里美等的作品中都有表现。然而总体而言，自然在西方文化世界中的地位和角色已经发生了漂移，成为人的异己，可以凸现人类英雄本色和主体精神力量的对象，如同浮士德和鲁滨孙终于在对自然的征服中获得了他们最大的满足一样，自然在人的眼里已经开始变得不自然了，这种不以自然为自然的眼光，是从人类自身生存利害关系出发，站在我者立场上把自然对象化的眼光。人们对于自然的想象能力已经很有限了，不再感到自然是美的，只有在人的主体精神和力量对自然的改造中才会对自然进行价值思考，人们歌颂的是速度、是发展、是机器、是现代的城市景观……自然本来的样子被遮蔽了，失去了它本来的样子，成为人化的、没有神性和生命的自然。

随着工业革命的全面展开，人实现了对自然实践意义上的控制。人类在自身欲望的驱使下，借着科技的力量展开了对自然大规模的入侵，长期以来人与自然的和谐局面被打破，科学助长了人的自大和盲目，曾经充满神性的自然陷入了被随意分割和破坏污染的境地，既不能和昨天重合，也不能为明天提供可能性，人和自然似乎相互依存又相互拒绝，命运紧密相连却又独自演绎。在想象与现实中，生态问题被凸显出来，随着自然生态的恶化，全面生态危机的时代到来，生态文学也正式登场。生态文学力图修正人类对待自然的错误，在新的文化语境下重寻人与自然和谐的途径，在文学中建构现代意义上的生态文学话语，使人们看见自然的真实，看见我们的存在，重新选择我们寄寓自然的方式、我们理解自然并与自然打交道的方式，它旨在改变人们对自然的思维和行为方式，在人/自然、主人/奴仆、文明/落后、征服/利用等话语的对峙中寻找和解的渠道，颠覆这些话语中反生态的取向。

自然是人类生存的依据和最终的归宿，它赋予了包括人在内的各种生命存在的可能性，它的生机与活力直接影响到所有生命体的存亡，人的集体无意识的深处有着对自然的最亲密、最原初与最直接的情感。因此，面对大自然，人们都会涌起一种源自生命的感动和温暖，与自然疏离或看到丧失生命景观的自然时，也必然会萌生出浓郁的乡愁和伤感、忧虑。海德格尔从农鞋中看到了农妇的生活和生命中的所有，人类从自然中领会到的是对生命存在的承诺和安慰。一旦自然陷入绝境，丧失了对生命和存在的保证时，必然带来人类对自身存在的忧思。此时，自然也就成为一面镜子，映照出人类自身心灵和行为的不同样貌。人类存在的价值不能通过增加物质含量而增长，过度的物质需要和消费反而会使人的精神需要萎缩，因为物质带来的功利、享乐和浪费会耗损和遮蔽人的真正需要。生态文学对自然的表现是在看到自然在生存需要中的不可替代性和生命场景存在的重要性的基础上展开的，是基于对当下现实和历史中的自然的变迁与人类生存的关系而提出的。当然，文学的生态描写并不要求让人回归人类早期的蒙昧和生产力低下的洪荒时代，因为这时的生态意识是基于人的本能而不是清醒的理性认识之上，它意味着人类对自我和世界的认识能力还很低，人还没有拥有自我意识，其实质是将人自身的本质力量和生命力抽取出来投射、附加到自然万物之上，这样的结果导致人对自然的认识陷入了另一种盲目中，只能充满恐惧地拜倒在自然面前，失去自我的生命活力和力量，这并非是生态思想观念所倡导的，我们不可能在今天重新为自然披上神秘的外衣，把自然视为绝对的精神主体来压抑人。“在农耕和畜牧的初始阶段，稀少的人类分布于广阔的大自然之中，那时候人类可以说只不过是生物自然界中的一员。然而，由于种种原因和结果，随着人口的增长和密度的提高，人们对于栽培植物和家畜这样的特定的动植物的依存度也随之提高，大自然向着人为的自然或人类的自然加速度地改变。在过去的数千年之间，若干地域变成了人为的自然、人类的自然，其结果演化成为不毛的大地。而且，在现在的地球上，没有人类涉足的自然已经不复存在，但是另一方面，人类依然不能超出作为生物的自然的一员的角色。正因为如此，未来的自然总体上看将会更加成为人为的、人类的自然，而此时的自然，也正好映衬了自身的形象。”①

随着科学技术的不断进步，人类对大自然认识的深化，要求我们今天对自然的描写必然要超越传统而展现出大自然应有的生态精神内核，从中发现和展示人与自然新型的生态关系。今天的自然，已经在新的语境下获得了更加丰富的内涵，成为和谐生态系统的象征，包含了和谐、健康、完整、自由、规律和绿色等生态内容。传统文学中生态话语表达极为有限，究其原因主要是人对自然的影响和适应能力有限，人的存在是受制于自然的，自然总体上处于能够自然而然地存在的状态。由于科学的探索对人们思想和方法的支持有限，作家还没有形成系统的生态思想和自觉的生态立场，文学中对自然的态度因关照的眼光不同而有着不同的表现，甚至存在着生态保护与反生态共存的话语。如，海明威在《老人与海》一书中对自然的态度就表现为一方面承认自然具有超人的力量，人应该顺应自然，同时人又拼命与

---

① 〔日〕秋道智弥：《生态人类学》，范广融译，云南大学出版社，2006 年，第 27 页。

自然抗争,具有征服自然的渴望和永不言败的勇气。中国古代神话中则存在很多过分强化人的气魄、精神的作品,常常通过藐视自然并向自然宣战而获得英雄主义的色彩,如后羿射日、愚公移山和精卫填海等。

作为生态文学写作来说,自然写作一直是一个重要的向度,这也是有人干脆把生态文学称为“自然写作”的一个原因,自然在生态文学写作中获得了较传统文学更加丰富的精神和文化内涵。“我们将穿过喧嚣纷争的‘现场’,去寻究那种更本源的隐藏于问题背后或底层的因素。通过对人何以会有自由的追求的追问,最终到大自然这一更深远的境域中去探究自由的真正源流与更深的基础究竟何在。它曾经‘在场’,而现在却被历史、文化、利益和理念一层层严密地遮蔽起来,使人们越来越忽略它的存在。”①自然具有一种独立于人之外的价值,它具有“如其所是”展现自己的特征,可以让我们体会到一种自在生成之美。自然是一个流动的过程,在自然的演进中不断上演着生命诞生、繁衍、毁灭和彼此争执的情景,它是人类最早的情感和智慧之源,因为人类的生活原本就是在自然中的生活,人的内心具有对自然和自然状态的亲近感。人的幸福感的获得是不能缺少生命的自然性满足的,即使受到文化的巨大改造后,人类同样在追求生命的自由舒展。

对于今天穿梭在钢筋、水泥丛林中的人而言,自然不仅比钢筋和水泥更具天然性,能够成为工业化、功利和污染等现代工业文明的对立和反动,更由于自然已经成为一种生态理想的表达和象征,可以成为现实的指喻。从自然的属概念来说,自然是一个完整的生态系统,是各种生命诞生、成长、繁衍和死亡的舞台,是整个地球生态系统的核心。从具象来看,自然中的每一种物象和生命景观,又是我们人类生命的参照,是人类生活的紧邻和伙伴,不受制于物和某种中心和霸权之下的纯然,关乎每个生命存在的价值、尊严和意义。因此,自然已经成为一种媒介和象征,这与生态文学写作寻求生态和谐与存在的澄明具有内在的一致。在文化发展的早期,人类对自然的改造是极为微弱的,人类更多的是遵循和适应自然,人类的文化产物是与自然相容和同质的,人类对环境的改变不是与自然相离和征服,而是把自然融入自己的生活方式中,随着人类社会的发展才使人类生活和文化的重心从自然转移到了城市。自然的生态书写拓宽和提升了自然的文学内涵和精神意义,它不是停留在物性上的书写:“不可以将本真还原为某个形而下对象及其对它的天然感情。本真不可实在化,实在化就是凝定化,凝定化就意味着不自然。陶潜以鸟之恋林比回归自然。鸟之恋林,好像是因为有了林,好像归林就成了鸟的本真之

① 储昭华:《大地的涌现》,中国社会科学出版社,2003年,第3页。

求。其实，鸟之所以爱林，是因为笼之不在，它在这里可以飞来飞去……林可以有助于自由的对象化，但自由不是某个对象，自由只是飞来飞去。”①因此，只有在现当代生态文学中，自然才真正回归了它的本源，超越了神秘性、主体性、功利性、科学与理性等片面、狭隘的眼光，成为与人类休戚与共的生命存在，重新获得了人们对它的诗意言说。生态文学家站在传统和现代生态思想的立场上，表达了人与大地的原初关系，让大自然的无私宽厚与人的自私暴虐形成鲜明对比，并对丧失再生和自洁功能的大自然可能产生的生态灾难向人类预警，力图唤醒人类感恩大地、保护自然的生态意识。作家在与大地及万物的交流和对话中真诚地体验、拥抱、感悟和赞美它们，让它们在自己书写的世界中重新“复魅”。

自然作为独特的文化符号，为人类提供了一块可以诗意栖息的文化土壤。“到自然中寻根的人，却发现自己与自然的遭遇隔了一层割弃不掉的文化的面纱。”②生态文学写作通过人类与土地、与自然、与生命、与故乡以及与家园的血脉联系，在生命体验和情感关照中以生态思想、生命意识和审美批判的目光使自然意象获得了新的文学表现，让我们可以通过自然意象去寻究那种更本源的隐藏于存在背后或底层的根源，随着历史的演进不断深化拓展已有的认识和理解。在生态恶化的现实焦虑中，自然是对和谐生命状态的憧憬和重新想象，是人类永远的乡愁之所。

第二节　田园与荒野的诗意向往

田园与荒野，是自然具象的典型显现，长期以来一直是人类感知自然的主要地方。田园、荒野的文学描写不仅可以成为现实生态的对照，还可以带给读者一种心理上的回归感，因为田园、荒野的自然宁静和质朴是对城市喧嚣的反动。“形而下的实体性自然物象都是因为它们本身的自然生命节律与人类心灵自由异质同构而在人类的精神象征活动中成为心灵自然（自由）的象征和确证，并因此成为美的对象和符号。”③田园主要指乡村中未受污染的自然生态景观和乡村生活状态的描

① 王乾坤：《文学的承诺》，生活·读书·新知三联书店，2005年，第158～159、204页。

② 〔美〕霍尔姆斯·罗尔斯顿：《哲学走向荒野》，刘耳译，吉林人民出版社，1999年，第55页。

③ 赵志军：《作为中国古代审美范畴的自然》，中国社会科学出版社，2006年，第23～24页。

写。从传统乡土文学开始,田园、荒野的书写就作为现实矛盾的逃避和城市文明的对立面而出现。随着社会的发展,越来越多的人积聚在城市中生活,城市生态环境污染越来越严重,而且城市生活切断了人与自然的天然联系,破坏了人内在的和谐心境,城市和城市生活在一定程度上麻木了人对大地和生命的感觉,在速度和欲望的焦虑中,人不再有与大自然相依相惜的恬然闲适。因此,作家们通过田园和荒野的描写,为我们展示了被人类荒疏的生态和谐图景。他们所呈现的田园、荒野生活大多是诗意的,是被距离化、理想化和审美化了的世界,它保持了一种超越的姿态,浪漫气息和古典情调流溢其间,人与大地处在亲和关系中,人和人的生活与自然共在。

田园和荒野作为生态文学作家钟情的对象,在这里,它们作为独特的文化符号,在传统文学的基础上融汇了怀旧意识、家园意识与自然意识。生态文学对田园和荒野的诗意描写和遥望与传统乡土文学的描写有着本质的区别。乡土文学中的山水、田园只是作者写作的背景和与城市文明对照的场景,是与淳朴美好的自然人格相应的客体,作者主要彰显的是乡土中的人情美,对乡土自然的写作更多的是对城市文明的简单拒绝,缺乏内在的精神力量和独立的审美价值。在生态文学中,对田园、荒野、原生态的生活方式和生命的自为状态,甚至对带有贫穷、落后且封闭的生活状态和荒野之地的审美回望和推崇,不仅成为作家对抗工业文明、城市文明、科学技术、享乐主义以及物质主义的武器,而且还满足了他们对现实生命缺失性体验寻求补偿的渴求。这里的乡村不是已经城市化和工业化了的现代农村,而是传统意义上保持着与大地的血脉联系的自然、缓慢、淳朴且厚重的乡村,是与人类相伴千年却仍不失原初、山野气息的乡村。在生态作家的眼里,这是人类尚可拯救的依傍、人与自然和谐相处的写真。在传统写作中,乡村、乡土与乡愁一直是很多作家的题材选择,生态文学得以在传统乡土文学的基础上展开对乡村的诗意怀想,很多作家借助传统文学中的乡土题材,融入当代生态意识,使乡村意象在生态文学的表达中成为一个独特的生态文化符号。

生态作家笔下的乡村,是作为生态危机的对立面、参照体而出现的,是一个诗意的、心灵化与象征化的审美乌托邦,作家旨在借助对乡村自然的描写表现对生命存在价值的思考和追寻,由此把握人类生命意识的深层,表达对可回归和栖息的理想家园的追思与怀想,对传统文化价值回归的期待和呼唤。这是一种对现实的精神逃亡和家园的守护,是城市与乡土、异化与本真、贪欲与简单、工业文明与农业文明等文化与价值冲突的选择。而荒野是一个由自然之道来演绎的世界,田园和荒野都保存着大地的速度,都是人类和其他生命共在的地方,在田园和荒野中人们所体验和获取的一切，都是从大地中生长出来的。“自然首先是价值之源，只是在后来，在第二性的意义上，它才是一种资源。在荒野中，我们是在体验根，这种体验是有价值的。但我们体验的对象，即这些野性的、生发生命的根是在人类出现之前就已在运行的自然过程，这些过程给我们以很多价值，而且不管我们是否意识到，它们给我们的益处都一直在我们的生命中起作用。”①梭罗的《瓦尔登湖》就通过描写自己在湖畔简单的物质生活和在大自然中享受到的欢乐，通过与荒野自然中各种生命存在的交流，让那些为名利奔忙的人们看到了另一种自然生活的美好，那些深情的文字涵养了人们珍视自然、保护生态环境的心性。尽管城市带来的激情、欲望和享受是偏僻、落后、简单的乡村山野所不能替代的，但对田园生活的向往、对荒野的呼唤，成为人们日常生活状态的短暂溢出和补偿调剂。

“进入荒野实际上是回归我们的故乡——我们是在一种最本源意义上来体会与大地的重聚。”②荒野是“土地及生命群落未被人占用，人们只是过客而不会总在那儿停留的区域。荒野是指未被开发、未被人干扰的区域”③。今天的自然界只要荒野还存留着自然的生态景观，社会学家和环保主义者就把它视为极具生态价值的地区。历史上关于荒野的记忆总是引起人们关于“考验”“磨难”“贫瘠”“荒凉”“开拓”这类字眼的联想，如《圣经》和美国早期拓荒者记载中的荒野。曾经，地球上到处都是荒野；如今，绝对意义上未被人类干扰的荒野已经不存在了。只有生态文学的先驱者梭罗“在荒野保存着一个世界”的描述给人们带来关于荒野的无限遐想。梭罗相信文明人可以从荒野中找回在文明社会中失落的东西，可以从荒野中获得一种敬畏生命的谦卑态度。我们之所以需要荒野自然，正是因为它是具有独立于人类价值的一个领域。荒野自然有一种完整性，如果我们不能认识和享受这种完整性，那我们就少了一些东西。事实上，如果我们把所有人类意义上的“荒”都改造成耕地和城市，那无论在生态学的意义上还是在美学的意义上，都只能让我们感到生命的单调和贫乏。人类需要城市和文化，离不开对自然的改造和利用，这是人类生活水平和质量提高的需要和必然。然而，所有这一切都必须建立在不破坏自然平衡的基础上展开实施。在缪尔的《我们的国家公园》和艾比的《沙漠独居者》中，他们用大量的笔墨描写了荒野的美丽对人类生命情感的陶冶和震撼。缪尔笔下的约塞米蒂国家公园是一个恬静与安详和激昂与亢奋交织在一起的地方，这是一首新歌，一个充满生命源泉的地方，也是一个造山运动发起的地方，它

① 〔美〕霍尔姆斯·罗尔斯顿：《哲学走向荒野》，刘耳译，吉林人民出版社，1999 年，第 153 页。

② 〔美〕霍尔姆斯·罗尔斯顿：《哲学走向荒野》，刘耳译，吉林人民出版社，1999 年，第 153 页。

③ 〔美〕戴斯·贾丁斯：《环境伦理学——环境哲学导论》，林官民译，北京大学出版社，2002 年，第 264 页。

充满了不可战胜、不可割裂的永恒的秩序,所有这一切通过洋溢着人格特征的岩石、风暴、树木、鲜花和动物表现出来。

乡村是以传统农业为基础的生活环境,是人与自然共生的地方。它的生活和劳作方式使人保持着与自然的亲近和依赖,对一直生活在城市的人来说,乡村和野地会带来特殊的体验,是一种本源而又新鲜的丰富和回归,不仅具有娱乐和工具价值,更有着内在的精神价值,从城市走出来的人在乡村和自然环境中能充分感受到我们的生命存在对大地的依赖,在大自然无限丰富的样貌中认识到:人不是主宰而只是众多生命中的一种。城市让我们感受到人类改造自然的强大力量,而乡村和野地则唤起我们对家园的思考、对生命的思考,体验到生命的丰富,感受到与生命内在的契合,发现生命的本质和生活的另一种可能性:简单、自由、野性、丰富、完整、生机、活力……在这一过程中,傲慢的、自大的与孤立的感觉逐渐被谦卑和感恩的生命一体感所取代,由于这种精神的、超越的价值与审美的一体性而让读者获得极大的审美享受。生态文学把人们引入了生态危机现实中的田园和荒野眺望,让人们在田园的和谐与荒野的峻峭中思考,把生存的本来面貌带上台前,在其中体验生命、体验自然、回归存在的本源,感悟到自然万物共同经历的生与死、宁静与躁动、冲突与和解,体会到所有的存在不是孤立的,而是在彼此的竞争中消长。同时,在今天全球性的生态危机中,田园荒野意象还让人们认识到在地球生态系统中它们所拥有的价值,从而激发起对田园荒野和谐生态的守护之情。

田园和荒野代表了大自然的性格,是泥土和河流、生命和天空的集体和声。在这里,可以把被我们忽视的生命和世界重新描绘,对田园、荒野的书写重新唤起人类对在大地上自然生活的记忆,引发对当下生活状态的思考,领会到简单生活的价值。早期人类在旷野中充满野性自由和蛮荒神秘的生活和传统农业社会下的田园生活,其旋律是天然自足的,遵循的是以自然为法则的自然生态规律。尽管生活没有保障,而且充满劳作的艰辛,但却依然保持着生命原初的美丽和质朴,自然的野性洪荒和它巨大的包容带给人类更多的是敬畏和感恩,是彼此之间的依赖和互助,是人与人之间、人与动植物和其他生命之间血脉相连的情感。因此,对饱尝现实世界世态炎凉却无处逃往的人们,审美的距离让充满山水生命的田园生活和自然风光成为人们内在精神的归宿,田园成为与文明世界的污浊对立的审美乌托邦被想象成一个完美自足的存在。田园、荒野是人类最初的家园所在,自然在这里还保留着它的神性和野性,生命能够"如其所是"地展开,不受促逼,艰难而怡然,荒野中充满自然生命的呼唤。这里遵循的是自然古老的法则,也是生态的法则。从山野中走出来的人类,对自然和在自然中的生活总在心底怀着乡愁和眷恋,在越来越文明和社会化的过程中总感到物欲的痛苦和回归自由与野性的渴望，在规训的世界里丧失了反思和批判的能力，盲目接受着来自时尚和流行的话语，生存的压力使人越来越言不由衷。因此，当乡村和荒野在生态文学中作为特殊的文化符号表现时，必然要超越一般的意义所指，让它们获得更多的内涵，成为人类精神上可以归隐和逃避的去处。这是生命起航的地方，可以卸下沉重的心灵重负，回归简单和自然，通过外在的和谐通达内在完整的和谐。历史把人带离自己的根，漫世飘飞，离开人之为人的人性法则，才带来普遍分裂的出现。因此，在历史境遇中要寻得同一，首先就要返本探源，寻回自己的本真。因此，回忆就是截断历史之流，终止历史经验的离异，使人之为人的人性法则重新进入历史，在历史的有限性中重建自身。当然，对乡村和荒野的诗意表达可能与发展、文明、进步这样的话语发生冲突，如同艾米莉的《呼啸山庄》中的凯瑟琳和梅里美笔下的吉卜赛女郎嘉尔曼身上的自然野性无法与文明世界共融一样。但生态文学家是把乡村和荒野作为价值理想来建构的，是对生存现实的另一种揭示和价值追求的潜在表达，不是把它们作为遮蔽生存现实的桃花源来描绘的。由于今天的乡村和荒野正受到来自人类的巨大的威胁和破坏，越来越多的作品表现了由于乡村和荒野生态系统的破坏导致自然与人的冲突、紧张和对立，人类正在陷入无家可归的可悲状态。人们必须明白一个道理，有的时候，今天最慢的速度可能正好是明天最快的速度，特别是在对原生态和环境的开发问题上更是如此，而在对待那些仍处于原生形态的民族、族群的文化样式和类型的时候尤显突出。不少人其实明白其中的道理，只是他们经常无法抵御眼前利益的诱惑。因此，对乡村和荒野和谐生态的坚守也就成为作家生态理想的守望。

第三节　乡愁与家园的呼唤

诺瓦利斯说哲学是怀着永远的乡愁在寻找故乡。文学又何尝不是这样：乡愁是从大地、从泥土、从原乡、从“家”开始的，它是人类深层的精神和心理需求，是人类在现实处境和认同危机中对归属的追求和渴望，是对自我身份的定位，是对故乡大地和亲人的眷恋，是无法割舍的血脉相连，是今天世界上越来越普遍的一道文化景观。世界上的每一个民族和族群无论他们历经了多少颠沛流离，但你仍可从他们身上看到乡土留下的痕迹，人类历史上大规模的战争和迁徙也几乎都与人类致力于家园的守卫和寻找有关。从《诗经》开始，还乡及还乡不得的乡愁就是中国传统文学的一个重要内容。在陶渊明笔下，回归自然乡土直接成为他内在本质的需要和实现自由人格的途径，以至于回归田园的表达成为他生命实践和价值诉求的载体，现代乡土文学写作更是丰富了“还乡”的精神内涵，使乡土和还乡成为与城市文明和现代文明冲突、对立的诗意境界。乡愁和家园的文学表达是一种具有深刻文化意味的情怀。马尔库塞说过：“回忆并不是一种对昔日的黄金时代（实际上这种时代从未存在过）、对天真烂漫的儿童时期、对原始人的记忆。倒不如说，回忆作为一种认识论上的功能，是一种综合，即把在被歪曲的人性和自然中所能找到的片段、残迹加以收集、汇总的一种综合。”①我们的家园是在自然基础上建成的居所，也是文化得以集中展示的地方，所有的文化本质上都是在一定的自然基础上构建的，都带着一定的自然所赋予的特性，有一种属于某个地方的感觉，这种文化与自然的联系不只是生物和物理上的，更是文化和心理上的。在现代世界的飞速发展和急剧变化中，人类忽然发现我们早已把自己的血脉和传统遗忘了，成了在历史断裂的文化沙漠中无处栖身的人，在偌大的世界中反而没有了“在家”的感觉，生命在无所寄寓和巨大的虚空中涌动着强烈的乡愁和对“家”的渴望。为了获得肉体和精神的安居家园，人类从来没有停止过探索和努力，在一定的程度上，这种需要也是人类社会发展的根本动力。

自然是人类生存的依据和最终的归所，它赋予包括人在内的各种生命存在的可能性，它的生机与活力直接影响到所有生命体的存亡。从人类早期来看，村落的形成是自然的，其原生形态表现为氏族与环境的有机结合。一群人（一个氏族、部族或亚部族——部族的分支）随着生存、繁衍和发展，原先的环境和资源已经无法满足他们不断扩大的需要，于是重新寻找适合生存的环境。他们首先考虑的就是栖居之处能否提供这些条件。按照文化生态学的基本要理，人与环境的关系表现为适应。它有两个基本特征：对生态环境的保持、保障与保护，在和谐基础上的创造。简言之，村落的原生形态和基本的历史指喻正是生态学的、逻辑性的，村落民众必定会把自然环境中与自己关系密切的其他种类视为同类，并认同于一种虚拟的血缘关系。因此，不同的地缘村落社会生成出一整套独特的地方知识体系，并为地方人群所信奉和遵守。村落的生态纽带是民众的生存之本和命根，地方民众由此产生了对生态的自然崇拜和地方性家园意识。这一切构成了村落生态的基本关系和秩序。由此可见，人类最初的家园是与自然、与土地联系在一起的，家园是人

① 刘小枫：《诗化哲学》，山东文艺出版社，1986 年，第 238 页。

类最早获得安居和生存的地方，与自然疏离或看到丧失生命景观的自然时，人们必然会萌生出浓郁的乡愁和伤感忧虑。

人类精神家园也同样离不开大自然。自然不仅赋予了人类各种生命情感，而且也是人类精神文化作用的场所，经过人工改造的自然也就成为人类精神文化的显现和表征。大自然在人类的眼里是何种存在、人类以何种方式作用和改造自然、在自然里人以何种方式生存等问题都与人类精神家园的构造有关，自然是人类肉体和精神双重栖居的家园。因此，生态文学笔下的乡愁和家园描写是一种对存在本源的探寻和回归，是对诗意栖居的怀想和渴望，这种描写和表达指向现实与精神两个层面的思考，是对现实家园和精神家园的寻找，需要安顿的，不仅是肉体，而且还有灵魂。因此，生态文学写作中关于乡愁和家园的寻找与呼唤，有助于人类对自然家园的保护和心灵家园的关照，只有不忘家园并致力于家园守望的人才能从虚空中找回自我，无论在哪里都有所依傍，不断审视并确认自己。海德格尔从农鞋中看到的是农妇的生活和生活的所有，人类从自然中领会到的是对生命存在的承诺和安慰。同样，我们也可以透过自然——人类的家园来审视人类的现实，认真思考人类发展的出路和方向。因为，如果人类的自然家园一旦陷入绝境而丧失了对生命和存在的保证时，必然带来人类对自身存在的忧思。此时，自然也就成为一面镜子，映照出人类自身心灵和行为的不同样貌。

乡愁是对现实的否定，是寻求记忆和回归故土的梦想。当乡愁攫住人的内心世界时，在对现实的失望和拒绝中，对记忆中故乡的追忆和回望就成为作家寻求缓释和寄托乡愁的方式。我国著名生态文学作家徐刚说过：“土地的历史就是家园的历史。”[①]因此，他在文学世界里反反复复地告诫麻木的人们：“你们的眼睛看不到么？那我把看到的告诉你们。你们的耳朵听不到么？那我把听到的告诉你们。你们的心灵无动于衷吗？那我把感动我的告诉你们。你们不知道应该怎么做吗？那我也一并告诉你……就在我诗性的叙述中。”徐刚在描写、叙述中让自己的生命和情感融入故园的河流沙洲、茅舍苇地与野地荒草，是它们养育了自己，给了自己最初和最久远的关于生命的体验和感受，因为它们，存在才是有质感的和眷恋的，有质感和眷恋的生命才是有意义的。生态作家似乎都有乡土情结，而乡土又和怀旧连在一起，那是因为曾经的乡土是未受污染和残损的，简单甚至贫乏却洁净诗意的乡土，可以成为诗人心中永远的故园和归隐之地，这样的世界才可以滋养人的心性和大地的情怀，才能让人满怀深情和眷恋。而在现代社会里，“科学与理性分解

① 徐刚：《大地之门丛书：守望家园》，安徽教育出版社，2005 年，第 3 页。

自然，把它当成质料与场地，把它当作被动僵硬之物，或把它当作机械的数理世界。市场化心理使人们在打量自然时充满了算计与利害计较。这种交易心理使自然也失去了任何神圣的色彩，失去了创造性的神秘，失去了诗意，最终当然就失去了美的光彩”①。没有家园的灵魂只能孤独地到处漂泊，寻求能让自己安顿的“家”。因此，生态文学作家在作品中让自行呈现的自然成为人类理想的栖居之所，在乡愁的表达中作家更焦虑的是生态失衡背后对失衡的麻木和冷漠，要表达的是一种想要把人类从人类自身中解放出来的需求。他们力图让笔下的自然超越自然，到达心灵所及的地方，写出自己的经验、感受、状态、情感与取向，使人们在自由中接近真实，看见我们的存在、我们寄寓世界的方式、我们理解世界并与世界打交道的方式。

故乡是最初的家园，是生命启程的地方，对乡土的依恋是对生命之本的感恩、体认与牵挂，是对现实需要无法满足的怅然，是在离乡路上的幡然悔悟。还乡是中外文学一个古老的母题，从《荷马史诗》中奥德修斯率众返乡开始，还乡的祈愿和情愫就一直萦绕在文学的描写中。这是家园之思，更是无法割舍的血脉相连，还乡之路是极为艰难和痛苦的。从《诗经》开始，还乡及还乡不得的乡愁就是中国传统文学的一个重要内容。现代乡土文学写作更是丰富了“还乡”的精神内涵，使乡土和还乡成为与城市文明和现代文明冲突、对立的诗意境界。与还乡相联系的，是对家园的渴望和家园的不再与重建，人人都需要家，有家才有安顿、归属和爱。古希腊的《荷马史诗》中希腊联军在远征中的乡愁和战后回归故里的急切和执著，古罗马《埃涅阿斯纪》中埃涅阿斯和《圣经》中犹太先民重建家园的艰难困厄、《诗经》中戍边战士回到荒芜家园的凄凉描写曾经感动了多少失去家园的浪子……

尽管乡愁之感和家园之梦几乎贯穿在各个时期的文学中，但在生态文学中所展现的乡愁和家园却以一种新的问题意识丰富了传统文学中的乡愁描写。对家园的呼唤和乡愁的痛苦已经成为当代人一种普遍的心理诉求，一种时代性的和全球性的集体事件。乡愁是一种怀旧，是对已经失去和逝去的追忆和神往，是一种“不在场”而渴望“在场”的情感，是对故乡家园的思念怀想，是对现实的不信任和不适应。在时间和空间中的审美距离中，故土家园成为最具审美意义的对象，通过乡愁和家园的表达成为生态乌托邦的构建方式。换句话说，家已经成为一个现代性问题，只有当现代人在一定程度上疏离了家或者失落了家园时，谈论家的意义才是十分必要和紧迫的。因此，我们所要讨论的、经由怀旧所能建构的家，就是精神的冀望所在，它必须能给人一种扎根在内心深处、人生有所依附和归宿的感觉。在此意

① 丁来先：《自然美的审美人类学研究》，广西师范大学出版社，2005年，第3页。

义上，现代人所向往的家与物质存在关系不大。从生态文化的角度来看，乡愁正是由于人的生存现实与理想世界的巨大反差引发了人类对传统生存经验的追忆和依恋，在对现实的失望和拒绝中有了文化批评的意义。作家着力表达的是想要在现实中获得的生命归属感和在家感。

“还乡”与“家园”的文学关注往往始于现实生活的困厄、灾难与漂泊，是对母爱、亲情、安居和爱的渴望，它们在不同的文学表达中反复诉说着相似的心理诉求，因此在文学中具有原型（archetype）的意义。工业革命以来，人的生活越来越陷入封闭、疏离、焦虑、异化和远离本源的痛苦中，“还乡”和“家园”的文学描写在继承原有意义的同时吸纳了现实话语来使自身不断得到丰富，具有对抗现代文明和超越世俗返乡和家园的精神象征意义。生态文学写作可以继承这些母题的合理内涵，站在当代生态立场上使它们获得新的内涵和意义，通过人类与土地、与自然、与生命、与故乡以及与家园的血脉联系，在生命体验和情感关照中以生态思想、生命意识和审美批判的目光挖掘人类历史文化中深层积淀的生态内涵，让它们获得新的表现。在生态恶化的现实焦虑中，“家园”是对钢筋、水泥包裹的坚硬而远离土地的“家”的拒绝，“还乡”是对回归生存本质和诗意状态的渴望，它们是更具精神层面的思乡和回家，是荷尔德林和海德格尔笔下的“返乡”和对家园的“筑居”和“照料”，代表了一种爱护人类最深层的需要和经验的努力。我们可以看到，由于现代人的还乡病更多的是出于人类对现代文明的情感上的不适应，出于人类在情感上对本源性的生活境界的依恋。这正表明现代文明并没有有效地安顿人类的精神生活，现代文明许诺的美好生活并没有实现。生态文学语境中的“还乡”和“家园”由于要对抗人类已成积习的破坏和污染环境的行为，重构人类的价值体系和生态观念，还乡和重建家园之路会更加艰难，较之于传统的“还乡”和“家园”表达必然更具悲剧色彩。因此，生态文学表达中的“还乡”和“家园”也因之获得了更加丰富的意蕴，把生态文学写作引入了人类最为内在和本源的情愫中。

第四节　城市与异化的焦虑

城市和城市生活描写的意义在于它能够让我们很快进入生态危机的现实语境中，它所揭示的属于现代人的生活方式代表了我们这个时代物质和精神的主流导向，城市中的大多数人是被城市所左右的，个体在互不相识的人群和车流中被簇拥着往前走，人们在城市里拼命工作，也拼命享受。其实，城市与乡村一样，同样是人的一种存在，两者之间根本不存在谁高谁低或谁好谁差的问题，关键是立足于人性的本然矛盾状态。城市生态和乡村生态是相互依存在一起的，是人类生活的两种基本状态。确实，任何文化都不可避免地存在着充满破坏性又具有建设性的欲望和享乐因素，正因为有了它们，文化才能不断裂变、斗争，在彼此的消长中推动着文化的更新、发展。人类不能失去的是自我反思、批判和纠正的能力，历史的真实不能被田园的虚幻所遮蔽，乡村和城市中同样充满需要抚慰的生命。然而，站在生态现实的角度来关照，由于城市人口的集中膨胀，城市工业文明对自然的巨大改造和城市工业生产带来的各种环境问题，使城市生态污染的加剧程度和人与自然关系的异化程度都远远超过了乡村。因此，城市成为作家表达现实生态危机境况的一个重要意象。

过去，人类主要居住在乡村原野，而今天，在发达国家只有不到20%的人居住在乡村，其余的都集中在城市。现代文明的一大表征就是城市化规模和速度的加剧。城市是现代文明成果集中展示的地方，它代表着人类社会一个个大大小小的经济、文化中心，显示了人类力量对自然最有成效的改造。同时，城市也是自然生态被破坏得最彻底的地方和污染最严重的地方，传统乡村田园生活是在大自然中的生活，在这种与大自然保持亲密关系的生活中，人只是大自然的过客，人的需要也很有限，而现代城市却是一个特意制造非自然生活的场所，人们的生活主要靠技术而不是靠自然来控制，城市也是与污染有关的技术被研发和制造的中心，城市制造了一种与自然相对立，充满竞争、虚无和焦虑，与生命的自然状态相冲突的文化。城市每天生产大量的生活垃圾、污水和废气，城市对资源的需求和消耗是惊人的，或者说，城市生活的正常运转是靠资源和技术来维持的，城市自我的生态系统是极为复杂又是极为脆弱的，城市的生物圈大大缩小，到处是坚硬规则的人造物。生态文学对城市的描写主要是通过文化反思去追问生态灾难的缘起，在对城市生活的描写中去展示无法自洁的城市生态系统及其对异地生态的掠夺和破坏，对人类没有控制的科学技术展开批判并通过生态灾难带来的毁灭性破坏进行预警。“城市最具破坏力之处是它切断了人与自然的连接。我们住在人造的环境里，与自己挑选出来的动、植物为邻，自认逃离了自然的局限，天候与气象对我们不再有直接冲击。我们所吃的食物大半经过盒装处理，既看不到它源于土地，也不曾目睹处理过的鲜血、羽毛与鳞片。我们忘记生活用水与能源的来处，也不知道垃圾与污水去向何方……都市人远离了乡村的真实世界，失去了在自然求存的技巧，变得呆滞、傲慢与迟钝。”[1]因此，城市也成了生态恶化的聚集地和发源地，代表了科技和理性对自然的彻底“祛魅”。然而，事实上城市承载的是时代的风尚和流行的样式，生活和行走在一个什么样的城市，是今天很多人衡量自我价值的重要标准。城市带来的激情、欲望和享受是偏僻落后、简单的乡村不能替代的，城市是他们现实的家，他们只能生活在现实而不是理想中。由于城市是一个地区经济、文化的中心，拥有便捷的交通、发达的经济以及优越的医疗教育等机构和设施。因此，人们厌恶城市，又离不开并享受城市，城市化尽管是生存和文化上的“异乡”，但具有不可抵挡的诱惑，如同在城里打工吃尽苦头的祥子，却永远不肯再离开城市。对乡村田园的向往，只是他们日常生活状态的短暂溢出和补偿调剂，很少有人能真的像陶渊明那样“守拙归田园”。因此，在城市生态的困境面前，城市人的内心是极为矛盾、惶惑的。

城市对自然环境的感知力极为贫弱，因为它是一个由人类制造的由非自然的物体所包裹的生活空间，城市生活的主旋律是在高楼阻滞的狭小自然空间和不断变换纷繁的人际空间，城市是生产发明各种非自然物的中心和力量，也是导致生态污染、环境恶化的主要来源，同时城市还是最缺少环境自洁能力的地方。城市改变了人们对环境的感觉和适应环境的能力。飞机、汽车所产生的噪音不断地冲击着人们的感官，空气污染使人们咳嗽和流泪，机场、车站和道路的拥挤造成许多悲剧和焦虑，人与人之间的空间变得越来越狭窄。人们必须很快适应周围环境的残暴改变，必须很快改变过去习惯的生活方式，但这种适应总赶不上环境改变的速度。在这里，新鲜的空气是不受欢迎的，空气必须受到空调器的过滤，天气变化的消息被封锁了。在这里，每个人要依靠电梯出行，行动是如此不方便，使人们再也不可能随时到户外呼吸新鲜空气。在有些大楼里，堂而皇之的门厅和警惕的门卫使得无论哪个房客都不能期望一个不速之客的忽然访问，贵客突访造成的惊喜再也不可能了。城市剥夺的，不仅是自然的资源，而且还包括整个文化资源。在城市人造技术环境的扩张中，人们对自然的感觉和选择被人为的虚假和舒适所破坏，他们的生活不再与大自然发生太多的联系，他们不再有对大自然的神秘敬畏和依恋，不会在季节和天色的变化中去操持着生计和忙碌农作物的收成，他们的感受被同化和整齐化了。这实质上是对来自生命和土地真实感受的扼杀：不仅带来环境的污染和资源的浪费，还会让人彻底丧失从大自然中获得的生命感和知觉能力。因为在人发生的所有变化中，最深刻和最不容易理解的变化是土地、气候以及生长着的生

① 〔加〕大卫·铃木，阿曼达·麦康纳：《神圣的平衡》，何颖怡译，汕头大学出版社，2003 年，第 33 ~ 34 页。

物的失去。这些东西传达给人的不仅是美好的外部自然，还有人关于其自身身体的认识和感受。人们对自己的生态需要的所知越来越少。

更重要的是，我们中很多人已经习惯了这种剥夺。城市在成长的过程中没有让人类的心智得到健康成长，城市在制造自然污染的同时也制造了大量的文化垃圾和精神污染；城市凭借着自己强大的科技显示了对科技和力量的崇尚；城市遵循的是竞争的法则，在所谓公平、公正的面纱下，其实是对人的自由本质和情感世界的剥夺；城市用时尚、享受、富裕和发展等话语以及闪烁的霓虹构建了自己的神话，在表面的魅力下瓦解和吞噬了人类对传统生活和大自然的记忆和留恋，让人类在城市中成为异化者。正如本雅明在《发达资本主义时代的抒情诗人》中所引用的恩格斯对伦敦城市居民状态的描写那样：“如果在这座城市的主要大街上挤上几天，就会看到，伦敦人为了创造充满他们城市的一切文明奇迹，不得不牺牲他们人类本性中的最优良部分；有多少徙居于这座城市的人由之成了无用的人并被挤到了下层。……就在那街道的拥挤当中已包含着某种丑恶的、违反人性的东西。……谁也没有想到要去看一眼他人。所有这些人越是聚集在一个小小的空间里，每个人在追逐个人利益时的那种可怕的冷漠、那种不关心他人的独往独来就愈让人难受，愈使人受到伤害。”①因此，对作家而言，没有比城市更好的形象可以有如此的集中代表性来表现现代生态全面危机的境况，他们在城市中发现了与生态问题拥抱在一起的绝好题材，可以通过对城市的书写去恢复人们对世界的感知。城市更多地承载了文明，而文明容易将本真给间接化，人们很难透过层层面具而一窥其真。当然，城市在这里和乡村一样，并非一个具象实体，其象征性远远超过了它的实指性。

与城市生态书写相对应的，是各种各样的异化形象。所谓异化，是对常态的变形和扭曲，它既指向肉体的异化，也指向灵魂、精神的异化。当代科技在生物工程上所取得的巨大成就让人们在感奋的同时满怀忧虑，遗传基因的改造和异变所引发的潜在危险可能导致人类和整个地球生态系统的毁灭。此外，在各种化工材料和核技术的生产使用过程中，只要稍不注意就会给人类、地球及地球上的各种生物带来可怕的灾难，发生环境的急剧恶化和基因的突变。“当人经过近代科学和近代哲学的双重努力而成为物本主义和欲望主义的人时，必然要指向对自然世界和人自我的双重征服、改造与掠夺，这种双重征服、改造与掠夺的现代表现形式具体展开为三个方面：一是全面发展科学和技术；二是无休无止地繁荣经济，使整个人

① 本雅明：《发达资本主义时代的抒情诗人》，王才勇译，江苏人民出版社，2005 年，第 122 页。

类社会和生活商品化，其最后形态是人的商品化和物品化；三是人完全异化为空心的物和对物的生产者与消费者，人为物的生产和消费的主体，又成为物的生产和消费的对象。”①作家们主要通过由于环境污染、不受控制的生物技术和过度膨胀的欲望所导致的生态灾难，来表现被恐怖的自然环境笼罩和可怕的异化物所充斥的世界，作品的整体基调都充满着恐怖、孤独和绝望，如，俄罗斯作家达吉亚娜·托尔斯泰的《斯莱尼克斯》笔下成为废墟的莫斯科和长出鸡冠、尾巴、三条腿、独眼、狗样的人类。德布林的《山、海与巨人》中狂妄的人类企图利用技术把格陵兰的冰山融化后获得洁净的水，结果却自掘坟墓：冰山下一大堆古生物的尸身彼此胡乱纠缠、搭配在一起复活了，奇形怪状的怪物们恶狠狠地向人类扑来……

生态文学的异化不等同于西方现代派文学中的异化，尽管两者在手法上都采用变形来强化形象的象征和隐喻效果，都具有文化批判和危机意识的特征，都是对生命本源迷失状态的揭示。但现代派文学中的异化主要表现的是个体生命在现实激烈竞争和紧张生活中的主体感受，突出的是人与人关系的冷漠隔绝，是金钱和物质对人的异化和扭曲，是社会作为异己力量对个体生命的挤压，是人对生命感知能力和现实应对能力的丧失。如卡夫卡的《变形记》和尤奈斯库的《犀牛》就是其中的代表。生态文学中的异化描写则主要呈现盲目的科技、工业污染和核辐射等生态问题带来的巨大危害，凸显的是现实生态话语的迫切，是对现实潜在生态危机和灾难的想象。

第五节　动植物与生命之爱

生态文学最重要的精神立场就是在整体生态系统的视野下对生命的敬畏和平等共处、相互依赖的观念，对动植物的保护和关爱在生态伦理中占据着非常重要的位置。施韦兹在《敬畏生命》中甚至把是否保持与其他生命的亲近当作衡量人类德行的标准，他敬畏生命的伦理学成为生态理论思想的重要组成部分。他指出：“善是保存和促进生命，恶是阻碍和毁灭生命。如果我们摆脱自己的偏见，抛弃我们对其他生命的疏远性，与我们周围的生命休戚与共，那么我们就是道德的。只有

① 唐代兴：《生态理性哲学导论》，北京大学出版社，2005 年，第 75 页。

这样，我们才是真正的人；只有这样，我们才会有一种特殊的、不会失去的、不断发展的和方向明确的德行。"①在人类中心主义和享乐主义的肆虐下，世界上的动、植物的数量和种群正以惊人的速度消失，我们与自然生命的联系越来越远，在人类的世界里，除了作为人类消遣和娱乐的少数动物以及供我们食用的动物外，我们已经很少能在周围看到自由成长的生命了。

传统文学中大量关于动、植物的话语里都包含了丰富的生态智慧，展示了人类从自然到人文的进程。人类从自然中本能地把自己和动植物的生长、气候的变化与四季的变迁连在一起并以它们作为参照，渴望获得生命力和生殖力等充沛的自然力量。伴随着对自然的认知，必然出现相应的表述，神话传说及与神话和信仰相关的大量生活习俗、仪式活动中包含着关于人与自然关系的认识，成为早期人与自然关系认识的"生态叙事"、人与自然关系认识的固化和有形形式。其实，"人类曾经在漫长的历史进程中一直将自己视为与动物为伍的同类分子。人类学上的一个用语'图腾'（意为他的亲族），专门解释动物与人类的'亲属关系'。所谓的'神话思维'、'前逻辑思维'（卡西尔）、'原始思维'（布留尔）、'野性思维'（列维·施特劳斯）这些概念，虽然并非完全相同，但都有一个基本的言说条件，即人类在很长的历史时期里面并没有将自己与动、植物区分开来而把自己视为高一等"②。植物给人类提供了重要的食物，使人类获得了生计的基本保证，而且"对于人类，就对生命的认识而言，可以说最早从植物变化上感知到生命的时态。因此，在象征和比附上，人类将生命比作植物，比如'生命树'亦最为平常。植物的'一岁一枯荣'韵律和变化直接为人类观察生命的存在和运动提供了参比物。人类通过'生命树'的母题不仅仅从植物的意象中作出对生命的认同，还可以通过神话和仪式作为创世纪的原生形态的纽带和中介"③。如葡萄、常春藤、松柏和枫树等植物中都被嵌入了人类早期认识世界的态度和知识，这些不同的植物联结和象征了不同的文化心理和生存场域。几乎所有人类传统文化信仰和习俗的内容都离不开植物，那些仪式、习俗中包含有大量关于动物和植物的叙事，自然界中的动、植物通过信仰习俗获得了神圣因子并进而得到人们的敬畏和保护，因此"植物的生命意象无须作更多的思辨就已经悄然地成为作家们必备的创作养分"④。

当然，作为在自然界中共同生活的生命，只有动、植物各个种群数量之间保持

① 〔法〕阿尔贝特·施韦兹：《敬畏生命》，陈则环译，上海社会科学院出版社，2003年，第22页。
② 〔法〕阿尔贝特·施韦兹：《敬畏生命》，陈则环译，上海社会科学院出版社，2003年，第19页。
③ 彭兆荣：《文学与仪式》，北京大学出版社，2004年，第135页。
④ 彭兆荣：《文学与仪式》，北京大学出版社，2004年，第139页。

一定的比例，生态系统的动态平衡才能维系，各种生命之间也才有生存和发展的可持续性。因此，各种动、植物之间遵循着自然的法则，食物链之间的动、植物充满了互为依赖基础上激烈的较量争夺。在传统文学书写中，这是一种在大自然背景下展开的公平的较量，人类只是靠着有限的器械和智慧来捕猎，而且目的是为了获得生存必需的食物而不是取乐和享受。那时，人口的数量是有限的，人类的生存活动并没有影响到其他生命正常的生存繁衍。然而，随着人类的进步发展，人掌握了越来越多的技术，各种各样的武器和设备足以使动、植物遭受灭顶之灾，加上人口增加、欲望的膨胀，人类对大自然过度开发、掠夺，原来人与其他生命共存的家园被人类大肆侵占，越来越多的动物要么被人类过度捕杀而濒临灭绝，要么就失去它们的家园而无处栖居。

动、植物在很多生态文学作品中是主要描写和表现的对象。作为与人同样的生命存在，动、植物不仅是生态灾难的直接受害者，而且还是人类暴行的直接施于对象。对非人类生命的热爱能唤起我们命运的共同感，给人类带来温暖和安慰，而对其他生命的残暴则映照了人类的自私和冷酷，折射了人类内在心灵的孤独和绝望。生态文学对动、植物的生命书写主要有两类：一类是对丰富多彩的动、植物世界和人与动、植物和谐亲密关系的描写，如梭罗的《瓦尔登湖》、利奥波德的《沙郡年记》和缪尔的《我们的国家公园》等。梭罗在瓦尔登湖畔独居的日子其实并不孤独，因为他有湖泊、有森林树木和各种动物做邻居，他可以和野鼠等小动物像朋友那样相处：在冬天里给松鼠和小鸟喂食，麻雀放心地飞到他的肩膀停歇，松鼠淘气地从他的脚上踩过，野兔和他成为邻居。还有一类对动、植物的生态书写揭露、批判了人类对待动、植物的暴行，表现了在自然环境破坏和人类疯狂的杀戮、掠夺下动、植物濒临灭绝的命运，如艾特玛托夫的《断头台》、莫厄特的《与狼共舞》和加里的《天根》等。艾特玛托夫在《断头台》中描写了母狼阿克巴拉一家被人类赶尽杀绝的悲惨命运：一对狼夫妇在人类利用各种武器的围猎中失去了自己的三个孩子和家园，被迫离开荒野逃走，在一个湖滨安家生下了五个孩子。可人类为了开采这一带的矿藏，竟然一把火把一望无际的芦苇荡全烧了，连着狼的五个孩子也烧死了。两只狼又开始伤心地逃亡，最后在一个山岩下安了家。它们再也无路可走了，前面已是茫茫的大海。这一次，它们又生下一窝四个孩子。结果，它们的孩子被人给偷走拿去卖。狼夫妇发现后一路追赶，围在偷盗者藏身的地方哀号。最后，一再失去孩子的母狼把一个小男孩叼走，它只想做这个孩子的母亲，只想让自己的母爱能够有所依托。最终，人类的子弹在击中母狼的同时也打死了这个无辜的孩子。狼的孩子和人的孩子、狼的悲愤和人的自私，多么可怜的狼，多么残忍的人！艾特玛托夫颠覆了我们对人与狼关系的传统认识，在人对狼的暴行中展开对人类道德良心的拷问。

生态文学作家们把动、植物作为有生命意识和人类的共同体来书写，超越了传统文学中把动物视为神灵和猎物的观念，摆脱了神秘主义和人类中心主义的褊狭，在对生命普遍尊重的基础上，站在把所有生命都视为生命的立场，赋予每一种生命以情感和尊严的诗意怀想，承认每一个生命和每一种生活方式的合理和珍贵，尊重和平等看待每一种生命及其生活，在生态文学写作中让它们作为生命的存在使人类的生活有了超越自身狭隘世界的意义。生态作家对动、植物的描写是在主体间性的立场中展开的，它摆脱了传统审美主体与审美对象之间的对立，物我交融契合为一。动、植物成为人性化的、与人类交往对话的生命存在，它们自然的存在与今天人类的生存行为形成对照，在人类对动、植物肆意地掳掠和征服中凸现它们生命的神奇、灵性和它们捍卫生命的惨烈、悲壮，警告目空一切的人类即将遭受随着动、植物的毁灭而到来的生存危机和毁灭，指出只有动、植物与人类相互和解之时，才有可能真正重建生态系统的平衡。

通过各种意象，生态文学生动形象地传达了丰富的生态主题内容，这些意象在带给读者审美享受的同时也引发了读者对生态问题的关注和思考，从而构建起由作者和读者共同组成的心灵共同体，形成普遍的生态共识并对人们的行为和道德产生积极而深远的影响。

第三章　生态文学的思想内涵

在生态文学对自然与人的关系的揭示和艺术表现中，蕴含了丰富而深刻的生态思想。挖掘、理解和分析这些思想，是生态文学研究的主要任务。

第一节　征服、统治自然批判

生态文学家们创作了大量充满激情、感人肺腑的作品，对古往今来人类征服、统治和改造自然进行了持之以恒的批判。

一、质疑人类干扰自然进程、征服自然的权利

梭罗在日记里质问道：“非得把河滨的樱草花移植到山坡上吗？‘此地’即它萌芽生长之处；‘此刻’即它姹嫣怒放之时辰。设若阳光、雨露降临‘此地’，催促它绽放成长，我们应否僭越此地攀折它？可否因为私心而将它移植至暖房去呢？”①

在《缅因森林》里，梭罗对登山者渴望征服地球所有高山顶峰发出了谴责。他说：“山顶是地球未造完的部分，爬上那地方，刺探神的秘密，考验它们对人类的影响，这是有点侮辱神明的。也许只是胆大妄为、厚颜无耻的人才会去那里。原始种族，如未开化的人，就不会去爬山，山顶是他们从未去过的神圣而神秘的地带。”与之相反，现代人却“习惯于认定人无处不在，每一个地方都有人的影响”。梭罗模

① 陈长房：《梭罗与中国》，三民书局，1991 年，第 105 页。

仿大地母亲的口吻对登山者发出警告:“这个地方不是为你准备的。我在峡谷里微笑还不够吗? 我从未把这块土地作为你的立足之地,没有把这里的空气供你呼吸,让这些石头作为你的邻居,我不能在这里怜悯你也不能爱抚你,但我永远会无情地把你从这里赶到我能宽容的地方。为什么在我没有召唤你的地方来找我,然后埋怨因为你发现我只是一个后娘?”①艾特玛托夫在《死刑台》里也痛批了人类把魔掌伸向莫云库梅荒原等人类并不居住的地方,呼吁人类给世界留下一些净土,不要去打扰践踏。

华兹华斯在《泉水》里指出,“对于大自然”,千万不要“做无谓的争斗”。在《劝诫》一诗里他又告诫人们:不要“从大自然的书上把这珍贵之页撕下”,不要为了自己的贪欲去亵渎自然,因为“凡现在使你着迷的一切,从你插手的日子起就消失”!②

普里什文在《大地的眼睛》里指出,“我们无条件地认为人类是大自然的‘君主’”,我们“利用大自然的财富,使之有益于自己,但还不知道,这是我们在控制大自然呢,还是恰恰相反,是大自然迫使我们服从他的规律”③。阿斯塔菲耶夫在《鱼王》里告诫人类:“不知安静为何物的人类,总是凶狠倔强地想把大自然驾驭、征服。然而大自然是不会被你玩弄于股掌之间的。”“我们只以为,是我们在改造一切,也包括改造原始森林在内。不是的,我们对它只是破坏、损害、践踏、摧残,使它毁于烈火。然而……原始森林依然是那么雄伟、庄重、安详。我们自以为是支配自然界,要它怎么样就能怎么样。但是,当你一旦窥见了原始森林的真面目,在它的里面呆过并领略过他医治百病的好处以后,这种错觉就会不复存在,那时,你将震慑于它的威力,感受到他的寥廓、虚空和伟大。”④瓦西里耶夫在《不要射击白天鹅》里呼吁人类善待大地母亲:“人对自然界称王是有害的。人是自然的儿子,是它的长子。所以人应该聪明一点,别把亲爱的妈妈撵进棺材。”⑤

---

① 罗伯特・塞尔:《梭罗集》,陈凯等译,生活・读书・新知三联书店,1996 年,第 715 ~ 716 页。
② 《华兹华斯抒情诗选》,黄杲炘译,上海译文出版社,1986 年,第 114、255 页。
③ 《普里什文随笔选》,非琴译,百花文艺出版社,1992 年,第 85 页。
④ 阿斯塔菲耶夫:《鱼王》,夏仲翼译,上海译文出版社,1982 年,第 84 ~ 85 页。
⑤ 瓦西里耶夫:《不要射击白天鹅》,李必莹译,湖南人民出版社,1984 年,第 54 页。

二、挖掘征服和统治自然的思想根源

卡森认为，最主要的根源就是支配了人类意识和行为达数千年之久的人类中心主义。她指出，“犹太—基督教教义把人当作自然之中心的观念统治了我们的思想”，于是“人类将自己视为地球上所有物质的主宰，认为地球上的一切，有生命的和无生命的，动物、植物和矿物，甚至就连地球本身，都是专门为人类创造的”①。人类中心主义最明显地表现在人类征服和统治自然的叫嚣和行径中。令卡森特别愤慨和痛心疾首的是，这种征服和统治自然的行径仍然盛行，而且还愈演愈烈。

俄罗斯诗人伊萨耶夫在《猎人射杀了一只仙鹤》里告诫道：“人不是大自然的帝王，不是主宰，而是自然之子。”②

在美国当代印第安诗人布鲁夏克的想象中，人类中心主义所导致的结局一定是这样的景象：

如果我们假定
我们是中心，
鼹鼠、翠鸟、
鳗鱼和小狼
在恩宠的边缘，
那么……
如同一个个死月
围绕一轮冰冷的太阳！③

《白轮船》里残忍的猎鹿者声称：“鹿是在我们的土地上打死的。凡是在我们领地上跑的、爬的和飞的，从苍蝇到骆驼都是我们的。我们自己知道我们应当如何对待自己的东西。”④这种辩解令人联想到《圣经・创世纪》里上帝赋予人的权利，

---

① Rachel Carson："Of Man and the Stream of Time"(commencement address，Scripps College，Clarement，Calif，1962)，Carol B. Gartner：*Rachel Carson*，Frederick Ungar Publishing，1983：120.

② 王守仁：《苏联诗坛探幽》，社会科学文献出版社，1990 年，第 170 页。

③ 张子清：《20 世纪美国诗歌史》，吉林教育出版社，1995 年，第 959 页。

④ 艾特玛托夫：《白轮船》，许贤绪译，上海译文出版社，1986 年，第 49 页。

它清楚地显示出征服和蹂躏自然的思想基础:人类是万物之主,人类早就获得了上帝的授权,人类可以对自然万物随意处置。在这种思想基础之上,人类渐渐养成了一种习惯:以征服自然为荣,以征服自然取乐,而且越是难以征服的对象就越能给人征服的乐趣和荣耀。

《鱼王》里的柯曼多尔在为自己偷偷捕鱼而得意的时候,产生了一个“痛快的、使他宽慰的念头”,那就是“到底我们想干什么就干得成”①。

华兹华斯的叙事诗《鹿跳泉》叙述了古代贵族为了自己的享乐纵情猎杀野生动物、肆意破坏自然本来面目的故事。在瓦尔特爵士的疯狂追赶下,一只美丽的公鹿走投无路,纵身跳下高高的山崖,死在一汪美丽的泉水边。“鹿摊着四条腿侧身横倒在地,一个鼻孔碰着山脚旁的清泉,它最后那沉重哼唧呼出的气,仍使清泉的水面微微地颤抖。”面对着这个任何还有一点爱心和同情的人都会感伤的情景,瓦尔特爵士却“高兴得顾不上休息”,为他的“光荣业绩”兴奋得坐立不安。然而他还不满足,为了炫耀他征服自然的成就和今后的继续作乐,他又决定在鹿死的地方“造个作乐的所在”。他建起“享受乡野乐趣的小凉亭”,竖起“纪念性的”大石柱,盖起奢华的大厦,带来情人和舞女,“在这逍遥的地方尽情地开怀”。更令人无法忍受的是,他还把那汪美丽的清泉改建成一个人工的伪自然的“艺术品”——一个水池!取名为“鹿跳泉”,希望后来的人世世代代都像他一样,以动物的死难为乐,以征服自然激发人类的狂妄。肆意改造自然带来的是可怕的灾难,无情的时间把人造的艺术景观变成了废墟,然而生态的美丽与平衡也不复存在。鹿跳泉一带变成最荒凉的地方,白杨树死气沉沉,“泉水发出凄凄切切的呻吟”,“再也没有狗和羊或者马和牛肯在那只石杯中湿自己的嘴唇”。“春天从不在这地方露面”,“自然界自愿死亡”!诗人“为那不幸的公鹿鸣冤”,警告后人千万不要再以征服和改造自然为乐,“别以哪怕最卑贱的生灵的痛苦换取我们的洋洋得意和欢畅”。②

《俄罗斯森林》里的一个“暴虐的大自然的征服者”这样说:“我喜欢水啊,我愿意制服它。又多又懒的家伙……我要使它变成白沫飞溅的狂暴的力!”让大自然“听命于我,怎么样?哎呀,幸福都使我头晕了,大自然……需要我们给它注入多么大的力啊!……要让它乖乖地献出自己的金钥匙。‘拿来,全拿来,背后还藏着什么哪?’怎么样,你不头晕吗?……啊”③多么可怕的狂妄!然而又是古往今来多少人曾津津乐道的狂妄啊!

① 阿斯塔菲耶夫:《鱼王》,夏仲翼译,上海译文出版社,1982 年,第 145 页。
② 《华兹华斯抒情诗选》,黄杲炘译,上海译文出版社,1986 年,第 128 ~ 137 页。
③ 列昂诺夫:《俄罗斯森林》,姜长滨译,黑龙江人民出版社,1984 年,第 378 页。

瓦西里耶夫在《不要射击白天鹅》里叙述了这样一件事：一群游客到森林里游玩，准备野餐时发现在他们选定的野餐地旁边有一个巨大的蚂蚁窝。他们完全可以稍稍挪动一下，到另一块林中空地去。然而他们没有，不仅没有，还要把那“大自然的奇迹”——两米多高的大罐子状的蚂蚁窝烧毁。“火焰……盘旋着冲向天空。哀号声，咕咕声，顷刻间吞噬了整个巨大的蚁穴。……蚂蚁在烟熏火燎之中抽筋，……它们藐视死亡，顽强地抵抗，怀着哪怕能救出一个生者的微弱希望，赴汤蹈火，在所不惜。眼看着一座宏伟的建筑——成百万个小生命耐心建造的劳动成果化为乌有；看着老云杉的枝梢由于灼热而卷曲；看着成千只蚂蚁大军从各路朝篝火奔来，无畏地投身于烈焰之中。”那放火者不仅没有丝毫怜悯之情，反而残酷而狂妄地喊道：“这不就全完啦！……人，是大自然之王，……是王，……是征服者，占领者。……收复了阳光下的一块土地，……现在不会有谁妨碍我们了，不会有谁打搅我们了。……应该庆祝一下这个小小的胜利！”①

三、揭示征服和统治自然的可怕恶果

卡森指出：“我们总是狂妄地大谈特谈征服自然。我们还没有成熟到懂得我们只是巨大的宇宙中的一个小小的部分。人类对自然的态度在今天显得尤为关键，就是因为现代人已经具有了能够彻底改变和完全摧毁自然的、决定着整个星球之命运的能力。”人类能力的急剧膨胀，“是我们的不幸，而且很可能是我们的悲剧。因为这种巨大的能力不仅没有受到理性和智慧的约束，而且还以不负责任为其标志。征服自然的最终代价就是埋葬自己”②。

卡森的话令人想起俄罗斯诗人舍夫涅尔的一首诗《箭》。诗人说，那只飞向猎物的箭“射的不是鹫，不是森林密菁里的猛兽，……我射出去的恶箭，在田野上飞呀飞，穿越森林的一排排树木，……把一簇簇浪花带起，……也把座座大山钻透，……我那有罪过的箭，飞呀飞进我的谷地，它环绕着地球飞来，为的是扎进我的背脊”③。

加拿大诗人丹尼斯·李在《文明哀歌》里这样说：“那种人把威士忌和暴力的机器，施展在原始、土著的土地上，贪婪天真地攫取它而不去爱惜。”诗人进一步指

---

① 瓦西里耶夫：《不要射击白天鹅》，李必莹译，湖南人民出版社，1984 年，第 51 页。

② Linda Lear：*Rachel Carson*, *Witness for Nature*, Henry Holt & Company，1997：407.

③ 王守仁：《苏联诗坛探幽》，社会科学文献出版社，1990 年，第 253～254 页。

出:“对大自然的征服的结果不是提高了人类文明而是阻碍了人类文明的发展,对土地进行掠夺性开发的政策正同对大自然怀有敌意的倾向一样,最终将导致城市走向灭亡。”①

路易斯在《人之废》里指出:“人类对自然的征服在其功德圆满的时候却是自然对人的征服。每一次我们似乎是胜利了,却一步步地走近这一结果。自然所有表面的退却,原来都是战术撤退。当它诱敌深入的时候,我们却认为它是节节败退。在我们看来它是举手投降的时候,其实它正张臂擒伏我们。”“人类对自然的征服实际上已是征服的最后一幕,剧终也许为时不远了。”②

加里在《天根》里断言,人类目前所走的这条通过征服自然来发展文明的道路是一条绝路。“目前威胁这群动物的不仅仅是猎人,还有树木被伐光、耕地的增多,一句话——人类的进步!”“人类已同空间、大地,甚至他所赖以生存的空气发生冲突。……自然的地盘越来越少。”“当我们还在杀害身边这些最美好、最高贵的生命时,我们有什么资格来谈人类的进步?……难道我们真的再也不能尊重大自然、尊重生机勃勃的自由了吗?……只讲求实用的文明,到头来总是要走到绝路上去!”③

征服和统治自然也许会给人带来一时的、自以为是的快乐,但由于失去了与自然的和谐关系,人类将承受长期的精神痛苦。

瓦西里耶夫在小说《不要射击白天鹅》里写道:“人们在痛苦,很痛苦,……为啥呢?因为我们都成了可怜的孤儿:我们和大地母亲闹纠纷,和森林大哥吵架,和河流阿姐痛苦地分离。我们没有地方可以站脚,没有什么东西可以依靠,也没有什么东西可以使人精神爽快。”④

许多生态文学家还意识到,人对自然的征服和控制反过来又强化了人对人的征服和控制。

阿斯塔菲耶夫指出,在戕害自然的同时“人的心理在变化,不知不觉地在变化”:“人人都中了蛊毒,大伙儿都病入骨髓。为一支猎枪,为一条小船,为一点弹药和食物,都可以拼命!”“一个人一旦见了血不再害怕,认为流点儿热气腾腾的鲜血是无所谓的事,那么这人已在不知不觉中跨过了那条具有决定意义的不祥之线,不再是个人了,而成了穴居野处、茹毛饮血的远古时代的原始野人,伸出那张额角

① 阿特伍德:《生存:加拿大文学主题指南》,秦明利译,中国文联出版公司,1991 年,第 53 页。
② 戴利·汤森:《珍惜地球:经济学、生态学、伦理学》,马杰译,商务印书馆,2001 年,第 266、262 页。
③ 加里:《天根》,宋维洲译,北京师范大学出版社,1996 年,第 74、76 ~ 77 页。
④ 瓦西里耶夫:《不要射击白天鹅》,李必莹译,湖南人民出版社,1984 年,第 226 页。

很低，獠牙戳出的丑脸，直勾勾地瞪着我们的时代。”①

阿斯塔菲耶夫还把人类征服自然与男性征服女性联系到一起思考，这与后来的生态女性主义的观点非常相近。《鱼王》里有个叫盖尔采夫的大学生，他既任意蹂躏自然也任意蹂躏女人。他的人生哲学是“男人的幸福是：‘我需要！’女人的幸福是：‘他需要！’”偷渔者伊格纳齐依奇在遭到大自然严酷惩罚的时候幡然醒悟，开始反思和忏悔自己的一生。他联想起自己对顺从的姑娘格拉哈的蹂躏，并对自己说：“大自然也是个女性！你掏掉了它多少东西啊？”②大自然母亲受到重创，人间美好的女性之一——伊格纳齐依奇最心爱的女儿也死于非命。

华兹华斯写道：

大自然把流经我身的人的灵气
与她的美妙作品连为一体，
这使我痛心地想到
人怎样对待人类自己。
……
难道我没有理由悲哀
人怎样对待人类自己？③

艾特玛托夫也从批判人对自然的征服转向批判人类社会内部的征服：“在那里，为了一些人的统治，为了征服并凌辱另一些人，总是血流成河。”“人与人之间的势不两立，诸王之间的领土纠纷，思想的对立，傲慢与权欲的排外性，以及时刻企图独霸天下的大国君王同追随其后、盲目顺从、假意颂扬、从头到脚武装起来、在频繁的内讧征战中狂呼胜利的各个民族之间的对抗……主啊，……为什么你要赐予那些互相残杀、把大地变成大众耻辱的坟墓的人以智慧、语言以及能创造万物的自由的双手！”“人类还将进入太空，带着令人憎恶的贪婪，互相争夺宇宙空间，妄图取得银河系的统治权。……当这些人把自己看得高于上帝的时候，对他们来说，上帝算得了什么？”“这就是富于理性的人类的终了。为什么会发生这种情况，人类怎么能灭绝自己的后代，毁于一旦，彻底被消灭？”作者恨自己不能像先知那样，“敲打他沿路经过的所有窗子，呼喊着：快起来，人们，灾祸临头了”。他呼吁人类

① 阿斯塔菲耶夫：《鱼王》，夏仲翼译，译文出版社，1982 年，第 251～252 页。

② 阿斯塔菲耶夫：《鱼王》，夏仲翼译，译文出版社，1982 年，第 494、224 页。

③ Oscar Williams(ed.) : *The New Pocket Anthology of American Verse*, Washington Square Press, 1961 : 233.

立刻清醒过来，共同思考如何才能使人“不再贪求对别人的统治；如何使他不再堕落，为所欲为”①。

第二节　工业与科技批判

19世纪以来，人类的工业生产与科学技术飞速发展。然而，工业和科技的发展并不都表现为正确认识自然、合理利用自然、在自然能够承载的范围内适度地增加人类的物质财富；在很多情况下，表现为干扰自然进程、违背自然规律、破坏自然美和生态平衡、透支甚至耗尽自然资源。工业和科技文明对自然的征服和破坏，在20世纪达到了前所未有的程度。正因为如此，生态文学向工业化和科学技术发出了强烈的质疑和激烈的批判。

应当指出，一些作家的批判有矫枉过正的倾向，但他们看似极端的批判都有着良好的动机，那就是使人类安全、健康、长久且诗意地生存在这个星球上。更应当指出的是，科学技术绝对不能置身于被监督的范围之外，科学技术头上的光环绝不意味着不受文学家、哲学社会科学学者和一切追求真理、正义和良知的知识分子批判的特权。失去了监督、批判和制约的科学技术，就像失去了监督、批判和制约的权力一样，肯定会失控，肯定会走向专制（科技专制）和疯狂。而且，工业化和高科技早已使人类具备了将地球毁灭的能力，因此，一旦科技与工业发展失控，它所导致的后果很可能比政治集权的后果更为严重，很可能是整个人类和整个生态环境的毁灭性的灾难！

生态文学对工业和科技的批判并不是要完全否定工业和科技本身，而是要突显人类现存的工业文明和科技文明的致命缺陷（下述批判都是针对现存缺陷的），促使人类思考和探寻发展工业和科技的正确道路，以及如何开创一种全新的绿色工业和绿色科技。

正因为如此，生态文学对工业和科技的批判具有特别重大的意义。

---

① 艾特玛托夫：《断头台》，冯加译，外国文学出版社，1987年，第204、206～207、219～221页。

一、工业化对自然美和诗意生存的破坏

德国的第一条铁路于1835年12月7日通车，此后不久，浪漫主义诗人凯尔纳就写出著名的《在火车站》，对火车这个工业文明的标志发起了激烈的批判：

你听到粗暴刺耳的汽笛声，
这野兽在喘息，它在准备
急速行驶，这一头铁兽，
飞驰起来，简直像惊雷。
……
看大家奔跑，一片骚乱，
车厢里挤得水泄不通！
于是叫道“开了”！天和地
一齐飞驰，像恶魔的梦。

喷气的巨兽！自从你出生，
旅行的诗意完全消逝。
……
不会有帮工再冒着风雨，
在路上高高兴兴地流浪，
或是疲倦地躺下，在草中
想他故乡的美丽的姑娘。
……
也不会再有亲爱的伉俪，
在路上舒适地乘坐马车，
丈夫跳下车，从草地里
采一朵鲜花给妻子佩戴。

不会有旅人在高处停留，
再去欣赏上帝的世界，

一切都将从大自然身旁
奔驰得像闪电一样飞快。

我悲叹：人类，凭着你的技术
把天地搞得多么冷寂！
我真想生在荒山老林里，
看不到你们玩弄蒸汽！
……
哦，人类，继续登峰造极吧，
把汽船、飞船全部造出！
随老鹰同飞，随闪电同飞！
一直奔赴你们的坟墓！①

凯尔纳的这首写在一百多年前的诗，博得了当今生态思想家和环境主义者的高度赞赏，他们用各种语言、各种方式重复着这位具有惊人的超前意识的诗人的预言：人类以飞速发展的科学技术和工业生产，剥离了自然同自己的密切联系与和谐关系，使得诗意的生存一去不复返了。

俄罗斯诗人叶赛宁和鲁勃佐夫对铁路和火车也怀有强烈的恐惧和忧虑。他们所担忧的主要是工业化所导致的自然美的消失和灾难性的污染。叶赛宁写道：

吹吧，吹吧，灾难的号角！
怎么办，我们现在该怎么办，
在这肮脏不堪的铁轨上？
霜雪就像石灰一样，
抹白这村庄和草场，
你们再无处逃离敌手，
你们再无处躲避祸殃。
瞧它，正腆着铁的肚子，
向原野的喉头伸出魔掌……②

---

① 钱春绮：《德国浪漫主义诗人抒情诗选》，江苏人民出版社，1984 年，第 354 ~ 257 页。
② 吴泽霖：《叶赛宁评传》，浙江文艺出版社，1999 年，第 164 页。

鲁勃佐夫在《我的静静的故乡》里写道：

……在铁路线的后面
我看见一个隐蔽的、洁净的角落。
请时代原谅我的无益的唠叨，
但是我恳求，但愿这个荒僻的景观
不要被火车站的烟笼罩。①

梭罗也反对无视自然保护地滥造铁路。他把穿过瓦尔登湖畔森林的铁路称作一支飞箭，而瓦尔登湖就像一个靶子“被一支飞箭似的铁路射中”。他又把火车比做一匹铁马：“如雷的喘声回响在山谷，脚步震撼得大地颤抖，鼻孔喷烟吐火，……看上去仿佛大地现在有了一个配得上在此居住的新种族。”火车“玷污了‘宝灵泉’，吞噬了瓦尔登湖边所有的树木”，瓦尔登湖在梭罗心中就是自然美的代表，而铁路和火车又是破坏了自然美的工业文明和科技发展的象征。

俄国诗人巴拉丁斯基早在19世纪30年代就意识到工业革命所潜藏的内在危机，那就是导致人的物质欲望恶性膨胀，同时使人越来越多地失却精神和诗意的存在。在《最后的一个诗人》(1835)里巴拉丁斯基写道：

时代沿着钢铁之路迈进，
人心贪财，欲壑难填，
幻想越来越明显、越来越无耻地
专注于迫切需要的、有利可图的东西。
诗歌的幼稚的幻梦
在教育的光照下消逝了，
人们不再吟风弄月，
却操心办工业。②

别林斯基曾因此诗批评过巴拉丁斯基，并声称人类进入“为了铁路，为了轮船”的时代“恰恰是它的伟大胜利”！即便人们“过分卑下地向黄金拜倒”，那也

---

① 许贤绪：《20世纪俄罗斯诗歌史》，上海外语教育出版社，1997年，第566页。

② 徐稚芳：《俄罗斯诗歌史》(第二版)，北京大学出版社，2002年，第171～172页。

“仅仅是意味着,人类在19世纪进入了自己发展的过渡阶段”[①]。虽然无需强求别林斯基超越时代的局限性,但却应当充分评价巴拉丁斯基了不起的预见性。巴拉丁斯基所反感和忧虑的并不是工业化本身,而是它导致的恶果。他对人类欲望膨胀和诗意生存萎缩的关注,显示出一种超越时代的并被以后的社会发展所证实的远见。俄罗斯诗人库兹涅佐夫把有关伊凡傻子和青蛙公主的著名童话改写成《原子童话》:伊凡傻子把青蛙带回家,剖开它“洁白的、金枝玉叶的身体”,再通上电流。他要做实验,要进行科学研究,而不要自然与人紧紧相连的美和爱。倒霉的青蛙“在长时间的折磨中渐渐死去,每一根血管都有时代的搏动,在傻子的幸福的脸上,露出求知的笑容”。请大家注意,诗中“时代的搏动”和“傻子”的含义,诗人以一个虚构的故事批判的是整个时代甚至一个漫长时期的主流精神,而那种主流的反生态的精神表面看起来是聪明的,而实际却是最愚蠢的。时代的这种科技精神使人失去了对万物之美的追求,使万物在人的眼睛里彻底地“去魅”,使人走向功利主义、实用主义的极端。在“数字、水泥和塑料的冷冰冰的伪自然”占尽优势的时代,河流里的青蛙和森林里的野花毫无用处。就像诗人在《花》里质问的那样,“在这个天空下花有什么用,既然它的香味不是面包”[②]?

意大利作家保罗·沃尔波尼致力于工业文明批判,他的《血肉之躯》和《愤怒的星球》表现疯狂的工业文明对自然的过度开发以及军事工业对整个地球的巨大威胁,如果任由这种文明继续疯狂增长,就必然导致物质世界的完全毁灭。

美国诗人杰弗斯在《大拉网》一诗里把现代工业文明和城市文明比做巨大罗网,那罗网把人类一网打尽:

……我们开动了一台台机器,
把它们全部锁入相互依存之中;
我们建立了一座座巨大的城市;
如今在劫难逃。
我们聚集了众多的人口,
他们无力自由地生存下去,
与强有力的大地绝缘,
人人无助,不能自立。

① 《别林斯基选集》(第三卷),满涛译,上海文艺出版社,1963年,第537页。
② 许贤绪:《20世纪俄罗斯诗歌史》,上海外语教育出版社,1997年,第579~580页。

圆圈封了口，网正在收。
他们几乎感觉不到网绳正在拉……[①]

工业文明将人类一网打尽！多么可怕的比喻！又是多么令人警醒的意象！

二、工业化造成生态系统的紊乱和自然资源的枯竭

梭罗激烈抨击了阻断了河鲱溯游产卵必经之路的水坝建设："可怜的河鲱啊！哪里有给你的补偿啊！……你依然穿着多鳞的盔甲在海中漫游，到一处处河流入海口谦恭地探询，看人类是否可能已让其畅通允许你进入。……你既无刀剑作武器又不能击发电流，你只是天真无邪的河鲱，胸怀正义的事业，你那柔软的、哑口无言的嘴只知朝向前方，你的鳞片很容易被剥离。拿我来说，我站在你一边。有谁知道怎样才能用一根撬棍撼动那座比勒里卡水坝？……这种鱼乐意在产卵季节之后为人类的利益被大批杀死。人类肤浅而自私的博爱主义见鬼去吧！……有谁听见了鱼类的叫喊？"[②]这样的工业建设所带来的绝不仅仅是生态伦理危机，更为严重的是生态系统的紊乱和由此导致的物种灭绝。在拉斯普京的《告别马焦拉》里，主人公达丽亚老太太对迷信机器文明的孙子说："你说有机器，机器为你们干活儿。唉，早就不是机器为你们干活儿咯，是你们为机器干活儿呢……可这机器得费多少东西呀！这不是马，喂点燕麦，再往牧场一轰就行了。机器要榨干你们的血汗，要糟蹋土地。……你们的生活要吃多少啊：把马焦拉端给它吧，它饿得皮包骨了。光吃一个马焦拉就够啦!？他要伸手去抓，哼啊哈的，还要拼命地要呢。还得再给它。有什么办法呢，你们还得给。不然你们就要倒霉。你们已经给它放松了缰绳，如今就再也勒不住它了。怨自己吧。"[③]达丽亚老太太的话虽然很土、很口语，却代表作者提出了一系列深刻而重大的问题：究竟是人利用机器还是机器控制了人？高速发展的工业文明需要吞噬多少自然资源，其中又有多少是不可再生的？包括土地、石油、原始森林在内的这些需要千年、万年甚至数百万年才能形成的资源还够工业文明挥霍多少年？登上了工业化、现代化甚至后现代化的快车是否犹如骑虎难下？究竟是谁造成了这快车不可控制地、加速度地驶向灾难？咎由自取的人类是否还

---

① 彭予：《20世纪美国诗歌——从庞德到罗伯特·布莱》，河南大学出版社，1995年，第171～172页。
② 罗伯特·塞尔：《梭罗集》，陈凯译，生活·读书·新知三联书店，1996年，第31页。
③ 《拉斯普京小说选》，王乃倬译，外国文学出版社，1982年，第155～157页。

有可能拯救自己也拯救这个星球?

著名生态思想家麦克基本在1989年出版的《自然的终结》一书里把当今世界称为“后自然世界”(postnatural world),因为自然已经终结了。“后自然世界”的一个突出特点就是什么东西都用光了或者就要用光了。美国小说家厄普代克“兔子”系列小说的最后一部《兔子安息》就表现了这样的世界。生态文学研究者戴特林评论道,“兔子”系列反映了美国20世纪50年代(《兔子跑吧》)、60年代(《兔子归来》)、70年代(《兔子富了》)和80年代(《兔子安息》)的社会状况,象征着美国人为现代化的、富裕的生活而奋斗的过程。然而,这种奋斗是以破坏自然、耗尽有限资源为代价的,这个奋斗过程的“最佳称呼是‘肚子的故事’”,即满足欲望的故事,令人联想起古希腊神话里的厄律西克同。“兔子”哈里奋斗的最后阶段,“反映了这个国家的腐朽和衰落,美国已经是后自然的土地”,用小说里的话来说就是“我们把它全部用光了——世界”! 接下去的只能是灾难。①

三、科技发展很可能给自然和人类带来毁灭性的灾难

这是生态文学家最为关注的问题之一。从19世纪玛丽·雪莱的《弗兰肯斯坦》到2003年阿特伍德的《“羚羊”与“秧鸡”》,许许多多的作家通过自己的作品对这种可能的灾难发表了看法并提出警告。

玛丽·雪莱的小说《弗兰肯斯坦》堪称人类的一部最优秀的生态小说,也是第一部反乌托邦生态小说。它预示了人类企图以科技发明主宰自然却反过来被自己创造的科技怪物所主宰的悲剧。小说主人公维克多·弗兰肯斯坦是个科学家,把自然科学当作支配他“一生命运的守护神”。在科学探索的狂热和获得巨大声誉的渴望的推动下,他用死人骸骨创造了一个巨人般的怪物。那个怪物很快就成为一种异化力量,它以残杀弗兰肯斯坦的弟弟、好友、妻子和其他无辜者的方式胁迫科学家满足它的要求。它恶狠狠地对它的创造者说:“你这无赖……你给我记住,我是强有力的。你以为你够倒霉了,可我要叫你雪上加霜倒大霉,……你创造了我,可我才是你的主人。服从我的命令!”②生态文学研究者克洛伯尔认为,这个怪

① Cheryll Glotfelty & Harold Fromm: *The Ecocriticism Reader*; *Landmarks in Literary Ecology*, The University of Georgia Press,1996:199.

② 玛丽·雪莱:《弗兰肯斯坦》,刘新民译,上海译文出版社,1998年,第34、205页。

物完全可以比拟为20世纪的原子弹或未来的基因怪物。玛丽·雪莱描写道，弗兰肯斯坦决定不为他的怪物创造一个同伴（可比拟为氢弹），否则两个怪物联合起来必将毁掉整个人类。这样的情节与一百多年后人类发明核武器以及所面临的核灾难之恐惧，竟然是如此相似！克洛伯尔因此而断言："这是有关科技摧毁整个人类之可能性的第一次文学描写。"①

玛丽·雪莱在小说导言里明确指出了她的基本思想："发明创造的先决条件在于一个人能否把握某事物潜在的作用。""任何嘲弄造物主伟大的造物机制的企图，其结果都是十分可怕的。"这种思想与恩格斯的生态思想是非常接近的。用今天的生态话语来说就是：科学发明和科学创造必须把尊重并恪守自然规律、严禁干扰或扭曲自然进程、准确预测并有效控制创造物的副作用作为根本前提。作者描写了弗兰肯斯坦深刻的忏悔和反思："可现在，我已幡然醒悟。我第一次认识到……黑了良心。我将遭到子孙万代的诅咒，骂我引狼入室，骂我自私自利，……将可能导致整个人类的毁灭。"这样的反思，值得所有的科学家深思。他的反思不仅局限在造出怪物这一具体事件上，还扩展到人类应当怎样改善与自然的关系等更大的问题："我甚至折磨活生生的动物"，"我对大自然的魅力视而不见，对周围的景致无动于衷"。当他发现沃尔顿正在步他的后尘、企图"征服自然这一人类的顽敌，并使子孙万代成为大自然的主人"时，他痛苦地劝告："不幸的人啊，你怎么也和我一样发疯了？难道你也喝了那种令人痴迷的蒙汗药吗？"他向沃尔顿叙述了自己可怕的经历，目的是使后来人从他的"遭遇中汲取某种适当的教训"。② 这也正是玛丽·雪莱创作这部小说的目的。

贝特认为，《弗兰肯斯坦》这部批判"违反自然规律"的作品，对人类正确认识当代科技发展的潜在危险，具有特别重大的意义。他提请读者特别关注弗兰肯斯坦这个自称为"现代普罗米修斯"的科学家，注意他企图成为"一个新人种的创造者"，成为"更幸福、更美妙的自然"的创造者。他与当今正在为克隆而日夜奋战的那些科学家何其相似！贝特明确指出：弗兰肯斯坦简直"就像发现DNA之前一个半世纪的基因工程师"③！

苏联作家布尔加科夫的小说《不祥的蛋》中的情节近似于《弗兰肯斯坦》。莫斯科大学动物学教授的科研成果被国营农场主席抢走，那成果是一种神奇的红光，被那红光照射后的生物会以惊人的速度迅速繁殖。农场主席用红光照射了一批种

---

① karl Kroubér: *Romantic Fantasy and Science Fiction*, Yale University Press, 1998: 14 ~ 20.

② 玛丽·雪莱：《弗兰肯斯坦》，刘新民译，上海译文出版社，1998年，第23页。

③ Jonathan Bate: *The Song of the Earth*, Harvard University Press, 2000: 51.

蛋,没想到孵化出来的竟然是大批巨型爬虫。那些可怕的怪物吃掉了农场主席的妻子,吓疯了主席,蔓延到各地农村,吞噬、蹂躏着一切,并以不可抗拒之势向包括莫斯科在内的大城市逼近,而那位发现了红光的教授则被绝望和狂怒的民众打死。最终的获救还得靠大自然的伟力和大自然的恩赐:生死关头,一场罕见的特大寒流从天而降,冻死了所有的怪物。与玛丽·雪莱的目的一样,布尔加科夫也用高度假定性的故事来抨击干预自然进程、违背自然规律的科学研究,揭示这样的研究所带来的可怕后果。

美国诗人杰弗斯在他的名诗《科学》里也描述了科学怪物。他写道:

人创造了科学巨怪,
但却被那巨怪控制,
就像自恋和灵魂分裂的疯子不能管束他的私生子。
他造出许多刺向自然的尖刀,
本想用它们实现无边的梦想,
而噬血的刀尖却向内转刺向他自己。
他的思想预示着他自己的毁灭。①

加拿大诗人普拉特在长诗《泰坦尼克号》里,以那艘代表着 19 世纪最先进技术的“永不沉没的”巨轮,象征人类认为科技可以使他们主宰自然、左右环境的狂妄自负,用泰坦尼克号的沉没象征“技术神话”给人类带来的灭绝性的灾难。这不禁让人联想起在 20 世纪末风靡全球的好莱坞巨片《泰坦尼克号》,联想到该片的男主人公站在船头不知天高地厚地叫喊:“我是世界之王!”阿特伍德对其分析得好:长诗《泰坦尼克号》“通过胜利—失败的比喻”,很明显地传达出“我们已经超出了宿命的态度而转向了认为大自然是冷漠无情的态度,转向了同大自然作战争交易的态度、向大自然宣战的态度,转向了认定大自然是有敌意的态度”。② 然而,人类的这种态度最终将导致他的毁灭。长诗的结尾这样写道:

远处星光下
没有其功绩的痕迹

① Oscar Williams (ed.): *The Pocket Book of Modern Verse*, Pocket Books, Inc, 1958: 331.

② 阿特伍德:《生存——加拿大文学主题指南》,秦明利译,中国文联出版公司,1991 年,第 49 页。

只有最后的海浪来自泰坦号船底
冰卵孵化出的沉默和震惊与
带有旧石器时代面孔的灰色形体
仍然是那条经线上的主人①

诗人提醒我们:文明虽然高度发达,但人类对自然的态度却没有与其能力相适应地提高,借助科技人类获得了巨大的力量,但其自然伦理却还处于非常低级的阶段。诗人还告诫我们:人类不管怎样发展,都不可能变成自然的主人,最多是自己的创造物的主人,而且还常常控制不了自己的创造物,被自己所创造的科技怪物所埋葬。

瑞士作家迪伦马特的剧作《物理学家》里的主人公叫默比乌斯,他的发明创造比玛丽·雪莱和布尔加科夫的怪物更为可怕:一种能创造出把世界全部毁灭的能量的方法。为了防止这种技术被滥用,这个良知尚存的物理学家焚毁了发明手稿,抛弃了事业和前程,离开了妻子和孩子,装疯躲进疯人院。然而,垄断托拉斯的大股东、疯人院的女院长早就偷拍了默比乌斯的发明手稿,并且已经利用这项发明开始生产比核弹更加危险的武器,企图以此统治人类、控制一切。剧本沉痛地写道:"我们已走到了我们道路的尽头……我们的科学已变成恐怖,我们的研究已变成危险,我们的认识已变成致命。"②

在另一位瑞士作家弗里施的小说《技术人法贝尔》里,主人公原本认为一切都可以规划、设计和计算,技术可以解决一切问题。经过一系列的人生剧变,他终于获得了新的感悟:技术终究不能代替人间的一切,人类不得不服从更伟大的法则——自然法则的制约。

瑞士诗人马尔蒂被20世纪80年代以后以切尔诺贝利核电站爆炸泄漏为代表的一系列灾难性事故所震撼,进而对科技文明和工业社会的发展提出了强烈质疑。在《复活节前的星期六》里,诗人写道:

我们的命运
走上了
这样的轨道:

① 阿特伍德:《生存——加拿大文学主题指南》,秦明利译,中国文联出版社,1991年,第51页。

② 李明滨:《20世纪欧美文学史》(第4卷),北京大学出版社,1999年,第160页。

技术
反过来
把人吃掉?①

英国作家邦德也抨击了可能导致生态灾难和人类灾难的科技创造,他指出:“科学和智慧作为工具为人性中最原始、最荒谬的成分所操纵和利用,这不仅导致浪费资源和毁灭我们的生态环境,而且也造出了足以摧毁全人类的氢弹。”②

赫胥黎的《奇妙的新世界》不仅是政治批判小说,也是科技文明批判小说。滥用科学技术给人类带来的不是幸福而是灾难。在他的另一部作品《猿与本质》里,核战争爆发了,幸存的人都退化成了猿。

德布林的长篇小说《山、海与巨人》对2700—3000年间的景象做了预测:由于科学技术的神速发展,人类获得了过去梦想不到的巨大力量,同时也表现出前所未有的狂妄。人毫不动摇地相信自己能够完全征服自然。他们把格陵兰的冰山融化了,以获得未被污染的水源。谁知深埋在冰山下的千万具古生物遗骸也因此复活。压坏的、断裂的肢体交叉地长在一起,变成奇形怪状的巨大怪物。眼睛的窟窿变成了嘴巴,上下颚长出了两条腿。活的和死的,有机的和无机的,在自然界已分辨不清。一大堆怪物向人扑来,伴随着山崩地裂、暴雨洪水,迅速地吞噬着人类。地球上永恒的对立面——人与自然,终于到了公开决战的时刻!

瑞典诗人马丁逊的长篇叙事诗《阿尼阿拉》也预测了人类的愚蠢最终导致地球毁灭的那一天:全球只有8000人侥幸逃上了阿尼阿拉号宇宙飞船,然而飞船的导航仪却失灵了,最后的幸存者也死去。具有深刻讽刺意味的是,具有了自主性并主宰着人类的技术仍然在发挥作用:阿尼阿拉号飞船载着8000具尸骸向天琴星座的方向飞去。

德国作家穆艾勒的剧作《死亡筏》也预言了人类工业文明和科技文明的未来景象:严重的化学污染和核污染使地球变成一个死亡星球,只剩下4个残疾和异变的人同乘一个竹筏驶向死亡,即使在生命即将完全灭绝的时刻,这几个人仍然不能患难与共,依然相互为敌,直至相互残杀。

在《星光照耀着孤独的大洋》里,杰弗斯所预测的科技文明走向极点之后的景象是这样的:两极的冰山融化,世界上绝大多数国家都被淹没,只有少许人还活在

① 罗袚等:《欧洲文学史》(第三卷),商务印书馆,2001年,第840页。
② 王佐良等:《英国20世纪文学史》,外语教学与研究出版社,1994年,第724页。

马尔帕索山山顶，靠菖蒲根、橡树子、蛴螬和甲虫维生，身体退化得近似野猪的模样；而星光则嘲弄地照耀着孤独的汪洋大海。

世界走错了路，我的人类，
而且还将更糟，在它被修好之前；
唯一不错的选择是躺在这山顶上
等待四百或五百年，
瞧着那些星星照耀孤独的大海。[①]

这真的就是科技文明和工业文明发展的最终结局吗？这样的文明还能算作文明吗？利奥波德在《野生动物管理》一书里分析道："两个世纪的'进步'给多数市民带来了一个选举权，一首国歌，一辆福特，一个银行账户，以及一种对自己的高度评价；但是却没有带给人们在稠密居住的同时不污染、不掠夺环境的能力，而是否具备这种能力才是检验人是否文明的真正标准。"[②]究竟什么才是文明？究竟什么才是进步？利奥波德在这里提出了一个根本性的问题。在梭罗那里，文明和进步的主要标志是精神生活的极大丰富。在利奥波德看来，人类只有在人口激增、城市化、工业化、商品经济化和自我评价高涨的过程中，获得真正解决污染、资源耗尽等难题的能力，进而真正重返与自然的和谐；那才是真正的文明与进步。

第三节　欲望批判

欲望，古往今来，有多少哲学家、经济学家和政治家曾满怀热情地赞美你！有人说你是推动社会进步的巨大动力，有人利用你让世界发生了沧桑之变。然而，在生态文学家眼里，你就像被从瓶子里放出来的魔鬼，一旦放出就难以有效控制；你带给人类太多灾难，并且还在继续制造更大的灾难。如果人类不想或不能控制住魔鬼般的欲望，那结局只有一个：与地球一起毁灭。

---

① Oscar Williams(ed.):*The Golden Treasury of the Best Songs and Lyrical Poems*, The New American Literary of World Literature, Inc, 2000:459 ~ 460.

② Aldo Leoppold:*Game management*, Charles Scribner's Sons, 1933:423.

一、欲望膨胀导致疯狂的掠夺自然

奥维德在《变形记》里记载了一则古希腊神话，这个神话包含了深刻而又恒久的意义。

忒萨利亚王子厄律西克同放肆地砍伐橡树，即使树流血也不为所动。他的名字的希腊文含义是“掘地者”，据说与他掘出森林的树根以扩大耕地有关。神对他的惩罚是：使他永远不觉得饱，使他的欲望无穷无尽且越来越强。从此以后，他的生活就只剩下一个目的——满足欲望。他白天吃，晚上吃，梦中还在吃，愈吃得多，肚子里愈空虚。他的饥饿的肚皮就像无底洞一样。他吃尽祖先储存的所有粮食，吃光了所有家产，连女儿也卖了换来吃的。最后，他实在找不到任何可吃的东西，只好用牙咬自己的肉，用自己的身体来喂养自己。①

厄律西克同很可能是西方文学作品里第一个毁林造田的人、第一个为扩大生产而蹂躏自然的人。他真的可以算作人类物质生产之路的开辟者。数千年来，人类一直沿着他所开辟的道路朝前走。厄律西克同的厄运，象征着人类追求无止境的欲望满足的发展史。在这样一种发展过程当中，人类不仅消耗掉其地球母亲经过千百万年演进才创造出的各种资源，而且还把子孙后代生存的必需物质剥夺殆尽，就像厄律西克同吃光祖先储存的粮食又出卖自己的女儿。这种发展的必然结果是“用自己的身体来喂养自己”，为争夺极其有限的资源而互相残杀，直至把全人类彻底毁掉。

在梭罗笔下，欲望恶性膨胀的人是这样的：“贪婪攫取的长期习惯使他的手指变成钩状的、骨节突出的鹰爪，……他所想的只有金钱价值；……他榨干了湖边的土地，如果愿意他还可以抽干湖水；……他可以抽干湖水出售湖底的淤泥。……农场里的一切都是有价的，如果可以获利，他可以把风景甚至把上帝都拿到市场出卖。”他根本就不知道，“所有生物都跟他一样有生存的权利。野兔子临终前哭喊得像一个小孩”②！

---

① 奥维德：《变形记》，杨周翰译，人民文学出版社，1984 年，第 118 ~ 121 页。

② Henry D. Thoreau: *Walden*, Princeton University Press, 1971: 195 ~ 196, 212.

在《自然历史散文》里，梭罗进一步指出："大多数人，在我看来，并不关心自然，只要他们活着，能得到一笔钱，他们就出卖自己拥有的大自然的那份美丽，并且许多人还只不过是为了一杯朗姆酒。谢天谢地，人还不会飞，还不能使天空像大地一样荒芜！"①然而，梭罗低估了人类破坏自然的能力。在梭罗身后一百多年里，人类不仅把天空弄得乌烟瘴气，不仅造成了面积比美国国土还大的臭氧层空洞，而且还飞向太空，在那里大量抛弃垃圾，甚至布置武器。

随着人类社会的发展，人们对物质的需求急剧膨胀，人的无限欲望与自然的有限供给的矛盾越来越尖锐。哈代痛苦地指出了这个"悲哀的事实——人类在满足其身体需要方面的发展走向了极端，……这个星球不能为这种高等动物追求不断提高生活需要的幸福提供足够的物质"②。

图尼埃在《礼拜五——太平洋上的灵薄狱》里描写道：那些"粗鲁贪鄙的家伙""决定放野火烧掉整片草地，以便寻找黄金"。望着他们，鲁滨孙深感厌恶，厌恶"高等文明人以无辜而坦然的态度表现出来的这种粗暴、仇恨和贪得无厌"，厌恶他们把"获得财产，取得财富，得到满足"当作人生的唯一目的，"无例外地都在拼命追求这些目的"，并自以为唯有达到这种目的才能获得尊严。鲁滨孙意识到，如果"把他们声称要争得的尊严给予他们，势必就会把希望岛一笔勾销，使它化为乌有"。③ 在与此相关的短篇小说《鲁滨孙·克鲁索的结局》里，图尼埃写出了他最深沉的绝望：鲁滨孙再也找不到那个小岛了，自然界里已经没有一块净土了！众人嘲笑这个疲惫不堪的寻找纯净自然环境的老人，爆发出一阵又一阵的哄笑。小说的最后一句话是个深刻而又令人恐惧的象征：人类的"笑声突然打住，这乱哄哄的场所一下子寂静无声"④。这个结尾使人联想到《寂静的春天》，然而却是更加可怕的寂静！

英国当代女作家多丽丝·莱辛在《一个幸存者的回忆录》里，描述了欲望无限膨胀所导致的未来灾难：食物、水和氧气即将耗尽，地球变得越来越冷，人们靠吃腐烂的东西、尸体直至人吃人而苟延残喘，最后是人和所有生物的大灭绝。

杰弗斯在《被打破的平衡》一诗里直截了当地指出人类这样由欲望推动着发展下去的结局：

---

① 米尔德：《重塑梭罗》，马会娟等译，东方出版社，2002 年，第 344 页。

② Lawrence Coupe (ed.) : *The Green Studies Reader*; From Romanticism to Ecocriticism, Routledge, 2000: 269.

③ 图尼埃：《礼拜五——太平洋上的灵薄狱》，王道乾译，上海译文出版社，1994 年，第 232、238、234 页。

④ 图尼埃：《皮埃尔或夜的秘密》，柳鸣九等译，安徽文艺出版社，1999 年，第 79 页。

他们唯一的作用是
维持和效力于人类之敌——文明
怪不得他们活得神神经经，
舌尖的欲望：进步；
眼里的欲望：欢乐；
心底的欲望：死亡。
世界在变化中病倒，雨变成毒药，
大地是一个坑，该毁灭了。①

二、欲望膨胀扼杀人的灵魂和美好天性

华兹华斯指出，物欲膨胀不仅伤害了自然，而且也伤害了人自身，使人丧失了他的天真纯洁和美好的心灵。

这尘世拖累我们可真够厉害：
得失盈亏，耗尽了毕生精力；
对我们享有的自然界所知无几；
为了卑鄙的利禄，把心灵出卖！②

看看那些“打猎取乐者”吧！他们哪里还顾得上欣赏自然美景，他们所渴欲的只是如何迅速地获取更多的猎物，他们“恨不能更快地飞过他们本应当来观赏的田园”③。

波德莱尔把欲望比作重重地压在人们身上的巨大的怪物，可是，诗人惊讶地发现，人们竟然都心甘情愿地背着那个怪物前行：

他们每个人的背上都背着一个巨大的怪物，其重量犹如一袋面粉、一袋煤或是罗马步兵的行装。

可是，这怪物并不是一件僵死的重物，相反，它用有力的、带弹性的肌肉把人紧

① 彭予：《20 世纪美国诗歌——从庞德到罗伯特·布莱》，河南大学出版社，1995 年，第 171 页。
② 《华兹华斯、科尔律治诗选》，杨德豫译，人民文学出版社，2001 年，第 142 页。
③ William Wordsworth：*Guide to the Lakes*，Oxford University Press，1977：162 ~ 163.

紧地搂压着,用它两只巨大的前爪勾住背负者的胸膛,并把异乎寻常的大脑袋压在人的额头上……

……他们被一种不可控制的行走欲推动着。

……没有一个旅行者对伏在他们背上和吊在他们脖子上的凶恶野兽表示愤怒,相反,他们都认为这怪物是自己的一部分。这些疲惫而严肃的面孔,没有一张表现出绝望的神情。……他们行走着,脚步陷入尘土中,脸上呈现着无可奈何的、被注定要永远地希望下去的神情。①

波德莱尔形象地写出了芸芸众生追求欲望满足的生存状态。明明是那么可怕、那么压迫人的怪物,可人们却把它当作自己的一部分,它真的是人性中最可怕的一个部分、一种本能吗?明明知道欲壑难填,可人们还要永远希望下去、永远不停地填下去。

梭罗也有类似的分析,但更为平实而明晰:为了过上越来越奢侈的生活,人们推动着所有的重负前行。“我曾遇见过多少个可怜的、始终不变的灵魂啊,他们几乎被重负压垮,喘息着爬行在生活的道路上。”“大多数人……被人为的生活忧虑和不必要的艰苦劳作所控制,而不能采摘生活中的美果……一天又一天,没有一点闲暇来使得自己真正地完善;……他没有时间使自己变得不只是一架机器。”“他们把所有时间都花在获得一种生活并保持那种生活之上”,而那种生活并非必需的,而是日趋舒适和奢侈的。他们不是住房子,而是“房子占有了”他们;“房子是那么庞大而且不实用的财产”,他们“不是住进去而是被关进去”。同样,“不是人看管牧群而是牧群制约了人”“看哪,人已经变成他们的工具的工具了”。②

缪尔在《我们的国家公园》里指出:“利令智昏的人们像尘封的钟表,汲汲于功名富贵,奔波劳顿,也许他们的所得不多,但他们却不再拥有自我。”“成千上万心力交瘁生活在过度文明之中的人们开始发现……由过度工业化的罪行和追求奢华的可怕的冷漠所造成的愚蠢的恶果的时候,他们用尽浑身解数,试图……通过远足旅行,……在终日不息的山间风暴里洗清了自己的罪孽,荡涤着由恶魔编织的欲网。”③

阿斯塔菲耶夫在《鱼王》里写道:人们把“贪得无厌的习性认作是一种奋发精神,然而正是这种习性能使人一反常态、欲火中烧”。“欲求控制了他这个人,左右

① 波德莱尔:《巴黎的忧郁》,亚丁译,漓江出版社,1982 年,第 17 ~ 19 页。

② Henry D. Thoreau: *Walden*, Princeton University Press,1971:5, 6,153,33 ~ 34,56,37.

③ 缪尔:《我们的国家公园》,郭名惊译,吉林人民出版社,1999 年,第 1 ~ 2 页。

着他的行动。”[①]阿斯塔菲耶夫的话与“浮士德精神”针锋相对。这种截然对立正好反映出生态思想与极端人本主义的根本区别。人们应当深思并质疑:鼓励人们奋发图强、自我实现、创业打拼,其实质是不是在激发贪得无厌的欲望大膨胀?许多人以羡慕的口吻津津乐道的那些“成功人士”,究竟是成功地攫取和占有了大量的物质财富,并连带地消耗了更多的资源、造成了更多的污染,还是成功地丰富了精神生活并创造了精神成就,或对生态的可持续和人类存在的可持续成功地做出了重要贡献?

巴赞在《绿色教会》里指出,为满足欲望而生存必然造就一个占有的文化,消费至上的文化,而不是健康存在的文化。这种思想与弗罗姆的“占有论”十分相似。巴赞笔下的主人公说:“可是现在,生存再也不是主要问题,而是所有。推着你消费,你才是完人;属于你的财产将你占有。我呀,使我感兴趣的是与此相反的奢华:没有财产、没有定规、没有安全、没有野心、没有回忆、没有名字地生活……”[②]巴赞的主人公挑战的是当今最时尚的消费文化和占有文化,这种文化是欲望动力推动的文化,也是进一步刺激更大欲望的文化。它与欲望膨胀构成了恶性循环的关系,人类在这种恶性循环当中,就像奔跑在“欲望膨胀—消费占有—欲望再膨胀—更多地消费占有”的盘旋上升的不归路上,终点就是万丈深渊,而且已经清晰可见。

列昂诺夫在《俄罗斯森林》里急切地呼吁:人类的灵魂再也不能继续“受社会上无比贪婪的螺旋原虫的腐蚀,使思维网络变成繁衍最卑微的欲念的污水”了!“是时候了,人类要么自葬于同胞的坟墓,要么寻求一条新路。”[③]新路何在?人类可以找到、愿意走上并能够坚持行进在一条新的自我拯救的道路吗?

在生态文学家看来,那条自我拯救的新路有着几个重要的标志:勇敢地承担起人类的生态责任或使命,追求尽可能简单化的物质生活和无限丰富的精神生活,重返人与自然的和谐。

---

① 阿斯塔菲耶夫:《鱼王》,夏仲翼等译,上海译文出版社,1982年,第209~210页。

② 巴赞:《绿色教会》,袁树仁译,漓江出版社,1990年,第207页。

③ 列昂诺夫:《俄罗斯森林》,姜长滨译,黑龙江人民出版社,1984年,第599页。

第四节　生态责任

作为人类的一分子,每个人都有相应的社会责任;作为自然的一分子,每个人也有相应的自然责任或生态责任。目前的生态危机是由人类一手造成的,人类必须对此承担责任。缓解直至消除生态危机,恢复和重建生态平衡,确保这个星球上的所有物种持续、安全、健康地存在下去,是人类不能以任何理由推卸的义务;同时,也只有完成了重建生态平衡的使命,人类自己才可能长久地生存在大地上。

华兹华斯专门写了《责任颂》歌咏人对自然的责任,指出"纷杂的欲望已成为负担",人类的希望又不停地变换,仅仅靠欲望和希望指引人类,仅仅"自己当向导,给自己引路",往往会"因过于盲目轻信而出错"。相反,责任则出自良知,是"指路的明灯",又是"防范或惩罚过错的荆条"。只有责任"威严的律令",能够"伸张了正义""叫人摆脱浮华的引诱,叫世间昧昧众生终止无谓的争斗"。诗人请求责任女神赐予人类"自我牺牲的意志",使人类"谦恭而又明智"。他又呼吁人类做责任的臣仆,听责任调度,归责任管领,尽心竭力,将自然侍奉。①

卡森的全部创作甚至可以用一个词来概括,那就是:责任!——作为人类的一分子要对全人类负责,作为生物的一分子要对所有生命负责,作为自然的一分子要对整个地球负责。在《我们周围的大海》里她呼吁道:"一个负责任的人类应当把大洋里的岛屿当作宝贵的财富来对待,当作载满了美丽而神奇的造物杰作的自然博物馆来呵护。它们的价值是无法用金钱来衡量的,因为在这个世界上没有任何一个其他地方可以复制它们。"②卡森又说:"具备了无限能力的人类,如果继续不负责任、没有理性、缺乏智慧地征服自然,带给地球和他自己的只能是彻底毁灭。"③

苏联作家马尔科夫在谈到他的《大地的精华》《啊,西伯利亚》等作品时指出:"人应当对自然界负责",因为自然"一直是同人类息息相关的……伟大的因素和

---

① 《华兹华斯、科尔律治诗选》,杨德豫译,人民文学出版社,2001 年,第 240 ~ 242 页。

② Rachel Carson: *The Sea around Us*, Oxford University Press,1989:96.

③ Carol B. Gartner: *Rachel carson*, Frederick Ungar Publishing,1983:100.

力量,因为人类在自己生存和发展的一切阶段上都离不开它。”①

杰弗斯的名诗《卡桑德拉》用希腊神话里命运悲惨的女预言家卡桑德拉,隐喻像杰弗斯本人那样的、具有高度责任心和使命感的、为地球和人类的危机和可怕前景忧虑不已并不停呐喊的生态文学家。

这目光凝滞的疯狂女孩用修长而苍白的手
勾住城墙的石缝,
长发在狂风中飞舞,口中发出凄厉的尖叫;
那有用吗,卡桑德拉?
人们是否相信你的苦口良言?
人们确实讨厌真相,
哪怕真相是他们即将路遇猛虎。
所以诗人们用谎言的蜜裹住真实;
而把老谎言浇盖上新谎言的宗教骗子和政客们,
却被肉麻地吹捧为智慧。
肮脏可鄙的智慧。
绝不:你依旧站在那真相的坚硬墙角不停倾诉,
对人们和那些可恶的神。
——你和我,卡桑德拉。②

弱小的卡桑德拉具有无数强悍的战士所不具备的强烈的责任心,在民族生死存亡的紧要关头,她不顾一切地冲出王宫,在全城四处奔跑,在城墙边大声疾呼:你们还不知道我们正在走着毁灭的道路,已经走到死亡的边缘了吗？她的头发狂乱地飘散着,她两眼放射着急切的火焰,她细瘦的脖颈如同秋风中的树枝那样摇曳。可是,谁也不相信她的远见,谁都不理解她的忧虑,谁都嘲笑这个急得发疯恨不能把赤诚的心掏出来的女孩！狂热和利欲熏心的人类已经失去了理性！许多向人类发出警告的生态文学家、生态思想家和环境主义者都有过卡桑德拉那样的感受。在很大程度上,卡桑德拉就是他们的象征。

① 谭德伶等:《苏联当代文学作品选》(上),北京师范大学出版社,1988年,第226页。

② Oscar Williams(ed.):*The New Pocket Anthology of American Verse*, Washington Square Press,1961:242~243.

一、保护、回馈自然的责任

利奥波德指出："我们蹂躏土地，是因为我们把它看成是一种属于我们的物品。当我们把土地看成是一个我们隶属于它的共同体时，我们可能就会带着热爱与尊敬来使用它。"因此，他呼吁每一个人都要把自己看作生态整体的一分子，"在一个土壤、水、植物和动物同为一员的共同体中，承担起一个公民的角色"。他所说的公民指的不是人类社会的公民，而是生态共同体公民，是自然的公民。这样的公民必须"尊敬这个共同体本身"，也要尊敬共同体中的"每一个成员"。这样的公民必须是能够"看见在一个共同体中的死亡迹象的医生"，他具有天赋的义务去医治自然受到的创伤，并保护自然不再受到蹂躏，不再呈现死亡的迹象。① 这里，利奥波德明确表示了：保护生态整体，是每一个人的责任。

莫厄特在《被捕杀的困鲸》里赞扬了人类保护自然的使命和责任。该小说描写了拯救一头被困鲸鱼的故事。落潮把一头长须鲸困在纽芬兰西海岸的一个小海湾里。它是一头母鲸，而且怀着孕。爱好打猎的人竟把母鲸当成他们的标靶，而另一些具有自然责任感的人，则不惜以自己的生命来保护困鲸。对于这些护鲸人来说，母鲸被困是对他们的自然道德或生态道德的严峻考验，解救它是他们义不容辞的责任。他们把鲸的生命看得与人的生命一样重要，像爱人类一样爱护它。他们不顾恶劣的天气，废寝忘食地守候在鲸鱼身旁，寻找解救途径，同威胁鲸鱼生命的人针锋相对地斗争。作者以这部作品向人们呼吁：世界上的生灵正在我们这个时代毁灭！人类已经到了必须马上全面改变价值观的时刻，刻不容缓！人类必须用对自然的责任感和义务感取代对自然的统治与掠夺，必须用符合生态伦理的行为去缓解人与自然岌岌可危的紧张关系。

艾特玛托夫曾说过，他写作《白轮船》的一个主要目的就是要警告人类不能忘记自己对自然的责任。"人很早很早就在考虑一个永恒的问题——要保护周围世界的财富和美丽！这问题是如此重要，以致古代的人们就已通过各种悲剧的形式，认为有必要在自己对自然的态度上做'自我批评'，有必要讲出对自己良心的谴责。这是对后代的警告：任何时候都不要忘记自己在长角鹿妈妈——换句话，也就

① 利奥波德：《沙乡年鉴》，侯文蕙译，吉林人民出版社，1997 年，英文版序，第 216、194、222 页。

是在大自然面前,在万物之母面前的神圣责任。”①

在《鱼王》里阿斯塔菲耶夫强调,对待自然,人类决不能只索取而不付出。“到何年何月我们才会学会不仅仅向大自然索取千百万吨、千百万立方米和千百万千瓦的资源,同时也学会给予大自然些什么呢?到何年何月我们才会像操持有方的当家人那样,管好自己的家业呢?”②

列昂诺夫在《俄罗斯森林》里写道:大自然正在“考验人类的理智,看他们是否能够在这里建立公正的、量入而出的秩序”且“担负起建立世界秩序的全部重任”③。

二、偿还欠账、付出代价、限制发展的责任

许多原始部族的神话传说里都有限制人类打破生态平衡的过度增长的故事。因纽特人有这样一个创世神话:人类过分增长了,他们杀死了太多的动物,并且愈演愈烈,有可能把造物主所创造的一切全部毁掉。这激怒了人类的创造者“渡鸦”。“渡鸦”决定把人们杀死,因为现在人太多了。“他把太阳从天空中拿出。他把太阳放在一个皮袋里,把它带到天上一个很遥远的地方,大地就变黑暗了。”人的灾难到来了。④ 不少初民没有忘记这类神话传说的教诲,自觉主动地限制自己的物质需求,甚至心甘情愿地为保持生态平衡、为防止更为严酷的自然惩罚而控制人口增长。莫厄特在长篇纪实文学作品《鹿之民》里就叙述了这样的故事。

世世代代居住在加拿大北部腹地的伊哈尔缪特人,是因纽特人的一个部族,他们的衣食住行全都依赖北美驯鹿,因而有了“鹿之民”的称号。19 世纪末他们还有两千多人,而到 20 世纪中期,却仅仅剩下 40 余人,面临灭绝的危险。唯利是图的商人把具有强大杀伤力的武器输入他们的家乡后,他们的灾难就降临了。过去,伊哈尔缪特人一直严格限制着猎取量,他们对驯鹿的需要量与驯鹿的繁殖增长量一直保持着自然的平衡。而现在,原有的平衡被彻底打破。倒在现代武器枪口下的驯鹿,堆成了堤坝,阻断了河流,也切断了鹿之民的命脉。浩劫过后,文明人走了,扔下伊哈尔缪特人独自面对死亡。为减少食物消耗,或为了向所爱的人提供自己

---

① 艾特玛托夫:《对文学与艺术的思考》,陈学迅译,新疆大学出版社,1987 年,第 73 页。
② 阿斯塔菲耶夫:《鱼王》,夏仲翼等译,上海译文出版社,1982 年,第 381 页。
③ 列昂诺夫:《俄罗斯森林》,姜长滨译,黑龙江人民出版社,1984 年,第 318、323 页。
④ 奥弗:《太阳之歌:世界各地创世神话》,毛天祜译,中国人民大学出版社,1989 年,第 74 页。

的躯体作为食物，他们中的许多人竟从鹿皮棚中走出，让北极圈的冰雪严寒结束自己的生命。“老太太跨出雪屋，走进漆黑之中。飘来的积雪包围了她，漆黑吞噬了她。她只穿一条毛皮裤，赤身裸体地站在那儿。现在，她解开了裤子，让它无声地滑落在雪地上。风如受伤的野兽般哀号。黑暗困扰着她的肢体，任凭狂风使劲地鞭打。”这是何等惨烈、何等悲壮的选择与决定！“在伊哈尔缪特族人看来，自杀是伟大的，是非常勇敢的自我牺牲”①，因为他们用自我消灭与所剩无几的驯鹿达成新的生态平衡！因为他们直觉地懂得生态系统的稳定才是最高的价值。

伊哈尔缪特人是真正的鹿之民，是真正的自然人。他们敢于牺牲自己来维持他们与驯鹿不可分割的联系。不惜付出生命的代价，也要维护和重建自然与人的和谐关系，这就是鹿之民的精神，这就是真正的自然人的精神！《诺顿自然书写文选》对他们的评价是：这是一种“美丽而有尊严的生存方式”（注意，这里说的是生存的方式，而不是死亡的方式）。这样的死恰恰是为了更长久的生，而且不仅是为了他们自己的长久生存，也是为了驯鹿和整个自然的长久生存。与伊哈尔缪特人相比，文明人显得多么渺小、多么自私，毫无生态伦理道德。有的文明人甚至连为保护草地免遭践踏绕道而行这么一点代价都不愿付出，难道还能指望他们为了生态平衡做出大一点的牺牲吗？以生态平衡作为尺度来评判，伊哈尔缪特人才是真正的英雄——大自然的英雄！生态英雄！在面临严重生态危机的今天，人类是多么需要这样的英雄啊！多么需要敢于为保护濒临绝境的物种、为阻止灭绝性掠夺、为制止污染环境、为重建生态系统的平衡而献出鲜血和生命的英雄！莫厄特赞美鹿之民，意在呼吁整个人类为保护生态平衡付出应有的代价、做出应有的牺牲。那些获取了最多自然资源、对环境造成最大危害的发达国家及其民众，应当做出最大的牺牲，而不是只要求或假惺惺地赞赏不发达国家的穷人和土著人做出牺牲。这才是对《鹿之民》的生态思想的正确理解。

伊哈尔缪特人的这种为维护生态平衡而牺牲自己的行为，与他们观察到的动物本能地为适应环境而限制繁殖和约束需求，有着内在的联系。《再也不嚎叫的狼》描述道，北极地区的狼对其他动物的猎取，绝不会超过维持生存的需要。“狼决不为取乐而开杀戒，这是它们和人类相比最主要的区别。……狼决不滥杀乱戮，总是在自己的食用限度内捕猎。……狼会一次又一次地跑回被捕杀的动物身旁，直到扯尽最后的一丝肉为止。”狼依据自然条件的增减变化调节生育，因而决不会出现导致资源枯竭的“狼口膨胀”。“要是狼的数量发展超过了其王国的承受能

① 莫厄特：《鹿之民》，潘明元等译，北岳文艺出版社，1998 年，第 46、174 页。

力”,它们就开始节欲,以控制生育。“当食物的种类充足时,或者在狼的种群数量不足时,母狼一胎所生的狼崽就比较多,有时一胎多达八只。但是,如果狼的数量太大,或者食物来源不足时,那一胎狼崽的数量就会降下来,少到两只或者一只。这一规律对别的北极动物来说,也是一条真理,如腿上有毛的鹰隼就是这样。在小哺乳动物的数量很大的年岁里,一只鹰隼一次可产下五到六个蛋,但在田鼠和旅鼠稀少的岁月里,一只鹰隼一次只下一只蛋或者根本不下蛋。”莫厄特指出,动物在许多方面都堪称人类的榜样,特别是在对生之养之的自然负责任方面,更值得人类模仿和学习。①

在瓦西里耶夫的《不要射击白天鹅》里,护林员叶戈尔为保护白天鹅献出了生命。为了使他看护的森林里的黑湖重现往昔天鹅湖的美好景象,他想方设法买来两对雪白的天鹅,放养在林区的湖里。他“能一连几个小时观赏它们,体会到一种莫名的快感”。然而,一天夜里,他心爱的白天鹅竟然被一伙偷猎的歹徒打死烤食。悲痛欲绝的叶戈尔“喘过气来,……张大嘴吸着气,一下子看见篝火上面的锅里水在翻滚,两只天鹅掌从水里露出来。还看见三只天鹅——放在旁边,雪白的,还没有钳掉毛,但是头已被砍掉了”。叶戈尔拼死要看那伙歹徒的证件,要把他们交给警察,无论是收买他还是毒打他,他都决不罢休。“棍子又接二连三打下来,叶戈尔已无力数被打几下了,只能用颤抖的、受伤的双手撑着爬行。每打一下,他的脸就随着往阴冷潮湿的青苔地上一碰。他边爬边叫‘你们敢!你们敢!交出证件!’……叶戈尔……在吐血,在呻吟,可是那些人还一直不断地打他,越打越狠。叶戈尔已看不见什么,感觉不到什么了。……血肉模糊的叶戈尔站立起来,嚅动着撕裂的嘴唇,嘶哑地说:‘我是执法的……拿证件来……’……他那虚弱的、遍体鳞伤的身躯直打着哆嗦。哆嗦得越来越无力了。……他拖出了一条宽宽的血迹。”戕害自然的势力,远比珍惜爱护自然的人们强大,把美丽的白天鹅和“一生是在善良中度过的”叶戈尔一起吞噬了。叶戈尔有一个绰号——“倒霉人”,全村老小包括他的妻子都这么称呼他,但即便一生倒霉,即便一生被人瞧不起,他也要保护好森林、保护好天鹅、保护好自然。他死得很安详,“像熟睡那样轻松”②,因为不管怎样,他没白过这一生,他履行了作为一个自然之子对自然母亲应尽的责任和义务。

---

① 莫厄特:《与狼共度》,刘捷译,北岳文艺出版社,1998 年,第 152、135 ~ 136 页。

② 瓦西里耶夫:《不要射击白天鹅》,李必莹译,湖南人民出版社,1984 年,第 235 ~ 239 页。

三、物质生活简单化的责任

把人类社会的发展、经济的增长、物质的需要限制在生态系统可以承载的限度内,追求简单的物质生活和丰富的精神生活。生态文学家认为这是人类应尽的生态责任。

华兹华斯既赞美了“简朴地过活”,同时又可怜为欲望所累的人们,说他们“虽然很幸运、很富有,心中却不快,脚步却沉重……整年里脸上都没有笑意”①。在《伦敦,一八〇二》一诗中华兹华斯写道:

大自然和书本中的壮观美妙,
现在不能使人快乐。
抢夺、贪婪、挥霍成了我们敬佩和崇拜的偶像;
不再有简朴的生活和高洁的思想:
源自优良的古老传统的朴素美已经逝去,
不再有平和宁静和心怀敬畏的单纯,
不再有体现于日常法则中的纯粹的宗教信仰。②

以描写动物著称的加拿大作家 C. 罗伯茨在《荒原的亲缘》自序里说,他的创作为的是促使人们“开始过一种清新而质朴的生活,……这种生活赋予人们更有活力的更新的振作,投入这种生活后,人们的心地变得更加人道,悟性也会更加超脱”③。

梭罗对简单生活的倡导产生了更为广泛的影响。在《瓦尔登湖》里他反复地呼吁:“简单,简单,简单吧!……简单些吧,再简单些吧!”“根据信仰和经验我确信,如果我们愿意生活得简单而明智,那么,生存在这个地球上就非但不是苦事而且还是一种乐事。”如果我们能够使生活简单化,那么,“宇宙的规律将显得不那么复杂,寂寞将不再是寂寞,贫困将不再是贫困,薄弱将不再是薄弱”。“我们为什么

① 《华兹华斯抒情诗选》,黄杲炘译,上海译文出版社,1986 年,第 241、348 页。

② Oscar Williams(ed.):*The Golden Treasury of the Best Songs and Lyrical Poems*, The New American Literary of World Literature, Inc, 2015:175.

③ 威廉·赫伯特·纽:《加拿大文学史》,吴持哲等译,人民文学出版社,1994 年,第 153 ~ 154 页。

要生活得这样匆忙,这样浪费生命呢?"我们为什么不能把我们的生活变得"与大自然同样简单呢"?①

梭罗还对追求物质享受的美国式生存方式提出了严厉批判:"这个国家及其所有所谓的内部的改进,……全是物质性和表面上的改进,全是不实用和过度发展的建构,到处乱糟糟地堆满各种设备,被自己设置的种种障碍绊倒,毁于奢侈华贵和愚蠢的挥霍,毁于缺乏长远打算和有价值的目标,而生活在这片土地上的数百万家庭,情况也和他们的国家一样。对于这个国家和它的人民来说,唯一的治疗方法就是厉行节约,厉行比斯巴达人更为简朴的生活方式并同时提升生活目标。"在梭罗看来,所谓有价值和高尚的生活目标,除了与自然万物和谐相处之外,就是精神生活的丰富。他指出:"世间万物并没有变;是我们在变。卖掉你的衣服,保留你的思想。……即便是像蜘蛛那样整天待在阁楼的角落里,只要我还能思想,世界对于我还是同样辽阔。"②

美国哲学家和文学批评家芒福德早在 1926 年就给予梭罗这种简单生活很高的评价,而那个时代的人们已经把梭罗忘记。芒福德指出:"梭罗也许是唯一的停下来并写出他的丰富体验的人。在人们四处奔波的时代,他保持着平静;在人们拼命挣钱的时代,他坚守着简朴。""简单化没有使梭罗走向头脑简单的狂热,却使他走向了更高的文明。""梭罗或许将成为一个预言般的人物,新时代也许将给他的思想和人性以崇高的评价。"③50 年后,芒福德的预言成为现实。人们赞叹他独具慧眼,更崇敬梭罗的简单生活观及其实践。杰弗斯在《平静的承诺》里写道:

对我来说,
如果我还想活得长久,
就只有以平静取代狂热,
想想坟墓里那些宁静而安详的死者吧,
何谈享用他们曾经拥有的巨大财富?④

倡导着简单生活的生态文学家期盼着人类彻底改变其生活方式,并进而改变

---

① Henry D. Thoreau: *Walden*, Princeton University Press, 1971: 91, 70, 324, 93, 88.

② Ibid, 1971: 91 ~ 92, 328.

③ David Mazel(ed.): *A Century of Early Ecocriticism*, The University of Georgia Press, 2001: 250 ~ 253.

④ Oscar Williams(ed.): *The Golden Treasury of the Best Songs and Lyrical Poems*, The New American Literary of World Literature, Inc, 1919: 455.

人们的价值观。他们由衷地希望能看到这样一种美好的未来:金钱、财富与奢侈生活不再是光荣标志,相反却成为消耗和浪费了更多自然资源的耻辱标记;过度的和高档的消费将不再令人羡慕,相反却因造成了更多的污染而令人反感或受到指责;牺牲自然、牺牲后代人生态利益的经济高速发展不再被人羡慕和受到鼓励,而为偿还生态欠账、重建生态平衡而减缓经济增长、减少平均收入并通过社会内部公平公正的分配改革来解决贫困问题将受到最高的赞誉。这一天能够到来吗?抑或永远是生态文学家美丽而无法实现的梦想?

第五节　生态整体观

生态整体主义思想是生态文学的核心思想。所谓生态责任,就是人类对自然整体的责任;所谓回归自然,就是重返生态整体之中,重新确认人类在自然整体中正确的位置,恢复和重建与自然整体以及整体中的各个其他组成部分的和谐、稳定、生死与共的密切关系。

一、自然是个整体,整体内的所有物种休戚相关

《西雅图宣言》的核心思想就是生态整体观。印第安人直觉而深刻地意识到,万物皆兄弟,万物构成了生命的整体,整体与每一个个体紧密相连,整体的利益高于一切。

人怎么能出售或购买空气,或大地的温暖?对我们来说这是难以想象的。如果我们并不拥有那甜蜜的空气和汩汩流水,你怎么能从我们这儿买去呢?

每一株在阳光里闪亮的松树,每一块沙滩,每一片萦绕着郁郁森林的雾霭,每一个空间,每一只嗡嗡歌唱的蜜蜂,在我们族人的思想和记忆中都是神圣的。

树干里涌动的汁液,承载着红种人的记忆。

我们是大地的一部分,而大地也是我们的一部分。芬芳的花儿是我们的姊妹,驯鹿、骏马和雄鹰是我们的弟兄。河里泛起的水花,草原花朵上的露珠,小马的汗

水和族人的汗水，全都属于一个整体，全都属于一个种族，我们的种族。因此，华盛顿那个大首领传话过来说要购买我们的土地，他得去问我们这个大家族的每一个成员。

大地不是他的兄弟，而是他的敌人，就算他征服了大地，他还会变本加厉。他根本不在乎大地，他忘记了父辈的坟墓，也无视子孙的利益。他像商人对待商品那样对待大地母亲和天空兄弟。他的贪欲将吞噬地上的一切，留下的只有荒漠。

我无法理解：我们的生活方式为什么与你们有如此之大的差异。假如我们卖了土地，那你们必须明白：空气对我们来说无比珍贵，它运行在所有依赖于它的生命的呼吸中。风儿给了我爷爷第一次呼吸，也接受了他最后一次叹息，它还赋予我儿孙生命的气息。

世间万物都绑在一起，世间万物密切相连。大地母亲身上发生的事，在她所有的孩子那里都会发生。人不可能编织出生命之网，他只是网中的一条线。他怎样对待这个网，就是怎样对待自己。①

利奥波德是生态整体主义的理论创始人。在《沙乡年鉴》中他指出："与大地和谐相处就好比与朋友和谐相处，你不能只珍爱他的右手而砍掉他的左手……大地是一个有机体。"②

列昂诺夫在《俄罗斯森林》里写道："自然界是统一的有机体，从长远来看，牵动它的任何一点，都会对整个有机体产生影响，即使在最边远的地区也是如此。"③

杰弗斯对生态整体的价值有这样的论述："在我看来，人、种族、岩石和星星，它们都在改变，在成为过去，或者在死亡，它们之中没有哪一个具有单一的重要性，它们的重要性仅仅存在于整体之中……在我看来，只有这个整体才值得我们付出深深的爱。"他在诗里进一步表述道："完整是一个整体，是最大的美，生命与物质的有机体，是宇宙最神圣的美，热爱它们，而不是人类。除此之外，你就只能分享人类可怜的困惑，或者当他们走向末日的时候陷入绝望。"④

早在 1937 年发表的《海底》里，卡森就提出了一个贯穿她全部作品始终的生态哲学思想：大自然是一个严密的大系统，任何一种生物都与某些特定的其他生

---

① Lisa M. Benton & John R. Short(ed.)：*Environmental Discourse and Practice*, *A Reader*, Blackwell Publishers Inc，2000：12 ~ 13.

② Donald Worster：Nature's Economy：*A History of Ecological Ideas*, Second Edition, Cambridge University Press，1994：288.

③ 列昂诺夫：《俄罗斯森林》，姜长滨译，黑龙江人民出版社，1984 年，第 194 页。

④ 麦克基本：《自然的终结》，孙晓春等译，吉林人民出版社，2000 年，第 70、211 页。

物、与整个生态系统有着密切的不可人为阻断的关系。破坏了其中任何一个环节的关系,必将导致一系列关系的损坏甚至整个系统的紊乱。卡森以海底生物之间及其与环境之间的关系为例解释道:“大洋接受了来自大地和天空的水,将它们储存起来;春季阳光的照射使海底的能量越积越多,直至唤醒沉睡的植物;植物的迅速生长为浮游生物的大量繁殖提供了充足的食物;浮游生物的激增喂饱了大群大群的小鱼……假如任何一个环节出了问题,海底世界的灾难就要发生了。”①海底如此,大地上也同样。25 年后,在她生前最后一部作品《寂静的春天》里,卡森再次重复了这一核心思想:“地球上的植物是生命大网络的一部分,一种植物与其他植物之间、植物与动物之间有着密切的、不可分割的关联。……如果我们还打算给后代留下自然界的生命气息,就必须学会尊重这个精美细致但又十分脆弱的自然生命之网,以及网络上的每一个联结。”②卡森指出,对于自然万物,“我们不能只要其中的一些,而用强力压抑、消灭、扭曲、改变另一些,因为那样一来我们必将影响和毁坏更多的东西,包括我们所喜好的东西……我们必须明白这些后果”③。“自然界任何东西都不是单独存在的。”比如,“地球的淡水就是一个大的系统,所有在地表流动的水,都含有曾经是地下水的部分。污染了一个地方的地下水,实际上就是污染了所有的水”。“水系统的被污染,意味着地球上所有生物都要受到污染。”④“自然需要人类的保护,人类也需要保护自己——使自己免遭自身某些行为的侵害,因为人类也是生命世界的一部分。他损害自然的必然结局就是损害自己。他的不经意的和破坏性的行为干预了地球生态系统的大循环,最后必将反作用于自己。”⑤

《海风下》描写了一只叫安吉拉的雌性美洲鳗与她的同伴一起,从毕特尔湖出发,向遥远的大洋深处游去。她的旅程漫长而充满危险,特别是在那霸道的人类经常撒下拖网的河道和海域。可是安吉拉必须冒着生命危险奋力前游,因为她必须“游到大西洋最深的深渊,在那没有一丝光线的黑暗之乡生下她的后代,完成她作为母亲的使命。孩子们长大一点后,就要开始它们自己的游回毕特尔湖之旅;而她则会安详地死去,再一次化成海水,就像她当初从那片海水生成一样。……对安吉拉来说,大洋深处的那片没有光、声响极其微弱且没有人类监视的海水,蕴藏着生

---

① Rachel Carson:"Undersea",*Atlantic Monthly*,Sept. 1937:325.

② Rachel Carson:*Silent Spring*,Houghton Mifflin,1962:64.

③ Carol B. Gartner: *Rachel Carson*, Frederick Ungar Publishing,1983:107.

④ Rachel Carson:*Silent Spring*,Houghton Mifflin,1962:51,42.

⑤ Carol B. Gartner: *Rachel Carson*, Frederick Ungar Publishing,1983:120.

命和希望，蕴藏着世界的灵魂”[①]。然而，无数的安吉拉们在朝圣之旅的中途就被人类捕获了，杀死了，吃掉了，连同她们满腹数不清的小生命！难道就非要在这个季节捕杀她们，难道就非要把这一生命链条最要害的一环斩断？让那片神圣的生命之水从此以后没有生命，没有希望！很明显，卡森对捕获洄游产卵鱼群的谴责所依据的价值标准是生态整体主义的，她并不反对一切渔业生产，她反对的是在这种特定的时期斩断生命链、打破生态平衡的愚蠢无知的捕杀。

扎鲍洛茨基的长诗《树木》表现了森林里的食物链以及动植物与人的关系。森林里的小草、小花从大地的小洞、小缝里艰难曲折地生长出来，却被牛吞食，而牛又被人宰杀。花草消失在食草动物的胃里，而动物又消失在人的胃里。护林官解释说，大自然把飞禽走兽鱼虾供给人类食用，铺设了一条通向人类智慧的生物链，而人的智慧则应当贡献于自然完整性和生物链的保护。这是大自然明智的规律，尽管这规律往往看起来是残酷的。[②] 这部作品的生态意义有两点：一是脱离了生态整体考虑的道德善意是不符合自然法则的；另一个是作为享用了大量自然供给——有些供给看起来非常残酷——的人类，不仅不能超出自然供给的限度索要，而且还要把自己在万物以生命供养的基础上形成的智慧贡献给生态系统和谐稳定的保护、重建与维持。

莫厄特在《再也不嚎叫的狼》里考察了狼和鹿在生态系统中的关系和作用。“驯鹿和狼是一个统一体：驯鹿喂养了狼，而正是狼才使驯鹿保持健壮。”“狼运用有组织、有步骤的手段，用突然袭击的办法来测验一群驯鹿的健康状态……向每一群鹿发起猛冲来测验，在追逐了一定的路程之后，那些病鹿、伤鹿或劣势的鹿就会暴露出来，而狼一旦发现，就冲向它，并置之于死地。要是鹿群中没有这样的鹿，狼就会立即终止追击，又奔向另一群鹿去再次进行测验。……总的来说，成为狼的追逐牺牲品的通常仍然是身体最虚弱和那些最无能的驯鹿。……如果驯鹿不是为狼而生，那驯鹿本身也无法存在，它们会马上消失，因为衰弱将在驯鹿中蔓延传播，所有的驯鹿都将死绝。”“在保护驯鹿而不是毁灭驯鹿的过程中，狼扮演着极其重要的角色。”[③]揭示狼与驯鹿的生态关系本身并不是莫厄特的目的，他的目的是让读者更加具体地认识到，生态系统中的所有生物之间都有着环环相扣的不可切断的关系，人类大规模地消耗甚至灭绝任何一个物种，都可能导致另一些物种的灾难，进而导致整个生态系统的紊乱和向系统的总崩溃逼近。

---

① Rachel Carson: *Under the Sea Wind*, Dutton,1941:256.

② 许贤绪:《20 世纪俄罗斯诗歌史》,上海外语教育出版社,1997 年,第 242 页。

③ 莫厄特:《与狼共度》,刘捷译,北岳文艺出版社,1998 年,第 90、149、153 页。

二、从生态整体利益的角度审视人和万物

利奥波德的基本思想就是从生态整体利益的高度“去检验每一个问题”，去衡量每一种影响生态系统的思想、行为和发展策略。这种生态整体主义的价值判断标准是：任何行为当有助于维持生命共同体的和谐、稳定和美丽的事，就是正确的，否则就是错误的。

在《断头台》里，牧民鲍斯顿以血的代价换来了对一个真理的认识：“这个世界……曾经是天，是地，是山，是母狼阿克巴拉，是一切有生之物的伟大母亲……是他最后的骨肉——他亲手枪杀的小宝贝肯杰什……”①这个世界是个整体，灭绝了任何一个物种，哪怕是野狼，也必然会给包括人类在内的其他生物带来灾难。艾特玛托夫以生动感人的故事传达了与利奥波德同样的思想，即必须从整体利益和对整体的作用的角度去观察，才能正确认识一个物种的真正价值。“要全面理解狼就必须理解该物种在生态系统中如何起作用。作为生态群落的一个成员，狼在生态系统的整体性和稳定性上起着作用”②，因此人类决不能根据自己的好恶来对待狼或任何其他物种。

法布尔在《昆虫记》里热情赞美了食粪虫、食尸虫等人类讨厌的昆虫。法布尔之所以对那些从人的角度来看是肮脏的、恶心的虫子那样的爱，绝不是出自感伤主义作家那样的矫情（感伤主义小说里的人物为一只苍蝇而感伤得眼泪汪汪），而是基于那些昆虫在生态系统中的作用。法布尔认为，每一种昆虫都有其存在的理由，理由就是它对大自然整体利益的作用。他写道，食粪虫、食尸虫“对原野卫生意义重大；……然而，我们遇到这些忘我的劳动者，投去的只是轻蔑的目光”。食粪虫一定“在嘲笑我们的昆虫分类法”，嘲笑我们无视它们的力量和作用，嘲笑我们对大自然的无知。看看吧，“十二只食粪虫，平均每只往地下仓库搬运的货物，几乎有一立方分米之多……想到这里，我不禁赞叹：十二只食粪虫，竟干出了提坦神的业绩，而且是一夜之间干完的！”“这些干起活来带着狂热的虫类……是在开垦死亡，造福生命。它们是出类拔萃的炼丹术士，利用可怕的腐败物，造出无毒无害的生物制品。”“大无畏的掘墓工哟……我已经把收集到的那些实绩记在你们的功劳

---

① 艾特玛托夫：《断头台》，冯加译，外国文学出版社，1987 年，第 404 页。

② 贾丁斯：《环境伦理学——环境哲学导论》，林官明等译，北京大学出版社，2002 年，第 215 页。

簿上,有朝一日,这些功绩一定会给你们的美名增添新光彩。”与你们的相比,人类“所谓的美德将无地自容”!“在母爱之丰富细腻方面,能够与以花求食的蜂类媲美的,竟只有那开发垃圾、净化被畜群污染的草地的各种食粪虫类。……大自然中充满了这类反差的对照。我们所谓的丑美、脏净,在大自然那里是没有意义的。”①大自然的大生命以大美大净观念——自然整体美的观念教育我们,使我们超越人类中心主义的世界观、道德观和审美观,认识到:从生态整体主义价值观和审美观去看,食粪虫显示的是真正的美和真正的净。

缪尔指出,如果能从生态整体而不是从人类的角度考虑问题,人们对自然万物的评价就会发生根本性的改变。例如,“许多善良的人们认为鳄鱼是魔鬼创造的,这可以说明他们强烈的好恶。但是,这些动物无疑是快乐的,它们生活的地方是由我们所有生灵共同的伟大造物主分配的,虽然在我们看来它们凶猛和残暴,但是在上帝眼里,它们却是美丽的”②。这里的上帝实际上就是大自然整体的化身。

在《诱惑》一诗里扎鲍洛茨基以人类中心主义道德观和审美观不能接受的描写,明确地表现出:自然整体的规律和自然整体的美高于人类的道德与人类的美。美丽的姑娘死去了,腐烂的尸体变成了一堆细小的肠子样的物质,每一个空洞里都钻出了大量的蛆虫,蛆虫婴儿般地吮吸着那些恶心的物质。从人的角度去审视,我们几乎无法忍受这样的描写,甚至会怒斥诗人反人性或反人类。但是,如果我们想一想树叶的腐烂及其对其他植物的贡献,想一想荒野里腐烂的动物及其对鹰隼生存的供给,如果我们能够从生态的整体来看待这个美丽女孩的腐烂,那么,我们也许就会理解诗人的苦心了。从生态整体观审视这首诗,我们会发现,女孩的腐烂也是一种美,是化腐朽为美丽、化个体的腐朽为整体的美丽。所以诗人在最后深情地讴歌了这种象征着人类自我牺牲的死亡所转化的另一种更高的美——自然整体的美:

将有一棵小树,
长在胫骨上,
小树将发出喧闹声
把姑娘歌唱。③

① 法布尔:《昆虫记》,王光译,作家出版社,1992 年,第 94、80、154、81 ~ 82、86、89 ~ 90、98、58 页。

② 麦克基本:《自然的终结》,孙晓春等译,吉林人民出版社,2000 年,第 171 页。

③ 许贤绪:《20 世纪俄罗斯诗歌史》,上海外语教育出版社,1997 年,第 243 ~ 244 页。

贝特认为华兹华斯诗歌的一个突出特点就是对生态系统的重视和从生态系统利益的视角评价事物。在华兹华斯看来，“健康的生态系统是保持了平衡的生态系统。在那样的系统中可以有掠夺性的物种，但其掠夺一定是能够保持生态平衡的。丁登寺下游几英里处的铁厂破坏了那里的生态平衡，污染了美丽的瓦伊河；而上游几英里处的小农经济区则没有扰乱生态系统”。华兹华斯深情地描写了林木掩映下的农舍、绿油油的田畴、枝头挂满果实的果树……诗人觉得，那里即便有“些许朴素的嘈杂”，也“无碍于绿色荒野的景观”。[①]

艾比在《珍贵的沙漠》里的描写也是建立在生态整体观之上的。从生态整体的视角去考察，沙漠虽然不适宜人类居住，但仍然有它原样存在的权利，更有其生态价值。艾比指出：“这里的沙漠并不缺水，它有十分足够的水量和非常精确的供水率来满足岩石和沙丘，并广泛地、自由地、开放地和慷慨地供给适应这里自然条件的植物、动物、家庭、城镇和城市，从而使得这干旱的西部与美国的其他地方如此不同。这里并不缺水，除非你非要在不应该有城市的地方建立一个城市。”[②]艾比认为，缺水不缺水，是从人的角度做出的判断；但从自然的角度来看，并没有缺不缺水之别，只有水与适合于特定水量的生命之间的平衡。如果人类的数量和需求过度地增长，非要在不适合的地方生活；那么，只能说是人自己造成了水源匮乏。如果人们在造成水源匮乏并霸道地剥夺了其他生物得到自然原本给予它们的特定量水资源的权利之后，又凭借自己的力量以建水库、跨流域水体调动等人工手段强行打破自然的平衡；那么，人类就将彻底扰乱地球的水循环系统乃至整个生态系统。

生态整体主义要求人们学会从整个自然系统及其内在规律看问题，学会以生态系统的整体利益为终极尺度来衡量自己，来约束自己的行为。生态系统的整体利益应当成为人类社会发展的根本出发点和最后归宿，成为一切行为、政策和发展模式的最终判断标准。因为，只有生态系统得到有效的保护，生存与发展这人类的两大最基本的需求才能够长久地得到满足。保护生态系统就是保护包括人类在内的所有的生命。

---

① Jonathan Bate: *The Song of the Earth*, Harvard University Press, 2000: 145 ~ 146.

② Edward Abbey: *Desert Solitaire: A Season in the Wilderness*, Cambridge University Press, 1998: 74.

第六节　重返与自然的和谐

梭罗在其著名散文《散步》里严厉批评了脱离自然的西方文明。他写道："我们的母亲就是这广袤的、野性的、荒凉的自然，她同时又是如此美丽，对她的孩子们，如豹子，是如此的慈爱，她无处不在，而我们却早早地从她那里断了奶，进入了人类社会，进入把自然排除在外的人与人相互作用的文化，这种同种繁殖的文化，充其量只能产生英国贵族，是一种注定会很快达到极限的文明。"他宣称："只有在荒野中才能保全这个世界。"梭罗的这句箴言后来被美国著名的环保组织"塞拉俱乐部"当作座右铭。梭罗把未受人类玷污的荒野视为圣地，把在这样的荒野里的漫步称作"朝圣"。①

人类自视为世界主宰、万物灵长，就意味着脱离了自然、站到自然之外；人类企图征服和统治自然，又意味着站到了自然的对立面，成为自然的敌人。人类与自然之间的疏远、紧张与敌对的关系，完全是由人类自己造成的。因此也只有主动改善与自然的关系，停止对自然的掠夺与蹂躏，平等地对待自然万物，敬畏地爱戴大地母亲——自然整体，人类这些不肖子孙才有可能获得自然的原谅，才有可能重返与自然的和谐。

一、回归自然

回归自然（Back to Nature）！一个多么浪漫、多么迷人、多么有诗意的境界！难怪有那么多作家为此挥洒诗篇。德国诗人艾兴多尔夫写道：

我不愿意株守在家中，

……

我要到大河上去远游，

① Wendell Glick(ed.):*Great Short Works of Henry David Thoreau*, Harper & Row,1982:318,309,295.

让春光使我眼花缭乱！
四面发出诱人的声音，
高处飘着朝霞的火光，
去旅行吧！我不爱追问，
旅游的终点将在何方！

啊，辽阔的山谷，啊，山峰，
啊，美丽的苍绿的森林，
……
在你之外，受尽欺骗，
人世间扰攘一片，
你绿色的天幕，在我周围，
请再划一道弧线！①

惠特曼回归自然的方式是与自然拥抱和做爱。自然里的一切，远至太阳，近至野草，他都要拥抱：

给我辉煌宁静的太阳吧，连同它的全部炫耀的光束，
给我秋天多汁的果实，那刚从果园摘来的熟透了的水果，
给我一片野草丛生而没有割过的田畴，
给我一棵树，给我上了架的葡萄藤，
给我新鲜的谷物和麦子，给我安详地走动着教人满足的动物，
给我完全寂静的像密西西比西边高原上那样的夜，让我仰观星辰，
给我一座早晨芳香扑鼻、鲜花盛开的花园，让我安静地散步，
给我一个我永远不会厌倦的美人，让她嫁给我，
给我一个完美的儿童，给我一种远离尘嚣的田园式的家庭生活，
给我以机会来吟诵即兴的诗歌，专门吟给自己听，
给我以孤独，给我大自然，还有大自然啊你那原始的聪明！②

① 《德国诗选》，钱春绮译，上海译文出版社，1982 年，第 225 页。
② 惠特曼：《草叶集》，楚图南等译，人民文学出版社，1987 年，第 581 页。

梭罗也曾写过类似的句子,如:“给我大洋,给我沙漠,给我荒野!”①对惠特曼来说,大海就是大自然的象征,于是他要“委身于”大海:

你,大海哟!我也委身于你吧——我能猜透你的心意,
我从海岸上看见你伸出弯曲的手指召请我,
我相信你不触摸到我就不愿退回,
我们必须互相拥抱,我脱下衣服,远离开大地了,
软软地托着我吧,大海摇颠得我昏昏欲睡,
请以多情的海潮向我冲击,我定能够以同样的热爱报答你。②

艾特玛托夫的《花狗崖》则以一个老人的梦幻,象征性地表现了与惠特曼相同的融入大海、融入大自然的渴望。老人名叫奥尔甘,在海上漂泊了一生,但他出海的主要目的并非捕猎,而是“因为大海吸引他。一望无际的大海使老人产生了珍贵的幻想。他有自己珍贵的幻想。在海上,没有什么东西妨碍他去思想。因为所有那些在陆地上由于操心事太多而没有时间去思考的东西,都一一出现在脑海中。在这里,没有什么东西打扰奥尔甘的宏伟的思考。在这里,他感到自己与海和天融为一体”③。在海上航行时老人很少与别人说话,而是独自苦思冥想。准确地说,老人更多的时间不是在思想,而是在梦想,沉醉于幻境当中。奥尔甘老人经常重复地做一个同样的梦,不断地陶醉在一个同样的幻境中,那就是:他终于找到了民族的祖先——大海里美丽的“鱼女”,伴随着“鱼女”游向大海深处,游向一片神秘的海岸,并在那里与“鱼女”融为一体,从此永不分开。

终于,她出现了!她急速地穿过波涛,跃出水面,看着他,向他迎面游来,……他喊叫着,欢呼着,奔向大海,变成一条鲸鱼似的游得很快的人鱼,向“鱼女”游了过去。

“鱼女”在等待着他。……她跃出水面,跳了很长的距离,全身在空中颤抖着,清楚地显示出一个女人的肉体……

他向她游去,然后他们一起向大海游走了。

他们并排游着,腰身不时轻轻地触碰着,迅速地、越来越快地向前游去。

---

① Finch & Elder(ed.): *The Norton Book of Nature Writing*, W. W. Norton & Company, Inc,1990:183.

② 惠特曼:《草叶集》,楚图南等译,人民文学出版社,1987 年,第 96 页。

③ 《艾特玛托夫小说集》(下),陈韶廉等译,外国文学出版社,1981 年,第 444 页。

……他们被一个不可克制的欲望鼓舞着：赶快游到那个为他们准备好的地方。在那里，这一对被炽热的爱情征服的情侣，将最终结为一体，在闪电般的一瞬间，他们将领会到生命的开端和终结的全部欢乐和痛苦……

……最后，他终于走到她跟前，把她抱在怀中。他头晕目眩了，踉踉跄跄地走向岸边。……他双手抱着她，把她紧紧搂在怀里，用自己全部心血，全部柔情挚意，抚爱着她，怜悯着她，……而"鱼女"却央求着，含着眼泪恳求着，要他把她送回大海，让她自由。她困难地喘息着，眼看要死了。离开大海，她没法再爱他。她哭泣着，用恳求的、透人肺腑的眼光，默默地看着他。他经受不住这样的眼光。他回过身去，走下浅滩，走向大海，越走越深，然后小心翼翼地把她从怀里放开。

"鱼女"向大海游去，奥尔甘一个人呆呆地站着。他目送着远去的"鱼女"，逐渐清醒过来，便号啕大哭起来……①

这段感人肺腑的描写有着意味深长的象征含义：爱自然绝不意味着占有，爱一旦转化成占有欲，像老人要占有"鱼女"，不仅会毁了爱，也将毁了自然；只有回归自然，只有在自然的怀抱里，才能真正得到自然的爱，脱离了自然，像老人离开了大海，就别指望自然的爱。

华兹华斯在《致云雀》里请求云雀把他带到最称心如意的自然环境里：

带我上，云雀呀！带我上云霄！
因为你的歌充满力量；带我上，云雀呀！带我上云霄！
唱呀唱，唱呀唱，
唱得你周围的云天一片回响；
请把我激励和引导，
帮我找到你看来合适的地方。②

华兹华斯满怀深情地歌咏了许多自然之子，把他们视为人类净化、纯化自我的榜样。其中有生怕碰掉蝴蝶翅膀上薄粉的女孩，有为壮丽的瀑布而陶醉不知不觉走到瀑布边的"傻小子"，有能与猫头鹰对话交流的男孩，有生活在人迹罕至的鸽子泉边的姑娘——露茜：

① 《艾特玛托夫小说集》（下），陈韶廉等译，外国文学出版社，1981 年，第 451 ~455 页。

② 《华兹华斯抒情诗选》，黄杲炘译，上海译文出版社，1986 年，第 194 页。

她住在鸽子泉边，
人迹罕至的地方是
一位无人称赞，
很少有人爱上的姑娘。

长满青苔的岩石边上
紫罗兰隐约半现；
有如独一无二的星星
在夜空里荧荧闪闪。

现在的她一动不动，生命停息，
既不看也不听；
天天和岩石、树木一起，
随地球旋转运行。①

诗人以优美的形象来描写鸽子泉边长满青苔的岩石旁一株半隐半现的紫罗兰，将完全脱离人世融入自然、活着不求人注意、死去不求人忧伤的生存方式，表达得楚楚动人。诗歌揭示出彻底地回归自然就意味着彻底地放弃社会赞许需要，再也不为了他人的评价而活。诗歌还传达出作者在不少诗作里都表达过的一个观点：当人真正融入自然之后，人的灵魂就永存于天地之间，无论他的肉体是否还存在，人都将永远与岩石、石头和树木朝夕相伴。华兹华斯的《露茜组诗》早已获得很高的评价，那优美的韵律，清丽的景物，特别是那个摆脱了尘世纷扰、摒弃了社会赞许需要的纯自然的女孩，给读者留下了深刻印象。但是从生态批评的角度来看，这首诗所表现的不仅仅是入世和出世这类人生选择的问题，更重要的是如何融入自然、如何顺应自然规律、如何化解人类对生态危机的恐惧等更深的涵义。正因为如此，克洛伯尔才把这首诗看成所有浪漫生态诗的“根”，并声称它的精神“在整个浪漫诗歌中回响”。②

杰弗斯的《路标》也有类似的诗行：

---

① John Hayward(ed.)：*The penguin Book of English Verse*, Penguin Books Ltd, 1958:261.

② Karl Kroeber：*Ecological Literary Criticism*；*Romantic Imagining and the Biology of Mind*, Columbia University Press, 1994:47.

转向那些可爱的东西，不是人，从人性中挣脱出来，
让人这种玩偶躺在一边。设想你像百合那样生长，
依偎着沉静的岩石，直至你感到它的神性使你的血管冰凉，
抬头凝望那些沉静的星辰，
让你的目光离开你自己和人类的地狱而顺着那通天长梯向上攀升。
万事万物将变得如此美丽，你的爱将跟随你的目光前行；
……
……现在你自由了，即使你又变成了人，
也不是妇人所生，而是出自岩石和空气。①

这首诗与华兹华斯的《露茜组诗》非常相似，但对人类的否定更为果决，对与自然融合更为迫切。

在马克·吐温的杰出小说《哈克贝利·费恩历险记》（又译《哈克贝里·芬历险记》）里有两个最重要的象征——大河的象征和孩子的象征，都与回归自然有关。大河象征着自然的、淳朴自由的生活，而大河两岸则是追求欲望满足的生活。主人公哈克代表了一种返璞归真、返回自然的生存态度和生存方式。艾略特说得好，哈克的存在，是向美国及欧洲的价值观提出的挑战，是对开拓精神和事业进取的超越。哈克处于遗世独立的自然状态。在纷纭忙碌的世界他代表了游手好闲的人，在渴求发财与竞争的世界中他坚守仅足糊口的生活。

哈克是个自然之子。他觉得，“别的地方实在是太别扭、太闷气了，可是木筏上的情形却不是这样。坐在木筏上面，你会感觉到又自由、又轻松、挺舒服”。坐在木筏上，“把小腿垂在水里摇摆着，天南海北地聊一阵——无论是白天或黑夜，只要蚊子不跟我们作对的话，我们总是赤身裸体，一丝不挂”，因为衣服“穿在身上实在不舒服。再说我根本就不太赞成穿衣服”。想象一下吧：一个靠钓鱼和采集维生的男孩，赤身裸体地坐在木筏上，顺着那条古老的密西西比河无任何目的地漂流，那是何等的原始，何等的野趣，何等的自然人！他与黑人吉姆夜里躺在木筏上数星星，争论着星星从哪里来，断言星星不是人做的，因为如果那样不知要花多少工夫。最后他坚信，星星是月亮生的孩子，因为他看见一只青蛙一次下的仔差不多就有星星这么多。而那些流星可能是坏了的蛋，被从窝里甩了出来。这难道仅仅是幽默，仅仅是童稚？难道不正体现了原始自然人的那种原始的宇宙意识？小说

① Robinson Jeffers: *Selected Poetry*, Random,1959:574.

结尾时，莎莉姨妈打算收养哈克做干儿子。哈克的回答是："那种事我可实在是受不了。我早已尝过滋味了。"①哈克决意到印第安人那里去。马克·吐温让他最喜爱的人物离开了文明社会，彻底地回归了自然。

德国当代作家凯勒曼认为，欧洲的文明已经腐朽堕落，唯一的出路就是与大自然融为一体。因此，他在《英格博格》《大海》等作品里，将自己的理想寄托在一系列远离文明的自然人身上。他们有的炸毁了自己的城堡，独自一人居住在林间小屋；有的蔑视文明社会，与原始部落人一起生活。

在图尼埃《礼拜五——太平洋上的灵薄狱》里，鲁滨孙把那个荒岛命名为"希望岛"，他在岛上的生活是希望的开始，是"一个新纪元的开始"。作者通过鲁滨孙与大地交合的行为象征性地描写了鲁滨孙与自然的融合——"在绯色的小溪谷中，我的性器官第一次找到了他最初始的元素：土地"。在鲁滨孙寻找新的文明和向自然人演变的过程中，礼拜五是榜样和向导。礼拜五"从本性上讨厌憎恶""人世的秩序"，他"是从来不工作的。过去与将来的概念他也是不知道的，他仅仅限于生活在现在这一时刻之间"。他想出一个又一个奇异的点子，搞出一种又一种新的游戏，与鲁滨孙一起充分享受原始自然生活的所有乐趣。他以"天然自得的崇高尊严迈步前行"，"他那坚实又富于光泽的肉体，在海水束缚下缓缓扭动的像舞蹈一样的姿势"，都令鲁滨孙深深地着迷。礼拜五与动物和植物的关系是"相互投合的亲密关系"。他用羊头盖骨、羊角、羊皮、羊肠线和松木薄片等材料制作成一架神奇的乐器，当海风吹过，乐器便"发出强烈的带有一定旋律的哀号悲鸣，真正原始的音乐，不属于人性的音乐，它既是大地晦暗的声息，又是天体的和谐之音，同时也是作为牺牲的那只大公羊嘶哑的怨诉哀鸣。鲁滨孙和礼拜五紧靠在一起，站在断陷的巨石下面，很快都失去了知觉意识，沉浸在这伟大庄严的神秘之中，而一切天然元素在其中都合而为一，化为一体"。鲁滨孙觉得礼拜五"天生就是自然本源的一分子，我同样也要变成这样的一分子"。在礼拜五的影响下，鲁滨孙渐渐摆脱了文明对自己的束缚，渐渐变得越来越自然。他不再修剪头发，"他的头发卷卷曲曲呈现如同野兽那样的颜色，一天比一天长得繁密。……在礼拜五的鼓励下，他一丝不挂暴露在太阳之下。起初，胆战心惊，蜷蜷缩缩，丑得很，可是渐渐地舒展开来，如花盛开。他的皮肤带上了古铜色。他的胸脯，他的肌肉也充满了值得自豪的色泽。他的肉体放射出热力"。当鲁滨孙彻底完成了向自然人的转变之后，一艘轮船来到荒岛。此时，文明人的所有行为、所有语言甚至他们的饮食习惯都令鲁

① 马克·吐温：《哈克贝里·芬历险记》，张万里译，上海译文出版社，1984 年，第 144、147、370 页。

滨孙反感厌恶，他发誓绝不离开小岛，绝不再踏上英国的土地。鲁滨孙最终完成了与自然亲密无间的融合。反讽的是，小说结尾，作为鲁滨孙与自然融合之向导的礼拜五却被他从未见过的科技文明的神奇吸引，他在那条大船的桅杆、帆索上荡来荡去，无比兴奋，最后跟着轮船去了英国，把鲁滨孙抛弃了。礼拜五与鲁滨孙来了个调换，鲁滨孙开始了自然人和自然文明的生活，而礼拜五却开始了从原始走向文明的旅程，又变成人类发展进程的象征。也许，在不久的将来，礼拜五在彻底看清文明的本质之后会重新回归自然。不过，令鲁滨孙欣慰的是，一个在轮船上饱受折磨、厌恶了文明社会生活的小水手偷偷地留了下来。鲁滨孙牵着那孩子的小手，带领他爬上小岛的顶点欣赏自然永恒的美，然后对孩子说："以后你就叫礼拜四好了。"①又一个新的鲁滨孙即将产生，又一次回归自然的进程即将开始，而鲁滨孙则成为新的回归自然的向导——礼拜五。

美国诗人杰弗斯的叙事长诗《花公马》写了一个人与动物融为一体的故事。那是一个女人，名叫加利福尼亚。她的丈夫是人类堕落的代表，懒惰、贪婪、纵欲且精神麻木空虚。她决心在人类之外的物种中寻找一个没有"人的形象"的知己，后来发现她家的花公马正是她所要寻找的对象。于是，在一个月夜，她跃马飞奔至山顶，然后与花公马交合。不能机械地理解这样一个非常态的行为，它就像许多神话故事里的人与动物交媾一样（如丽达与天鹅、欧罗巴与公牛），只是一种隐喻。花公马象征着大自然的力量，而女主人公渴望得到这种力量，渴望与这种力量结合。这与惠特曼委身于大海、鲁滨孙与大地交合的意味是相同的。

因纽特人有一则神话故事表现的也是人从动物那里获得力量：

奈泽修卓萨克有一天突然发现自己猎不到海豹了，可他的邻居们却依然每天都能猎到不少海豹。面对着天天空手而归的丈夫，奈泽修卓萨克的妻子越来越不满，后来便拒绝给丈夫水喝。满腹冤枉、无奈、烦恼与气愤的奈泽修卓萨克于是决定离家出走。他在冰天雪地里流浪，看到一座大房子，里面住着三只巨大的北极熊，无家可归的他便与熊住到了一起。过了些时日，奈泽修卓萨克回了家，进门就问妻子要水喝。妻子照例不给。他扭过头，凝视着屋外。不一会儿，就听见巨兽大脚掌落地发出的声音，大地都被震撼了，他家的小屋摇晃起来。三只北极熊——他新的"援助灵魂"②正向小屋走来。一只熊举起大掌一下子就把小屋的窗户打得粉

---

① 图尼埃：《礼拜五——太平洋上的灵薄狱》，王道乾译，上海译文出版社，1994 年，第 42、128、183、185、215、221、166、203、220、186、251 页。

② "援助灵魂"（helping spirit）：不少原始人都认为自己有一个外在的援助灵魂，如"丛林灵魂"等。

碎。奈泽修卓萨克的妻子连忙大叫道："这儿有水！"并把水递给丈夫。北极熊这才离去。不仅如此，打这以后，奈泽修卓萨克还成为远近闻名的猎海豹高手。①

这个神话故事的内涵是丰富的，但它所传达的主要信息是：人与自然融合能获得智慧和力量。

惠特曼则特别强调与动物"像兄弟般地"一起生活对人心灵的净化。他写道：

我想我能和动物在一起生活，它们是这样的平静，这样的自足，
我站立着观察它们很久很久。
它们并不对它们的处境牢骚烦恼，
它们并不在黑夜中清醒地躺着为它们自己的罪过哭泣，
它们并不争论着它们对于上帝的职责使我感到厌恶，
没有一个不满足，没有一个因热衷于私有财产而发狂，
没有一个对另一个或生活在几千年前的一个同类叩头，
在整个地球上没有一个是有特别的尊严或愁苦不乐。②

艾特玛托夫的《断头台》一再描写狼对人的善，尽管母狼一家备受人类的迫害，但它们并不向无辜的人报复。母狼放过无辜的大学生阿季夫，令他永生难忘，他甚至在被歹徒折磨时呼喊："救救我，母狼！"③小说结尾部分生动感人地描写了母狼阿克巴拉对牧民鲍斯顿的小男孩肯杰什的爱，同时也表现出象征着没有被文明异化的人类善良天性的小孩与动物的和谐友爱的关系。

在许多生态作家看来，回归自然的最高境界是：与自然融为一体。

二、融入自然

人变成了植物或动物，是许多民族的神话里都有的故事。希腊神话里这样的故事尤其众多。人或者是人化的神变成忘忧树、月桂树、没药树、水仙花、芦苇、向日葵，变成牛、马、羊、猪、鹿……神话的隐喻蕴涵着人与自然相融合的思想。德律

① James Jakob Liszka：*The Semimotic of Myth*，Indiana University Press，1989：145 ~ 146.

② 惠特曼：《草叶集》，楚图南等译，人民文学出版社，1987 年，第 113 ~ 114 页。

③ 艾特玛托夫：《断头台》，冯加译，外国文学出版社，1987 年，第 397 ~ 398 页。

俄珀最后变成树,实际上正是原始人留给我们的一个意味深长的密码,它的启示录一般的内涵是:与自然融为一体,是人类要想在这个星球上天长地久地生存下去的唯一选择。

大诗人庞德曾在《树》一诗里想象自己化成了一棵树,感受这一转化的过程,并从树的视角审视世界,“知道过去没有被看见的事物的真谛”。在另一首题为《少女》的诗里,他又写了一个少女在想象中变成了树:

树进入我的双手
树液升入我的两臂,
树在我的乳房中倒长,
树枝像手臂一样从我身上冒出。①

阿特伍德的小说《假象》也象征性地描写了女主人公融入自然:像动物和植物一样生存。她睡在野外自己挖的洞穴里,大小便后用脚踢土掩埋,因为“所有洞穴动物都这么干”;她靠吮吸藤蔓里的汁液和吃带土的植物根茎维生;她笑起来“声音活像是某物被害时发出的声音:一只老鼠? 一只鸟?”她最终完成了与自然的彻底融合:“我靠在一棵树上,我是一棵倚靠的树……我不是一只动物或一棵树,我是树和动物闪烁其中的东西,我是一个地方”“一个自然状态的女人”。②

《哈姆雷特》里的奥菲利娅之死写得美轮美奂,美就美在莎士比亚突出了那个美丽少女的融入自然:

在小溪之旁,斜生着一株杨柳。它的毵毵的枝叶倒映在明镜一样的水流之中;她编了几个奇异的花环来到那里,用的是毛茛、荨麻、雏菊和长颈兰……她爬上一根横垂的树枝,想要把她的花冠挂在上面;就在这时候,一根心怀恶意的树枝折断了,她就连人带花一起落下呜咽的溪水里。她的衣服四散展开,使她暂时像人鱼一样漂浮水上;她嘴里还断断续续唱着古老的谣曲,好像一点不感觉到她处境的险恶,又好像她本来就生长在水中一般。可是不多一会儿,她的衣服给水浸得重起来了,这可怜的人歌儿还没有唱完,就已经沉到泥里去了。③

---

① 彭予:《20世纪美国诗歌——从庞德到罗伯特·布莱》,河南大学出版社,1995年,第17页。
② 阿特伍德:《假象》,赵雅华等译,中国文联出版社,1991年,第204、218、207、217页。
③ 《莎士比亚全集》(九),朱生豪等译,人民文学出版社,1978年,第117页。

在丧父和失去恋人的双重打击下,奥菲利娅精神崩溃了。然而即便是疯了,她依然是那么美。不是蓬头垢面,而是满身鲜花;不是口吐谵言,而是轻声歌唱。她生病的头脑周围荡漾着甜美的歌曲,花朵接着花朵穿插在她全部的思想中。她跌入小溪,衣裙四散,花落纷纷,这个纯洁的自然之女,好像本来就是生活在水中的美人鱼,神情安详宁静,唱着歌顺着清澈的溪水缓缓漂去。人物处境之危急与人物态度之恬静形成了强烈对比。她在生命垂危之际竟是那样地轻歌含笑,她在告别人间之时竟是那样自在逍遥。她决不留恋这个充满了杀戮、欺骗、阴谋和灾难的人间社会。这个社会容不得它的最美好的一分子,她只有投入美丽的大自然的怀抱。那儿才是属于她的地方,那里才真正与她的美好交相辉映。于是,她在大自然里融化了,带着她优美而原始的歌声。

《白轮船》里的小男孩与爷爷生活在原始森林里,生活在神奇美妙的自然王国。他把山上的一花一草、一树一石都当成有生命的奇异活泼的动物。他魂牵梦萦、日夜思念纯洁美丽的大角母鹿,他的目光能与大角鹿妈妈的目光神奇地交流。小说结尾,他也像奥菲利娅一样融化在自然里。

> "我还是变成鱼好。我要从这个地方游走。我还是变成鱼好!"
> 小孩子继续向前走去。走到河边,迈步跨进了水里……
> 谁也不知道,小孩像鱼一样在河里游走了……
> 游到自己的童话中去了。①

另有一些作家进一步提出,不仅要回归自然或者融入自然,还应当开放全部感官去感受自然,去体验自然中无限的美。

三、感悟自然

1912 年 4 月 3 日,已经皓首白发的自然学家和生态文学家巴勒斯在纽约自然历史博物馆鸟类馆的大厅里,聆听前来参观的 600 多位来自不同国家的孩子们满怀崇敬之情背诵他的名篇名句,然后出人意料地对孩子们说了这样一段话:

① 艾特玛托夫:《白轮船》,许贤绪等译,上海译文出版社,1986 年,第 136 ~ 137 页。

不要去博物馆里寻找自然。让你们的父母带你们去公园或海滩。看看麻雀在你们的头顶上飞旋,听听海鸥的叫声,跟着松鼠到它那老橡树的小巢中看看。当自然被移动两次之后便毫无价值了。只有你能伸手摸得到的自然才是真正的自然。①

巴勒斯在他75岁那年出版的《时间与改变》里写道:"吸收远胜过学习,我们吸收我们享受的东西。我们在学校学习,我们在田野、森林和农场里吸收。……所以我要说,获取有关自然的知识的方法是爱和享受的方法,更多的是在旷野而不是在教室和实验室。"巴勒斯以自己的亲身体验告诫人们,走进自然之后一定要开放所有感官去吸收、去感悟:自然万物"使我的感官变得敏锐和协调;它们使我的眼睛在过去的75年里始终处于最佳状态,让我不会错过任何美妙的景象;它们使我的嗅觉一直这样灵敏,让我在荒野享尽芬芳……"他激烈地抨击物质至上的发展观,说那样的"发展是另一种衰退";他认为人的真正的发展,是开发感官潜力,是增加对自然的感悟。②

缪尔指出:"走向森林就是重返家园""热爱大自然的人,……心中充满着虔诚与好奇,当他们满怀爱心地去审视、去倾听时,他们会发现大山之中绝不缺乏生灵"。缪尔还以自己的亲身体会引导人们发现大自然美妙的韵律:"毫不犹豫、义无反顾地大胆"冲下山来,"勇敢地从一块巨石跳上另一块巨石,保持着速度的均匀。这时你会感到你的脚正在踏着节拍,然后你就能迅速发现蕴含在岩石堆中的音乐和诗韵……无论最初它们看上去是多么神秘、多么无序,但它们都是大自然创造之歌中的和谐音符……"③

在《瓦尔登湖》里梭罗说,他"活动在大自然里感到一种神奇的自由,仿佛就是自然的一部分","整个身体成了一个感官,每一个毛孔都吸取着快乐"。他在湖上与潜水鸟捉迷藏,他"经常在最深的积雪中跋涉八或十英里,去和一株山毛榉、一株黄杨或松林中的一个老相识约会"。"每一支小松针都伴随着同情伸长,把我当作它们的朋友。即便是在人们所说的荒凉阴郁的地方,我也能清楚地意识到那儿有我亲如骨肉的朋友。""在柔和的细雨中,在滴答滴答的雨声里,在环绕我屋子的每一个声响和景象中……我突然感到身处自然界是如此甜蜜如此有益,所有这些立刻成为一种无穷无尽且又无法解释的友爱的氛围滋养着我。""山雀和我熟悉到

① 程虹:《寻归荒野》,生活·读书·新知三联书店,2001年,第145~147页。

② Finch & Elder(ed.):*The Norton Book of Nature Writing*, W. W. Norton & Company, Inc, 1990:273~277.

③ 缪尔:《我们的国家公园》,郭名倞译,吉林人民出版社,1999年,第68、147、186页。

这种程度：当我往屋里抱木柴时，它竟然飞落到我怀抱的木柴上，毫不恐惧地啄着细枝。有一次，我在村中园子里锄地，一只麻雀落在我肩头歇上一会儿，那时我感到，佩戴任何肩章都没有这般荣光。松鼠也终于和我混熟了，偶尔要抄近路时它们就从我的鞋上踩过去。"①（类似的情景在俄罗斯诗人克雷奇科夫的诗里也有描述："鸟儿落上了我的肩头，野兽是与我同行的兄弟。"②）在《在康科德与梅里马克河上的一周》里，梭罗描写了他与淡水太阳鱼的亲密接触："我每次用半个小时站在水中，亲切抚摸它们而又不致把它们吓跑，容许它们轻轻咬我的手指，当我的手伸向鱼卵时，看它们愤怒地竖起背鳍的样子。有时我……非常轻柔地将它们托上水面。虽说不再游动，它们的鳍仍不停地划摆，动作极优美，彬彬有礼地表述快活。"③这是何等融洽的关系！这是多么富于魅力的生活！假如有朝一日，整个人类都能像梭罗这样挚爱着自然万物，生态危机肯定也就彻底消除了。

假如有朝一日，整个人类都能像梭罗这样无比快乐地与自然万物生活在一起，谁还会愿意冒着毁灭地球、毁灭人类的风险去追求无限物欲的满足？

假如这一天真的能够到来，那么，生态文学的使命就光荣地完成了。

---

① Henry D. Thoreau：*Walden*, Princeton University Press, 1971：129, 265, 131 ~ 132, 275 ~ 276.

② 刘文飞：《20世纪俄语诗史》，社会科学文献出版社，1996年，第101页。

③ 罗伯特·塞尔：《梭罗集》，陈凯等译，生活·读书·新知三联书店，1996年，第23页。

第四章　生态视域下的英国经典文学研究

以生态视角重新阐释英国浪漫主义诗歌与小说的思想内涵，强调人与自然同属于大地生态共同体中的一员，人通过重新认识自然，回归人性的本真，由此把文学中人与人、人与社会的伦理关注扩展为人与自然关系的伦理关注，可以说为现代文明重压下的人性危机提供了良好的道德标准。英国浪漫主义诗人及小说家虽然不曾提出过生态伦理的系统思想，但他们的确较早地意识到了自然的价值，提出了自然在时空上的漫长性与广博性，显示出超越时代的伟大生态智慧。

第一节　彭斯诗歌的自然意识与生态价值

华兹华斯与柯尔律治 1798 年携手合著的《抒情歌谣集》(*Lyrical Ballads*)一直被文学界认为是英国浪漫主义诗歌的真正崛起，华兹华斯 1800 年撰写的《〈抒情歌谣集〉序言》被看成是英国浪漫主义诗歌运动的宣言，但是，我们也不可否认，在早于两位诗人之前的苏格兰大地上已经有一位农民诗人罗伯特·彭斯(Robert Burns，1759—1796)，用他特有的淳朴自然、极富乡土气息的语言，一扫 18 世纪古典主义、伤感主义沉闷忧郁的诗风，表达了对现存秩序的鄙视、对未来平等社会的向往和热爱大自然、劳动人民的浪漫主义自由情怀，诗人的自然情结与其诗歌中那纯醇浓郁的土地气息，为 19 世纪浪漫主义的发展带来了一股强劲的清风。

“使用人们真正的语言”“选择微贱的田园生活做题材”，①是以华兹华斯为代

① Merchant，W. M. *Wordsworth Poetry and Prose*，Harvard University Press，1963：222.

表的英国浪漫主义诗人们的诗歌主张。综观彭斯诗歌,采用苏格兰方言、选择劳动人民生活题材以及他的诗歌命题,无疑证明了彭斯是《序言》中诗学思想的最先实践者,只是他没有用理论的形式表达出来,同时因为当时还是 18 世纪理性时代古典主义文风比较强势的时候,人们对这一新的文风重视不够。实际上,作为一个地地道道的农民,彭斯不仅具有普通农民身上最自然淳朴的品格,使得他不愿与当时虚伪做作的社会风气、华丽浮躁的诗歌风格同流合污;同时他对普通劳动人民生活的深入了解、对与之朝夕相处却日渐被工业化发展破坏的大自然的悲悯与热爱之情,使其一生创作了几百首反映苏格兰劳动人民生活、劳动、习俗和思想情感的歌谣。彭斯在 1786 年出版的《主要用苏格兰方言写的诗》(*Poems, Chiefly in the Scottish Dialect*,1786)和另一浪漫派诗人布莱克 1789 年出版的《天真之歌》(*Song of Innocence*,1789)、1794 年的《经验之歌》(*Song of Experience*,1794),均已较早地表现了强烈的关注人文、关注自然的浪漫主义情怀。由此,彭斯和布莱克一样被认为是英国浪漫主义诗歌运动的先驱之一。

彭斯是 18 世纪后期英国诗坛上的一颗耀眼新星,被誉为苏格兰有史以来最杰出的农民诗人。彭斯出生于苏格兰西南部一个贫穷农民家庭,由于家境困难,彭斯从小就开始在田间劳动。繁重的田间劳作不仅没有消磨诗人满腔的诗情,反而使他更加亲近和理解劳动人民的生活与情感、更加热爱和悲悯与之朝夕相处的大自然。同时,劳动之余,彭斯大量阅读苏格兰诗人和英国作家的作品,如休谟的哲学、弥尔顿的《失乐园》以及荷马、莎士比亚等人的作品。1786 年他出版的《主要用苏格兰方言写的诗》受到读者的热烈欢迎和评论家的如潮好评。随后,他受邀成为爱丁堡的座上客,还骑马到边境及北部高原地区游历,凭吊 13 世纪抗英英雄华莱士的故乡和布鲁士击败英军的古战场。这次游历使彭斯大开眼界,不仅赋予他强烈的历史感和民族自豪感,而且更重要的是使他有机会领略大自然的美好风光并汲取北部高原民间曲调的丰富养料。可以说,彭斯的创作有着坚实的生活内容和深厚的民间基础。彭斯认为,大自然所赋予他的创作灵感和激情,比矫揉造作的生硬学问更重要,也更自然,无论是写政治,还是表达爱情、友情和大地之情都离不开他那浓浓的乡土情怀。彭斯诗歌不仅体现了强烈的人文关怀,更重要的是彭斯较早地把人与自然的关系提升到人与人关系的伦理高度上,这种充满智慧的自然意识正是英国浪漫主义诗歌重新得到学界关注的原因,为生态危机的今天人们价值标准的重新确立提供了思考。

一、彭斯的自由之树

彭斯一生写了许多歌颂革命、自由、平等和反对专制的杰出政治诗歌，虚伪与做作、暴政与特权是他抨击的对象，自由与平等、自然与朴实是他追求的品格。诗人用“自由之子”赞颂为自由和尊严而战的人们，用“自由树”来歌颂自由力量的不可阻挡。彭斯写作政治诗歌有其深厚的历史与社会原因，美国独立战争和法国革命的思想，情感气候，启蒙运动高扬自由、平等和博爱的精神，使得当时的文学与政治、诗歌与革命紧密地结合起来。作为社会底层的农民诗人，理所当然地对当时的社会状况有着特殊的敏感。他满怀激情讴歌美国人民争取独立的革命战斗精神，并积极拥护“暴君被打得屁滚尿流”的法国革命。在《华盛顿将军生辰颂》中他写道：“你们来吧，自由之子，哥伦比亚的后裔，英勇而自由，在危险的时刻你们仍奋勇前驱，你们珍爱并敢于保持人类的尊严！”可见，诗人视自由为多么重要的人类尊严啊，为尊严而战乃是最值得称颂的。

“树”在普通人眼里只不过是遮阴挡阳的一个自然之物，而在彭斯笔下却意蕴深刻。在《自由树》(*The Trees of Liberty*,1794)中，诗人写道：“但是恶人们总不爱看到美德的作品欣欣向荣，心毒的显贵诅咒这棵树苗，见它成长就泪流满胸。”树的绿色象征着宁静和自然，象征着美好事物的郁郁葱葱和欣欣向荣，树的成长隐喻着人类争取自由力量的强大，而所有这些却都是“恶人们”不愿看到的，更是“心毒的显贵”诅咒的对象。彭斯祈求古老的英格兰也能种上象征自由、平等、博爱与和平这棵“美名远扬”的“法兰西树”，但遗憾的是整个英国却找不到这样的树。这里，诗人既表达了渴望自由与平等生活的愿望，又有力地鞭挞了英国上层的暴政，把代表自由、平等与博爱的法国革命比作一棵吐故纳新的绿树，可见诗人对自然、自由的倾慕之情。

在《罗伯特·布鲁士向班诺克本进发》(*Robert Bruce's March to Bannockburn*)或《苏格兰人》(*Scots Wha Hae*)中，彭斯用最朴素、生动的语言表达了反对一切暴政、热爱自由的爱国热情，读起来真实自然、铿锵有力。他这样写道：“打倒骄横的篡位者！死一个敌人，少一个暴君！多一次攻击，添一份自由！动手——要不就断头！”①1795年，彭斯又采用苏格兰民歌中叠句的手法写了蔑视王公贵族、坚信人类

---

① 侯维瑞：《英国文学通史》，袁可嘉译，上海外语教育出版社，1999年，第256页。

平等、自由明天的《不管那一套》(*For a' That and a' That*)：

国王可以封官：
公侯伯子男一大套。
光明正大的人不受他管——
他也别梦想弄圈套！
管他们这一套那一套，
什么贵人的威仪那一套，
实实在在的真理，顶天立地的品格，
才比什么爵位都高！

好吧，让我们来为明天祈祷，
不管怎样变化，明天一定会来到，
那时候真理和品格
将成为整个地球的荣耀！
管他们这一套那一套，
总有一天会来到：
那时候全世界所有的人
都成了兄弟，不管他们那一套！①

彭斯在这里表达的是对现存秩序的鄙视和对未来平等社会的向往，提出真正可贵的品质为“实实在在的真理，顶天立地的品格”和“全世界所有的人都成了兄弟”。什么王位、爵位，什么贵人威仪，在诗人眼里都是贱如粪土，最终必将让位于“实实在在的真理，顶天立地的品格”。也难怪美国近代思想家爱默生感慨地说道：“《独立宣言》和《马赛进行曲》，作为强有力的宣扬自由的文件都比不上彭斯的诗歌。”②彭斯政治诗的魅力不仅源于诗人那乐观、豪迈的民主主义精神，更是源于他那实实在在的农民品格与真实自然的创作风格。

---

① 黄宏煦：《英国浪漫主义诗人抒情诗选》，江苏人民出版社，1988年，第64页。
② 侯维瑞：《英国文学通史》，袁可嘉译，上海外语教育出版社，1999年，第256页。

二、彭斯的爱情玫瑰

彭斯短短37年的一生创作了370多首抒情诗,这些诗歌以描写和歌颂爱情、友谊、大自然和劳动人民的生活与情感为主题思想,它们真诚、热烈且奔放,不加任何外表修饰,是诗人发自内心坦率而又热烈的声音。正如彭斯写作政治诗歌有其深厚的历史、社会原因一样,这些真挚、热烈的爱情诗同样有其特殊的时代和社会背景。当时的英国长老会掌管着苏格兰基督教,奉行加尔文教的教规,在恋爱婚姻习俗方面戒律森严,对人们的精神生活横加干涉和限制,并冠以道德的罪名。彭斯坚决拒绝资产阶级贵族长老们的伪善信条和拘泥道德,追求自然自由、开放热烈的爱情,他的爱情诗读起来感情真挚自然、铿锵有力且清新脱俗。

彭斯的爱情诗,从其命题到具体描述、从歌颂少男少女的初恋之情到老妇白翁的黄昏之恋、从情人相见的欢乐到家人离别的痛楚等都与自然密不可分,各种复杂心绪和感觉均被诗人用最普通的自然形象和最朴素自然的语言表达出来。"玫瑰"与"青草"象征最纯洁美好的爱情,"高原"与"麦田"代表着远离工业文明污染的诗意境界。总之,自然是美好的,爱情只有在自然的境界里才能彰显纯洁和珍贵。

呵,我的爱人像一朵红红的玫瑰,
六月里迎风初开;
呵,我的爱人像一支甜甜的乐曲,
演奏得和弦又合拍。

我的好姑娘,你有多美,
我的爱就有多么深;
亲爱的,我要永远地爱你,
直到大海干枯水流尽。

直到大海干枯水流尽,
直到太阳把岩石化作灰尘;
呵,亲爱的,我将会永远地爱你,

只要我一息犹存。

再见吧,我唯一的爱,
让我们暂时分离!
亲爱的,我一定要回来,
哪怕是远行千里万里。①

这是彭斯爱情诗中最著名的一首。自古以来,“玫瑰”花在文人的笔下永远象征着纯洁和美好。诗人用《一朵红红的玫瑰》(*A Red Red Rose*,1794)作题来歌颂爱情,一下子使得爱情高贵脱俗的品质跃然纸上。“我的爱人像一朵红红的玫瑰,六月里迎风初开”,“我的爱人像一支甜甜的乐曲,演奏得和弦又合拍”。我们闻到了六月里迎风初开玫瑰花的芬芳,看到了姿容姣美、超凡脱俗、品格高贵的心中爱人,听到了一支甜美悦耳的乐曲,想到了爱人那滋养心田的内心温柔。接着,诗人用大海的永恒与岩石的坚贞,用空间的广大和时间的长远来讴歌真正爱情的永恒和坚贞。最后,“亲爱的,我一定要回来,哪怕是远行千里万里”,写出了真正爱情能经受岁月考验、风雨侵蚀而不朽的自然品格。在《青青苇子草》中,诗人这样写道:

正人君子将我讥讽,
我看你们才是蠢驴,哦,
人间最聪明的英雄,
无一不热爱美女,哦。

青青苇子草,哦,
青青苇子草,哦,
人生极乐的时刻
是同姑娘们一道,哦。②

这里诗人仍然把爱情与清新自然之物连在一起,不仅咏唱爱情的淳朴自然,而且也道出了爱情如同自然一样是人类最美好的情感:纯洁高贵,不容玷污。在《我

① 黄宏煦:《英国浪漫主义诗人抒情诗选》,江苏人民出版社,1988 年,第 66 ~ 67 页。
② 王佐良:《英国史诗》,江苏译林出版社,1997 年,第 213 页。

爱琴姑娘》(*I Love My Jean*)里,诗人用“鲜花滴露开”和“小鸟婉转”贴切地比喻姑娘的“甜脸”和“歌喉”,歌唱了爱情带来的幸福与温馨。

除了用自然形象描述纯真爱情外,彭斯不忘歌颂培育美好爱情的田间地头,凸显爱情的热烈、奔放和挣脱重重枷锁之后的来之不易。在《高原的玛丽》(*Highland Mary*)中,诗人又一次用花朵象征爱人,表达了忠贞不渝、誓死不离的爱情观:

多少遍誓言,多少次拥抱,
我俩难舍难分!
千百次相约重见,
两人才生生劈分!
谁知,呵,死神忽然降霜
把我的花朵摧残成泥,
只剩下地黑,土凉,
盖住了我的高原玛丽!①

在《走过麦田来》(*Comin' Thro' the Rye*)里,彭斯这样写道:

如果一个他碰见一个她,
走过山间小道,
如果一个他吻了一个她,
别人哪用知道!②

如果说“玫瑰”“青草”表达了爱情的清新、自然、纯洁和高贵等品格的话,那么,这三首诗歌则是用乡间的淳朴语境作依托,勇敢地唱出了诗人大胆冲破世俗宗教的樊篱、追求浪漫自由的人间真爱的心声。哪怕“死神忽然降霜,把我的花朵摧残成泥,只剩下地黑,土凉”,我们依然不愿分离;“如果一个他吻了一个她,别人哪用知道!”爱情属于自己,源于真情流露,不应受到干扰与阻碍。

此外,彭斯不仅热烈吟唱青春恋,而且更真诚咏赞夕阳情。“让我们搀扶着慢慢走,到山脚下双双躺下,还要并头!”这是彭斯1796年写的《约翰·安德生,我的

① 王佐良:《英国史诗》,江苏译林出版社,1997年,第214~215页。

② 王佐良:《英国史诗》,江苏译林出版社,1997年,第214页。

爱人》(*John Anderson, My Jo*)里的最后两句,哀婉而又真切地表达了老妇对老翁无限爱恋的绵绵之情以及两位老人白头偕老、相伴到死的决心。

总之,我们可以看到,无论诗人是热烈吟唱青春恋,还是真诚咏赞夕阳情,诗中都离不开自然景物的衬托,人类最最美好的感情——爱情跟大自然一样真实、纯洁、美丽与永恒。

三、彭斯的自然伴侣

彭斯对大自然的热爱和颂扬不仅表现在象征美好、自由、纯洁的花朵、绿树和青草等植物上,还生动地表现在他对与自己朝夕相处的动物身上,彰显出诗人尊重自然、热爱生命的自然伦理观。他在《新年早晨老农向母马麦琪致辞》中的最后写道:

……

别以为,麦琪,我忠实的老仆,
如今你不再该获得什么,
老年也许以饿死结束;
最后一担麦子,
一把两把的我总会留着,
准备留给你吃。

一同衰老,到了晚年,
让我们一道颠颠簸簸;
我将在留下的麦地上面,
把你的缰绳系好,
不用费大力气,你就在那边,
舒舒服服吃个饱。①

这里,诗人像是在跟一个相濡以沫、彼此真诚相待的好朋友、好伙伴表达心意,

① 黄宏旭:《英国浪漫主义诗人抒情诗选》,江苏人民出版社,1988 年,第 62 ~ 63 页。

又像是在对陪伴自己走过一路艰辛、一路幸福、白头偕老的老伴倾吐心声，而实际上则是在同曾与自己一同劳动、一同嬉戏的老马麦琪拜年时的话语，充满深情、真切爱怜。一头牲口在别人的眼里也许就是一个用来替人干活的畜生，而在一个热爱土地、热爱自然的农民诗人眼里却有着与人类一样的平等与权利，正是它们的存在孕育了人类生存世界的美好与和谐，我们当然应该尊重与爱护。

如果说诗人对陪伴自己多时的老马给予同情、理解和关爱是人之常情的话，那么，田间地头的一个小田鼠又何以让诗人如此伤怀、怜悯呢？更何况鼠总被人类看成是敌对之物，破坏庄稼、偷食粮食，几乎是人人喊打。这难道只是诗人的感伤主义情怀在无病呻吟吗？深读文本，我们会觉得诗人表达的不仅仅是对以小田鼠为代表的自然之物的同情与怜悯，而且更有对理性时代造成的人类中心主义的否定与批判。《小田鼠》的前两节这样写道：

光滑、畏缩、胆怯的小东西，
啊，你心里是多么恐惧！
你不用慌慌张张逸去，
突然向前猛冲，
我不想拿着凶残的犁，
跟在背后追踪。

人的统治，真叫我遗憾，
中断了自然界的交往相连，
证明了那么一种偏见，
使你见了我这个人——
你可怜的朋友，又同是生物，
便会大吃一惊！①

诗歌的第一节先用“光滑、畏缩、胆怯”（sleek，cowering，timorous and panic）等词汇把一个可怜的小动物展现在读者面前，使得任何一个读者的心中都会陡然生起一种怜悯之情；接着诗人用“我不想拿着凶残的犁，跟在背后追踪”（I would be loath to run and chase you with murdering plow – staff）的动情之语彰显自己对待自然

① 黄宏煦：《英国浪漫主义诗人抒情诗选》，江苏人民出版社，1988 年，第 75 ~ 76 页。

万物深深同情的同时，似乎又在批判人类的残忍。

诗歌的第二节道出了作者的本意：是“人的统治”“中断了自然界的交往相连”。小田鼠“畏缩、胆怯”，见了人就“慌慌张张逸去”，这种自然界的交往中断正是因为人的凶残，总是拿着“凶残的犁”“跟在背后追踪”。同为大地之子，同为必死之类，本应相亲相融，可为什么人类总是那么贪婪和残酷？所以诗人发出深深的自责：“人的统治，真叫我遗憾，中断了自然界的交往相连。”（I'm truly sorry man's dominion/Has broken Nature's social union.）

诗歌接下来的三节更加具体地描述了小田鼠的“小巢”怎样在“大风呼呼”的冬季变成了“废墟”，眼看“冬天飞快来临”“田地荒芜而空净”，“你原来打算在这儿住定”，可是“哗啦一声！犁刀够残忍，打你的巢里穿过”，使“你无屋无房”，无处“躲避冬天的雨雪和那冰冷的白霜”！同情、可怜小田鼠的无助与控诉人类的残暴昭然若揭。接着，诗歌的最后两节把诗歌主题引向深入：“最妙的策划，不管人和鼠，都会常常落空，留下的不是预期的乐趣，而是愁闷苦痛！”小田鼠安家的计划被人类破坏值得同情，而人类自认为能够通过理性实现对外部世界的精确认识并达到控制自然的目的反而带来了生态环境被破坏、人性被异化的后果则更应该使人类反思：人与自然究竟应是什么关系？人应该怎样摆正自己在自然界的位置？人怎样才能真正获得最佳生存状态和最佳生存方式？彭斯用最朴实的语言、最普通的自然形象传达着他那极具现代价值的生态智慧。

诗人不是在简单地描述一个从不被人类关注的小田鼠，而是借助小田鼠的境遇来诉说人类的无知，批判人类的骄妄。

此外，彭斯的自然之情还总是与他对祖国、对家乡人民的热爱紧密地结合在一起。请看他的《我的心呀在高原》（*My Heart's in the Highland*）：

我的心呀在高原，我的心不在这里；
我的心呀在高原，追逐着鹿群，
追逐着野鹿，跟踪着獐儿，
我的心呀在高原，不管我上哪里
别了啊高原！别了啊北国！
英雄的家乡，可敬的故国；
哪儿我飘荡，哪儿我遨游，
我永远爱着高原上的山丘。

别了啊，高耸的积雪的山丘，
别了啊，山下的溪壑和翠谷，
别了啊，森林和枝丫纵横的，丛生，
别了啊，急川和洪流的轰鸣。
我的心呀在高原，我的心不在这里；
我的心呀在高原，追逐着鹿群，
追逐着野鹿，跟踪着獐儿，
我的心呀在高原，不管我上哪里。①

这里诗人满怀激情歌唱自己美丽的家乡：高山、绿树、鹿群与河滩，是“品德的家园，是勇敢的故乡”。其对自然之情、对祖国之爱浓溢于字里行间。

彭斯的诗歌涉及广泛的题材和内容，有对政治、社会的批判与讽刺，对宗教神学和虚假教条的反叛与针砭，更有对自由与和平的热情赞颂、对爱情和友情的热烈追求以及对祖国、故乡、大自然的讴歌。他是一个自然之子、天授的诗人，细读他的诗篇，我们由衷地感到他并不是一个没有自己诗歌观和文学主张的人，他是用诗本身这一特有的方式表达这些观点和主张的。请看《致拉布雷克书》（*Epistle To J. Lapraik*）中的诗句：

批评家们鼻子朝天，
指着我说：“你怎么敢写诗篇？
散文同韵文的区别你都看不见，
还谈什么其他？”
可是，真对不住，我的博学的对头，
你们此话可说得太差！
我只求大自然给我一星火种，
我所求的学问便全在此中！
纵使我驾着大车和木犁，
浑身是汗水和泥土，
纵使我的诗神穿得朴素，

① 黄宏煦：《英国浪漫主义诗人抒情诗选》，江苏人民出版社，1988 年，第 53 ~ 54 页。

她可打进心灵深处![1]

在这篇作品里,针对当时英国新古典主义诗歌重文雅、讲节制的风气,他提出了诗的灵感来自大自然,诗的价值在于用真挚的情感打动人心的浪漫主义观点。很明显这一创作理念与华兹华斯《序言》中的思想几乎完全一致:追求自然朴实的语言风格、田间地头的诗歌素材、远离工业污染的自然生活是浪漫主义诗人的最佳理想。这一思想在彭斯的《致威廉·辛卜荪》中有更好的表达:“没有诗客能寻到缪斯女神,除非他学会独自一人,徘徊在潺潺的流水之滨,但又不推敲太多;甜蜜呵,漫步中凄然低吟一支动心的山歌!”[2]

彭斯热爱苏格兰山水、人民和习俗。他的最大功绩在于挖掘、整理了大量苏格兰民歌并汲取其中的精华,丰富了自己的诗歌创作。他的诗歌感情淳朴真挚,语言明快奔放、清丽脱俗,完全不同于当时一些诗人的矫揉、雕琢、典雅之作,也不同于一些从旁观感受自然的感伤主义诗人的无病呻吟和崇尚藻饰的诗文。他写政治讽刺诗爱憎分明、锋利入髓,既辛辣鞭挞了教会的残忍和虚伪,又体现了诗人对自由、平等、博爱与和平的追求;他写爱情情景交融、意境优美,在唤起人们对纯真质朴美好爱情无限向往的同时,又给予人们强烈的艺术美感享受;他写自然情真意切、充满爱怜,既让人们感受自然之真实和美好,又教诲人们尊重每一个生命。所以,彭斯虽身处偏僻的苏格兰乡村,却是英国浪漫主义诗歌的真正先驱,彭斯诗歌中浓郁的乡土气息、深厚的古苏格兰民间文学底蕴和强烈的自然意识,使得这一新的诗歌运动在具有坚实性、强韧性的同时又有一种朴素、生动与持久的美。

第二节　华兹华斯诗歌的生态伦理思想

华兹华斯认为自然能将诗人引到超自然的境界——对真善美的追求,是对终极真理、道德感化和崇高理想的深刻领悟和把握,是一条通向理想人性的道路。华兹华斯以自然为主题,探索复归着人性的纯真与善良,歌颂着自然的灵性与神性,

---

① 王佐良:《英国诗史》,江苏译林出版社,2008 年,第 218 ~ 219 页。

② 王佐良:《英国诗史》,江苏译林出版社,2008 年,第 219 ~ 220 页。

追求着人与自然的和谐与相融，在自然与上帝、自然与人生、自然与童年的关系上所表达的一整套新颖独特的哲理，实际上是一种人与自然和谐共存的审美诗意，一种“情”与“理”的平衡，一种超越时代发展的现代生态伦理思想。

一、华兹华斯的人性自然观

18 世纪法国著名启蒙思想家和文学家卢梭首先提出“回归自然”的口号，并为之后的英国浪漫主义诗人所接受，这里的“自然”既指自然界又指人和事物的本真和淳朴状态。华兹华斯的伟大之处就在于较早地看到了工业文明所造成的人类物欲的急剧膨胀并由此产生的人与自然之间和谐关系失去后的对立关系。他在《抒情歌谣集·序言》中猛烈地抨击了资本主义工业文明，认为这种文明不仅造成了社会的种种丑恶，给人类带来了空前的灾难，而且使人性中“恶”的一面肆无忌惮地膨胀起来，人们对金钱和财富的占有欲达到了不顾廉耻的地步，人性被分裂、被异化。如何找回人类“善”的天性，找到通向理想人性的道路？华兹华斯将他横溢的才华和激情投向了大自然。

华兹华斯首先把通向理想人性的道路寄托于田园生活和普通百姓。在《抒情歌谣集·序言》里，诗人明确指出那里的人们生活得最简单、朴实，是初始状态的最纯真、最自然的生存方式，因此，这里的人性最本真善良，他们的语言也是最真实自然、毫不虚假做作，诗人应该是人性最坚强的保卫者、支持者和维护者，所到之处都播下情谊和爱。在他与柯尔律治合著的《抒情歌谣集》里，诗人一反传统诗歌热衷表现伟大事件、英雄人物和文人雅士情感的潮流，把创作视线转向了历来被文学家遗忘的英国乡间的风土人情和日常生活，有意选择农村耕夫村姑等普通百姓生活做素材，从中揭示工业文明使得人性缺失的最可贵东西：勤劳、朴实、勇敢和善良等美好自然天性。《致山地少女》(*To A Highland Girl*)：

温柔的少女，你翩然出现，
似霖雨把“美”洒落人间！
十四个年头齐心协力，
把山川灵秀钟萃于你：
……
我从未见过什么容颜

能这样明白昭彰地显现
乡野气息与温良淳朴
在一派天真里趋于成熟。
像一粒种子,被信手抛甩
落到这远离尘嚣的所在;
不需要世俗的窘态羞颜,
不需要闺秀的忸怩腼腆;
明净的眉宇分明展示着
你爽朗不羁的山民性格;
欢欣洋溢于鲜妍的面影,
善心表露于温婉的笑容。①

这里我们看到了一个典型的山村姑娘:“山川灵秀”钟萃于她,“尘缘俗虑”远离于她,一个美妙的生灵、超凡的佳丽尽显“乡野气息与温良淳朴”;在“这远离尘嚣的所在”,“不需要世俗的窘态羞颜,不需要闺秀的忸怩腼腆”,“爽朗不羁的山民性格”洋溢着欢欣,表露着善良。这里没有世故,没有贪欲,有的是乡野的气息与温良淳朴。

在《坎布兰的老乞丐》(*The Old Cumberland Beggar*)中,诗人这样写道:

在阳光下,
在那座小石台的第二阶上,
在那些荒无人烟的群山包围中,
他孤身坐着,一边吃着他的干粮……

在树下,或在大道旁的
草坡边缘,任那小鸟分享
他的随讨随得的餐饭。最后,
既然他在大自然的注目下活了一生,
那么也该由他在大自然的注目下死去。

① 华兹华斯、柯尔律治:《华兹华斯、柯尔律治诗选》,人民文学出版社,2001 年,第 165 ~ 166 页。

面对以上诗句,很多读者认为诗人所呵护的生活状况毕竟严酷了一些:“在那些荒无人烟的群山包围中他孤身坐着,一边吃着他的干粮……”“任由他的血液抗击霜气与一场场任由那横行无阻于荒野之中的疾风吹打他那灰色的头发,遮住他那干瘪的脸庞”。面对他的状况,我们无动于衷,而是任由他四处游荡,甚至“也该由他在大自然的注目下死去”,这到底是为他考虑还是为了我们自己的心理需要?还有些新历史主义者或文化唯物论者竟然指责诗人的道德缺陷。对此,笔者认为老乞丐虽然孤身坐在石台上,但更是“在阳光下”,而且是“随时随地随意地就座在树下,或在大道旁的草坡边缘,任那小鸟分享他的随讨随得的餐饭”。这种状态、这种心境是备受功利主义思想影响的人们所无法理解的。“任由”“随时随地随意”等词语多次的重复,蕴涵着不尽的诗意和诗人那特殊的善意。

华兹华斯在这首诗歌里还写道:“但在为自己的才干、能力和智慧自豪时,别认为他是世界的负担!”因为“任何形式的存在,都会同一种善的精神和意向,同一个生命和灵魂不可分地联系在一起”。阅读这些诗句,我们感受到的不仅仅是诗人对至真人性自由的维护、对老人自然生活方式的尊重,同时更有对时政的讽刺和对“任何形式的存在,都会同一种善的精神和意向,同一个生命和灵魂不可分地联系在一起”的生态关怀。美国现代评论家哈洛尔德·布鲁姆(Harold Bloom)这样认为:“老人身处自己的领地……他的命运并非是悲惨的,因为他太深地融入大自然之中,根本意识不到这一点。”“老乞丐是一位自由的人,在荒山僻野的心脏地带游荡,适得其所。”①另一美国现代评论家克兰斯·布鲁克斯(Cleanth Brooks)在其《华兹华斯与人类苦难》(*Wordsworth and Human Suffering*)一文中的话也许更代表了诗人的创作初衷:“(华兹华斯)论点的基本语气恰似一种恳求,希望某种高贵的动物能继续享有天赐的自由,并依循自己习惯的方式过完生命的余年。”②当他坐在石阶上独自吃他的食粮时,他与荒山野岭、石礅、拐棍和山雀等一起构成一幅宁静的天人合一图画。大自然不仅给他家,同时还赋予他灵光和力量。他不只是一个乞丐,他成了游荡于湖区共同的安居社会之上的一种自然力量。在华兹华斯看来,“老人所代表的自然生活形态必然会包含风吹雨打的境况,但因其自然性,我们应确保它的完整”③。

在《西蒙·李》(*Simon Lee*)中,诗人描写了一个曾经神气活现、快活能干的老

---

① Bloom, Harold. *The Visionary Company*, Cornell UP,1971:178,180.

② Brooks, Cleanth. *Wordsworth and Human Suffering*: *Notes on Two Early Poems*, from Hilles, Frederick & Harold Bloom. *Sensibility to Romanticism*, Oxford UP,1965:379.

③ 丁宏为:《理念与悲曲——华兹华斯后革命之变》,北京大学出版社,2002 年,第 4 页。

猎人的悲惨生活。“他病病歪歪,干枯消瘦,身躯萎缩了,骨架倾斜,脚腕子肿得又粗又厚,腿杆子又细又瘪。”他无依无靠,只与老伴相依为命。由于年老,他“使出了浑身的力气”都无法挖出那截已经朽烂的树墩,而“我挖了一下,只一下,便把缠结的树根挖出;而这可怜的老汉挖它,枉费了半天辛苦”。在《坚毅与自立》中,诗人描写了一位以捕捉蚂蟥为业的老人,“他又老又穷,所以才来到水乡,以捕捉蚂蟥为业;这可是艰险而又累人的活计!说不尽千辛万苦,长年累月,走遍一口口池塘,一片片荒野;住处么,靠上帝恩典,找到或碰上;就这样,他老实本分,挣得一份报偿”。可见,普通百姓的悲苦生活、资本主义工业社会时期人性的失落,其实是诗人最关注也是最忧虑的问题。请看《西蒙·李》:

在风光秀丽的卡迪根郡,
离艾弗庄园不远的地方,
住着个又矮又瘦的老人——
从前可又高又壮。
他打猎足足有三十五年,
挺快活,东奔西跑;
两颊中心至今红扑扑,
就像熟透的樱桃。

如今,景况变得好凄凉!
他又老又穷,又弱又无力,
无亲无故的,留在世上,
穿的是破旧的号衣。
他主人死了,艾弗庄园
也已经荒凉破败;
人呀,狗呀,马呀,都死了,
只剩下他一个还在。

“好西蒙,你已经累得不行,
让我来,”我说,“把家伙给我。”
听了我的话,他满脸高兴,
忙把十字镐递过。

我挖了一下，只一下，便把
缠结的树根挖出；
而这个可怜的老汉挖它，
枉费了半天辛苦。

泪水顿时涌上他两眼，
道谢的话儿来得那么快——
感激和赞美出自他心间，
却实在出乎我意外。
我听说世人无情无义，
以冷漠回报善心；
然而，见别人满怀感激，
我又止不住酸辛。①

这首诗是诗人亲身经历的一个感人故事，字里行间充满了对贫苦百姓的同情与怜悯、对工业发展带来的自然破坏的痛心和批判，还有对资本主义社会人性的丢失、世风日下的无奈与忧虑。善良、淳朴的西蒙·李曾是风景秀丽山庄的一位好猎手，“又高又壮”，如今“又老又穷，又弱又无力，无亲无故的，留在世上”；以前的山庄“风光秀丽”，而如今“荒凉破败”；在一个物质追求淹没一切的社会，人性冷漠、人情淡薄，一点微不足道的帮助却让老人“泪水顿时涌上他两眼”，使得诗人心中涌出不尽的辛酸。这些处于社会底层的人们生活在苦难、辛劳和病痛的折磨中，他们虽然无力改变自己的命运，但是他们却并没有为此而沉沦，而是凭着自己的坚毅和对生活的执著，愉快地接受上帝给予他们的恩惠，哪怕是只有一点点恩惠，也都心存感激、赞美之情。诗人联想到世俗社会中“无情无义，以冷漠回报善心”的道德关系，他禁不住“泪水涌上两眼”。因此，诗人对下层人民的悲悯绝不是一种居高临下的同情，而是对他们在艰难生活中体现出的伟大人性的崇敬。他们的生活虽然卑微，但蕴藏着人性的豪迈与伟大，蕴藏着巨大的道德力量。华兹华斯真诚地呼唤这些被现代社会所泯灭的纯真人性重新成为社会关系的主导力量，成为人类精神价值的最终归属。

华兹华斯关注纯真的人性，除了表现在对田园题材的热爱、普通百姓苦难人生

① 华兹华斯、柯尔律治：《华兹华斯、柯尔律治诗选》，人民文学出版社，2009 年，第 235 ~ 236、238 ~ 239 页。

的关爱之外，还体现在他对儿童自然人性、纯真天性的崇拜与向往上。华兹华斯认为人类的儿童时代是最接近自然与上帝的时期，因而在儿童身上我们能找到人性最本真、最善良的一面。对儿童天性的关注实际上是华兹华斯自然情感的延续和深化，是诗人体验上帝存在的不可或缺而又相互联系的因素。对人类而言，自然是文明前期人类的童年状态，对个体而言，童年又是他未受社会侵蚀前的自然纯真状态，因此，在文明社会中保持对自然的虔诚，成年后保留一份纯真人性，都是实现完美人性的必要条件。华兹华斯在自然中体验上帝的奥秘是他要实现人性完美的一部分内容，除此以外，他还要在社会生活内部发掘纯真人性，从而使他对上帝的存在在人性中得到更重要、更真实且更完美的体验。

华兹华斯怀着对完美人性的追求与探索，不遗余力地去追寻自己童年的足迹。他的许多诗歌都是描写自己童年时期的欢乐情景的，如《致蝴蝶》（*To A Butterfly*）通过回忆儿时与妹妹一起追扑蝴蝶的生动景象，把我们带进童年时代纯真的欢乐之中；《致杜鹃》（*To The Cuckoo*）则通过寻觅杜鹃鸟的踪迹，聆听那神奇的声音，以唤起对自己金色童年的美好回忆；而在带有自传性质的长诗《序曲》中，诗人一方面衷心感谢大自然对他童年时代的灵魂所起的作用，另一方面他始终把童心与上帝联系在一起，认为正是受到这种崇高不朽精神的孕育，才使自己的灵魂变得纯净高尚。因此，华兹华斯成了英国浪漫主义诗人中童心的真诚维护者，在他一生的生活和诗歌创作中，他始终怀着一颗无限虔诚的敬仰之心来呼唤童心永驻。在《我一见彩虹高悬天上》中，诗人写道：

我一见彩虹高悬天上，
心儿便欢跳不止：
从前小时候就是这样，
如今长大了还是这样，
以后我老了也要这样，
否则，不如死！
儿童乃是成人的父亲，
我可以指望，我一世光阴
自始至终贯穿着天然的孝敬。①

① 华兹华斯、柯尔律治：《华兹华斯、柯尔律治诗选》，人民文学出版社，2001 年，第 4 页。

在诗中，华兹华斯喊出了“儿童乃成人之父”这一有悖常理的惊人之语，这一惊人之语并非出于他的痴狂，而是华兹华斯以其诗性慧眼看到了儿童身上蕴藏着伟大而永恒的灵性。在《我们是七个》中，诗人描写了带着乡野和山林气息的八岁小女孩，她那浓密的卷发和美丽的大眼睛“叫我快活”。于是我问她有几个兄弟姐妹，她回答：“我们是七个，我们中两个住在康韦，两个当水手，在海上航行，还有两个躺进了坟地——那是我姐姐和我哥哥。”我反复提醒：“既然坟堆里已睡下了一双，那么还剩五个。”可小女孩就是不理睬，固执地反复回答：“我们是七个。”她分不清生死界限的那份朦胧，似乎使时间成了永恒，宇宙浑然一体，小女孩自己也融入了绵延无限之中从而获得永恒普遍的力量。

在长诗《永生的信息》中，诗人直接将不朽的上帝与不朽的童心相提并论：“我们的诞生其实是入睡，是忘却：与躯体同来的魂魄——生命的星辰，原先在异域安歇，此时从远方来临；并未把前缘淡忘无余，并非赤条条身无寸缕，我们披祥云，来自上帝身边——那本是我们的家园；年幼时，天国的明辉闪耀在眼前；当儿童渐渐成长，牢笼的阴影便渐渐向他逼近，然而那明辉，那流布明辉的光源，他还能欣然望见；少年时代，他每日由东向西，也还能领悟造化的神奇，幻异的光影依然是他旅途的同伴；及至长大成人，明辉便泯灭，消溶于暗淡流光，平凡日月。”①进而，诗人继续强调“婴儿时，天堂展开在我们身旁”。显然，在华兹华斯看来，人之初，性本善，“我们披祥云，来自上帝身边”，婴儿时，天堂就在我们身边。

然而，随着“儿童渐渐成长”，是什么样的“牢笼的阴影”“便渐渐向他逼近”并进而使得“明辉便泯灭”呢？正如圣经里的隐喻一样，人类的孩提时代是伊甸园时代，儿时的人类不知善恶之分，生存在纯粹的自然之中，与之相伴的是山川虫鱼鸟兽，换言之，免于物质社会的浸染。随着人类的成长，人开始产生了物性的欲望，也正因如此，夏娃才受到了魔王撒旦的引诱，从而走上了歧途。显然，华兹华斯在提醒人们是人类现代工业文明泯灭了人类原有的纯真与自然，成人应从儿童那里得到启示，不要被社会生活变得老于世故，应留一份纯真和一颗善于感受自然的心。华兹华斯把拯救人类灵魂的希望寄寓于儿童，就是因为儿童具有类似自然的纯洁的心灵。

在诗人看来，这外表柔弱的婴孩刚刚来自幸福的天堂，儿童离天堂也不远，他们仍然处在那生命之始天赐的幸福中，依旧保有天然的禀赋，能直接领悟上帝那永恒而神圣的奥秘。因而童贞里有不朽的征兆，从婴孩那纯真的脸上，可以看到上帝

① 华兹华斯、柯尔律治：《华兹华斯、柯尔律治诗选》，人民文学出版社，2001 年，第 265 ~ 266 页。

的荣光就蕴涵在其中，而成人只能看到它的一步步消失，“化成了平常日子的暗淡白光”。华兹华斯对儿童的独特理解和阐释，被赋予了神圣的宗教情感。在华兹华斯看来，成年人要找到幸福和价值依托，就必须具有童心，“童年乃成人之父”这一看似有悖常理的命题，实质上表现了诗人对现实生活的神性价值的追求，但这种神性价值并不存在于外在的上帝中，而是存在于每一个人的心中，只要人们始终怀有童心，心存本真之心，上帝就一定会降临到每一个人的心中，这才是人们获得永久幸福的根本保证。

在人类文学史上，歌颂自然风景的诗歌作品比比皆是，而只有英国浪漫主义诗歌把外在自然的神性和人的内在自然之本真完美地结合起来，把自然美和人性美结合起来，并将两种美统一于自然界的和谐。一方面，自然界因为人的真、善、美而更富灵性；另一方面，人本身就浸润在自然的无限神性中，从生机盎然的自然万物中感悟到造物主不朽的智慧。华兹华斯的诗歌作品是集自然美与人性美、智慧美与和谐美之大成者。在华兹华斯的自然观中，无论有生命或无生命的事物，无论人或自然，都互相联系在一个和谐的整体中，自然是连接神性与人性的桥梁。华兹华斯强调大自然与心灵的交融，着力表现自然景色对内心世界的感染与影响，把大自然视作美、生命和理想境界的象征，从中获得创作灵感并感悟人生真谛、透视生活本质，人性、自然和神性在诗人无边的爱心和敏锐的顿悟里达到了和谐统一。

二、华兹华斯的神性自然观

精神与自然的关系问题是西方精神史中的重要问题，任何时代都对这个问题有所反映，但是，在不同时代，人们对这个问题的看法有着截然不同的答案。在古希腊时期，古希腊人与自然是一体的，他们并没有把人生与自然完全分开，对自然的反映即是对人自身的反映。

例如，赫西俄德的《神谱》中既歌颂了众神的诞生，同时也是对自然本身的歌颂。随着人类对自身智慧的过分自信，人类就越来越与自然相疏远。在中世纪，唯有上帝才是最真实的存在。到了莎士比亚的这一时期，哈姆莱特高唱：人是“万物的主宰，宇宙的灵长”！这种上帝理念的绝对化导致了人在宇宙中地位的急剧膨胀，最终导致了人与自然观念的严重脱离，使西方社会陷入了严重的精神危机。卢梭是西方现代社会第一个意识到人与自然关系严重脱节的伟大思想家，他强烈地批判现代社会只注重科学和理性，却忽视了人类最基本的人性的严重错误，从而导致了人类德性的堕落，由此，他发出了“返回自然”的第一声呐喊。同时，卢梭精神世界中根深蒂固的宗教情感使他从圣洁的大自然中发现了上帝的存在：“这个有思维和能力的存在，这个能自行活动的存在，这个推动宇宙和万物的存在，不管它是谁，我都称它为上帝。”①上帝无处不在，世界万物都是由他所创造，他也蕴涵在世界万物之中。这种万物有灵论的泛神论观点是西方上帝观念的一次质的变化，是卢梭在上帝被推下神坛后为失去信仰的西方人寻找的一块精神栖息地。华兹华斯就是在这样的一种精神背景下去寻求精神与自然的交融的，他可以说是卢梭在英国的真正传人，但是，华兹华斯在与自然沟通的深度和广度上都要比卢梭前进一步。

华兹华斯诗歌中的自然山水并不是单纯的物质对象，是人、上帝与自然的同化，是充满神性和灵性的。我国学者王佐良对华兹华斯诗歌的泛神论有较深的感受，他认为，华兹华斯的诗歌已不属于一般的山水诗范围，“其主旨似乎是，自然界最平凡最卑微的事物都有灵魂，而且它们是同整个宇宙的大灵魂合而为一的。就诗人自己来说，同自然的接触，不仅能使他从人世的创伤中恢复过来，使他纯洁、恬静，使他逐渐看清事物的内在生命，而且使他成为一个更善良、更富于同情心的人”②。王佐良的这一论述使我们清楚地看到，华兹华斯把自然中的一切存在包括最平凡最卑微的事物都看成是有灵魂的，而且它们的灵魂与整个宇宙的大灵魂融为一体。自然被诗人赋予了神性的光晕而不再是客观的自然，诗人通过诗来表达内心对自然的虔敬，描绘他直观与顿悟到的神性自然。

在《自然景物的影响》(*Influence of Natural Objects*)中，诗人将大自然的神性与宇宙大灵魂融合在一起，并称其为“宇宙精神”：“无所不在的宇宙精神和智慧，你是博大的灵魂、永生的思想！你让千形万象有了生命，是你让他们生生不息地运转！”③华兹华斯对自然中体现的宇宙精神怀着无比虔敬的心情，他甚至把它与基督教的上帝相提并论。不过，华兹华斯的上帝与基督教的上帝有本质的差异，华兹华斯是基于泛神论的立场来理解上帝的，因而，他的上帝并不是基督教那种远离人世的、冷漠、抽象的彼岸世界的上帝。同时，华兹华斯的上帝观是个人体验的产物，他在与自然的情感交流中不由自主地把个人的精神与宇宙精神相互交融在一起，而这种宇宙精神本身在华兹华斯的观念里是和传统的基督教上帝重合在一起的。尽管基督教的上帝被启蒙运动的理性所摧毁，但华兹华斯却在自然中重新发现了

---

① 卢梭：《爱弥儿》(下册)，商务印书馆，1999年，第394~395页。

② 王佐良：《英国文学论集》，外国文学出版社，1980年，第79页。

③ 华兹华斯、柯尔律治：《华兹华斯、柯尔律治诗选》，人民文学出版社，2001年，第26页。

上帝的存在，他体现在所有的存在物中。华兹华斯的自然体验使他将超出经验世界之外的绝对价值引入自然界中，使自然万物充满着神性的辉映，自然或卑微之物在上帝的神光普照下而拥有了神圣性。华兹华斯的很多诗歌在描绘了自然景物之后，总是将对象提升到神圣的境界。如《致杜鹃》（*To The Cuckoo*）在描绘了杜鹃鸟的声音及由此勾起诗人对自己童年的回忆后，诗人写道："赐福的鸟儿！是你的音乐使我们这片天下化为奇幻的仙灵境界，正宜于给你住家。"这仙灵境界既是鸟的神圣居所，同时也是诗人精神的永恒栖息地。在《水仙》（*The Daffodils*）中，诗人受到突然出现的一大片欢舞的水仙花的感染，从而触动诗人的心灵。在诗的最后一段，这一景象与天堂联系在一起："这水仙常在我眼前闪现，把孤寂的我带进了天堂。"此外，虽然有很多描写自然景物的诗并未直接描写"宇宙精神"，也没有在最后将对象提升至神灵与天国境界，然而，我们同样能感觉到神性的氛围。如《阳春三月》（*Written in March*）里的"四十头牛儿吃草一个样"，使人感到一种神性的涅槃，因而，在华兹华斯那里，自然永远是人类心灵的伊甸园。同样，在《廷腾寺》（*Lines Composed A Few Miles above Tintern Abbey*）中，诗人也表现了自己对大自然的神性依恋。在阔别怀河美景五年后，诗人故地重游，对景抒怀："多少次，在精神上我转向你，啊，树影婆娑的怀河！"怀河美景不仅在往日的岁月里慰藉了诗人的心灵，给了诗人以精神的寄托，甚至在未来的日子里，诗人也从这美景中吸取着"将来岁月的生命和粮食"。

华兹华斯之所以把自然看成自己的"生命与粮食"，乃是由于他真正地在思想上实现了精神与自然的交融。华兹华斯在法国大革命和英国工业革命的重大社会事件中，清醒地认识到人类与自然的疏离给人类生存造成的严重危机，使人类失去传统信仰和伦理价值依靠。于是，他背时而动，在人们普遍追求功利和贪婪掠夺自然的时候，他隐居湖区，企求在大自然中寻找人类生存的意义根基。华兹华斯在《转折》（*The Tables Turned*）中，号召人们超越认识及书本，而直接用心灵去感受：

啃书本——无穷无尽的忧烦；
听红雀唱得多美！
到林间来听吧，我敢断言：
这歌声饱含智慧。

唱得多畅快，这小小画眉！
听起来不同凡响；

来吧，来瞻仰万象的光辉，
让自然做你的师长。

自然的宝藏丰饶齐备，
能裨益心灵、脑力——
生命力散发出天然的智慧，
欢愉显示出真理。

春天树林的律动，胜过
一切圣贤的教导，
它能指引你识别善恶，
点拨你做人之道。①

诗人一开始就劝告朋友放下书本、奔向自然，“到林间来听吧，这歌声饱含智慧”；接着强调“自然的宝藏能裨益心灵、脑力”，同时还能“指引你识别善恶，点拨你做人之道”。整首诗表面上是以作者友人为对象，而实际上是对整个文学界、知识界的号召。在诗人看来，大自然本身就是一首最美好的诗歌，它不仅能够唤起人的激情，而且还能赐予人们智慧和力量，人只有在自然环境中才能保持自己的尊严和纯洁的心灵，与束缚自由、压迫个性的工业社会分庭抗礼。诗歌的第四节中“……Come forth into the light of things，Let nature be your teacher”可谓全诗主题所在，大自然富于灵性和智慧之光，让我们走出阴暗的书斋，进入光明的世界，接受大自然的恩赐。全诗字里行间处处埋伏着理性与非理性、书斋与自然的强烈对比。按传统观念，智慧与真理只能是闭门苦读的结果，而华兹华斯则以其独特的浪漫主义情怀给人与自然的关系提出了全新的解释，主张从自然的领悟中学习；而“breathe”——词则说明大自然赋予的智慧与真理犹如宜人的清风，毫无令人窒息的感觉，突出了自然之灵性对人性美好影响的生态思想。

华兹华斯的很多作品都将自然景物提升到神灵境界，赋予自然神性的光晕，从而使自然不再是单纯的、客观的自然。华兹华斯认为：“自然界最平凡最卑微之物都有灵魂，而且它们是同整个宇宙的大灵魂合为一体的。”小小的云雀也能“倾泻出对那至高无上的主宰的颂赞”。《致云雀》（*To A Sky－lark*）：

① 华兹华斯、柯尔律治：《华兹华斯、柯尔律治诗选》，人民文学出版社，2001 年，第 228 页。

带我飞上去！带我上云端！
云雀呵！你的歌高昂强劲；
带我飞上去！带我上云端！
你唱啊唱啊，周围远近
天宇和云霓都悠然回响；
带着我飞升，领我去寻访
你那称心如意的仙乡！

我辛苦跋涉于旷野穷荒，
到如今已经神疲意倦；
此刻我若有仙灵的翅膀，
我就会凌空飞到你身边。
你的歌饱含神圣的欣喜，
周围的气氛是狂欢极乐；
带着我飞升，高入云霓，
到你的天国华筵上做客！①

这里的自然，是充满了人性的自然，是弥漫着神性的自然，“云雀”的歌声“高昂强劲”，带给我欣喜，消除我疲劳；“云雀”的世界自由自在，“称心如意”，是“天国”，是“仙乡”。在诗人眼里，自然是有感情、有灵性的，自然可以陶冶心灵、提升道德，可以恢复人类完美的人性。我们可以看到诗人的目光超越一切湖光山色、花鸟鱼虫，直接摄取大自然所蕴含的“宇宙精神”，并将人的思想感情与它紧密地联系起来，使自然景物既渗透着神性又体现着鲜明的人性色彩。1793 年 8 月，23 岁的华兹华斯曾独自徒步旅行，到英格兰西布茅斯郡（Monmouthshire）游历了风景秀丽的怀河（the Wye）河谷和古老的廷腾寺（Tintern Abbey），创作出了《廷腾寺》。请读者们看其中的诗句：“这里的清流，以内河的喁喁低语，从山泉奔注而下。我再次看到，两岸高峻峥嵘的伟崖峭壁，把地面景物连接于静穆的天穹，给这片遗世独立的风光，增添了更为深远的遗世独立的意味……”这里诗人用洗练的文笔和朴素的风格生动展示了廷腾寺的自然风景，并用清晰而又传神的诗句表达了自己起

① 华兹华斯、柯尔律治：《华兹华斯、柯尔律治诗选》，人民文学出版社，2001 年，第 71 页。

伏不定的心情。从诗歌的第 22 行到 49 行，诗人似乎认为最理想的心理状态应是达到物我交融，与大自然完全和谐一致。在这种平静的心绪中，人世上许多阴暗而不可理解的事物在我们的心灵上的沉重负担得以减轻；高尚的感情引导着我们，我们几乎暂时忘掉了自己血液的流动与肉体的存在，而变成纯粹的精神；我们坚信万物和谐而充满了欢乐，于是以平静的眼光观察、洞见事物的本质。请看其中的这样一段描述："……当我孤栖于斗室，困于城市的喧嚣，倦怠的时刻，这些鲜明的影像便翩然而来，在我的血脉中，在我的心房里，唤起甜美的激动；使我纯真的性灵得到安恬的康复；……"在华兹华斯的自然观中，无论有生命或无生命的事物，无论人或自然，都互相联系在一个和谐的整体中，自然是连接神性与人性的桥梁。在《劝导与回答》(*Expostulation and Reply*)中，华兹华斯这样回答友人提出的"为什么，威廉，在这块石头上，你坐了整整半天工夫，孤零零一个，把大好时光，在沉思幻想中虚度"：

……

同时，我相信：宇宙的威灵
也会留痕于我们心底，
我们唯有明智地受领，
用它来滋养心力。

我们置身于宇宙万物里，
它们都说个不休，
对我们难道就没有教益？
又何需苦苦寻求？

那就别问我：为什么这样
坐在石头上，俨如
与万物交谈，把大好时光
在沉思幻想中虚度。①

华兹华斯强调大自然与心灵的交融，着力表现自然景色对内心世界的感染与

① 华兹华斯、柯尔律治：《华兹华斯、柯尔律治诗选》，人民文学出版社，2001 年，第 227 页。

影响，把大自然视作“美”“生命”和“理想境界”的象征。“与万物交谈”“宇宙的威灵也会留痕于我们心底”，从中获得创作灵感并感悟人生真谛、透视生活本质。人性、自然与神性在诗人无边的爱心和敏锐的顿悟里达到了和谐统一。

华兹华斯的神性自然观根植于基督教传统和他那泛神论思想。基督教认为，自然与人类都同样是上帝的创造物，他们之间的关系应该是平等对应的；泛神论思想在此基础上又进一步认为，上帝的灵光体现在他的每一种创造物上，而每一种创造物都与上帝一样具有神性，并同时相互依存。因此，人不仅要像基督教教导的那样爱自己的同类，而且更要爱世界上所有的生灵，甚至包括非生灵的泥土和瓦块。在《序曲》的第一卷中，华兹华斯写道：“宇宙的智慧与精神！你是灵魂，是超越时间、万世永存的思想，你将生命与永恒的运动赋予景物或眼中的形状……”①可见，华兹华斯充满着对大自然的崇拜，并把自然视为圣灵存在的最高艺术体现。华兹华斯所要探求的是这种自然界与人类的意识相互依存或者是两者构成的“对应”的力量。对于华兹华斯来说，上帝的灵魂不在天国，而在大自然中。大自然无处不有上帝的精神存在，而人的灵魂又是依存于自然界的，所以，自然就成了上帝与人类的纽带，不仅具有神性，同时也兼具人性与理性。华兹华斯从有限的自然现象中体验到了大自然的无限本质，即他所说的“宇宙精神”，这种体悟完全是华兹华斯个体心灵与上帝的神性交流，是完全出自他个人的心理体验。而强调以个人体验为宗教信仰基础的正是浪漫主义的一个独特的宗教情感。华兹华斯以其深厚的诗性智慧为现代人创造了一种新型信仰模式，从而使我们能够在丰富多样的大自然中去感受神性的光辉。

三、华兹华斯的理性自然观

著名的英国利物浦大学英国文学教授、著名生态批评学者姜奈生·贝特认为，华兹华斯诗歌的一个突出特点就是对生态系统的重视和从生态系统利益的视角评价事物。他写道：“华兹华斯绝对不是一个反动诗人，他的政治观根基于‘绿色’，他是我们第一个真正意义上的生态诗人。”②他还强调说：“华兹华斯诗歌里对自然神圣性的尊重实际上也就是‘一种生态伦理’（an ecological ethic），在价值标准严

① 华兹华斯：《序曲》，丁宏为译，中国对外翻译出版有限公司，1999 年，第 16 页。

② Bate, Jonathan. Romantic Ecology: *Wordworth and The Environmental Tradition*, Routledge, 1991, preface.

重迷失的今天一定要加以重新肯定。"①"华兹华斯是个严肃而又有道德感的诗人。他在寻求新的存在的理由，他在考虑人与自然、人与世界的新的关系，在考虑一种新的秩序的依据。华兹华斯把自然神圣化，把上帝的属性转移到自然中来，并将之视为一个有机体，正是这种寻找新的存在理由的结果。"②华兹华斯认为，自然与人同是上帝的创造物，是一个整体的不同表现，同是宇宙的组成部分，既然如此，要关心人的生存就必须关心与之共存的自然，当然"爱自然"就自然"通向爱人类"。华兹华斯的诗歌主题表面上是描写自然、歌颂自然的情感表达，实际上是关于人以及人的生存的理性思考。

请看其《责任颂》(*Ode to Duty*)中的诗句："'上帝之声'的严峻的女儿！'责任'呵！你是否喜爱这称号？你是指路的明灯，你又是防范或惩罚过错的荆条！当'恐怖'虚声恫吓，幸有你律令威严，伸张了正义；你叫人摆脱了浮华的引诱，叫世间昧昧众生终止无谓的争斗！……"③这首诗里，华兹华斯强调了人对自然的责任，指出"纷杂的欲望已成为负担"，人类不能靠欲望和希望指引自己，"责任"才是"指路的明灯""防范或惩罚过错的荆条"；也只有责任"威严的律令"才能"伸张了正义""叫人摆脱了浮华的引诱"。

面对资本主义商业发展带来的人性异化，华兹华斯特别提出了"简朴地过活"，提醒那些为欲望所累的人们，"虽然很幸运、很富有，心中却不快，脚步却沉重"。在一首《无题》诗中，他写道：这尘世拖累我们可真够厉害，得失盈亏，耗尽了毕生精力；对我们享有的自然界所知无几；为了卑污的利禄，把心灵出卖！华兹华斯明确指出英国社会已经腐败不堪，社会风气每况愈下，人们在冷若冰霜的商品原则面前变得贪得无厌、唯利是图。

华兹华斯时刻实践其"他是人性的最坚强的保卫者，是支持者和维护者，他所到之处都播下情谊和爱"的诗学宣言，把道德、责任放在诗歌创作首位。华兹华斯在谈到诗与道德伦理的关系时这样写道："这些热情、思想和感觉到底与什么相联系呢？无疑的，它们与我们伦理上的情操、生理上的感觉，以及激起这些东西的事物；它们与元素的运行、宇宙的现象相联系；它们与风暴、阳光、四季的轮换、冷热、丧亡亲友、伤害和愤懑、感恩和希望、恐惧和悲痛相联系。"④可以看出诗人作诗不仅仅是要表现个人的热情与思想，他的热情与思想应该是整个时代的、社会的。当

---

① Ibid,1991:11.

② 苏文菁:《华兹华斯诗学》,社会科学文献出版社,2000 年,第 48 页。

③ 华兹华斯、柯尔律治:《华兹华斯、柯尔律治诗选》,人民文学出版社,2001 年,第 240 页。

④ 刘若端:《十九世纪英国诗人论诗》,人民文学出版社,1984 年,第 18 页。

然，这里华兹华斯并不只是在探讨诗歌的本质，也不是在强调他的诗作都来源于其生活的时代和社会，他把“伦理上的情操、生理上的感觉，以及激起这些东西的事物”放在诗歌创作的首位，彻底说明了华兹华斯绝对不是一般意义上的自然诗人，他的诗作不仅承载着诗人追求回归自然、诗意生存的浪漫情怀，更是彰显了人类早期关注人类自身生存良性发展的生态智慧。

华兹华斯不止一次地表达对当时的喧嚣人寰的焦虑与不安。1808 年，他在写给友人乔治・彼沃蒙特的信中把自己视为教师，他觉得事实上每位伟大的诗人都应该首先是一位教师，诗魂亦师魂，并清楚地看到人们“正在堕落”，批评“人们的庸庸碌碌和盲目奔波的生活”，他要帮助人们“创造一种……审美观”，教给他们“艺术性鉴赏力”，使他们变得“更有智慧、更好”。他有时甚至像是在呼喊：“你们啊，再聪明一些！”体现了难以言喻的文学使命感，表现了诗人对国家民族命运、捍卫纯洁人性、追求诗意生存的强烈责任感。因此，华兹华斯期待的诗意生存应该是宁静和谐的生态与平静恬淡的心态，没有喧嚣，没有浮躁，更没有无穷尽的贪欲，有的是阳光、绿草、溪流和鸟鸣，更有平静而又忙碌的农夫与专注吃草的牛群。

无论是大自然、心灵，还是人类，其作用只不过体现诗人欲依赖自己的资源改进民众素质之愿望，也就是把他们变得更温和、更沉稳、更有同情心且更富有诗意和想象力，也因为拥有这些品质而表现出更多的尊严。以华兹华斯等为代表的 19 世纪浪漫主义诗人视一切自然的东西都是美好的，反对压抑和约束，自然与人的关系应是自觉、平等与和谐的，自然是人类的哺育者，也是人类的良师益友和导师，人和自然不但有物质上的联系，更有精神上的关系，浪漫主义诗歌的自由观念和生命意识在“自然”的境界里找到了终极归宿。

不过，在生态危机日益严重的今天，我们会更加感到 19 世纪浪漫主义诗歌在追求回归自然的进程中，其深层不但蕴涵了释放人的非理性内容的潜在欲望，而且更是处处体现着诗人们对人的处境及命运与前途的理性思考，这种思考是一种深层伦理标准的思考，它吻合了当今生态危机时代人们渴望亲近自然、回归自然的价值标准，吻合了生态批评的理论内涵：人类应重新思考人与自然的关系、重新认识自己在自然界的位置和责任。华兹华斯是一位真正自觉的大自然的歌手，但他绝不是一般意义上的、停留在表面上歌颂自然景物的自然诗人。他的内心充满了对自然万物的极端热爱，这种热爱包含着对遭到工业文明侵袭的自然景物的深切同情、怜悯和尊重，显示了他对良性生态建构的极大关注，对国家、社会健康发展的高度责任感和他对人性异化带来的欲望膨胀、诗意生存萎缩的忧虑与批判。

总之，华兹华斯对自然的热爱绝不同于一般流连于山水风情的世俗文人，他笔下的自然是神性的、是人性的本真状态，同时，他对人与自然的关系进行了深入而又严肃的思考，其中涉及人与自然的信仰关系、价值关系、道德关系与审美关系等。一方面，人通过对自然的尊重与敬畏，通过对自然万物所包含的神性的感悟，通过与自然感官上的直接对话与交流，实现灵魂的净化和人性的复归，使人摆脱工业文明和科学理性对灵魂的压抑和扭曲，回归到原初自然本真状态，恢复人的童心与淳朴，恢复人的睿智与敏感，恢复原有的想象力和同情心；另一方面，自然在经过了人对它信仰和态度的转变，可以避免因人类的狂妄和无知所带来的厄运，更加充分地展现自然所固有的温和与包容、丰富与和谐，更加充分体现造物主的智慧和自然的灵性，从而给人以精神上的启发和慰藉。华兹华斯等浪漫派诗人以其诗人的敏感和文学家的道德认识到革命的暴力无济于事，人类社会的进步依靠的不是法国暴力革命式的政治手段，更不是英国工业革命式的经济手段，而是重建人类审美价值体系的精神手段。这种终极审美价值体系正是来源于人类共同的精神家园——自然，即自在的自然与人性的自然的统一。只有当人类认识到这一点并为之毫不吝惜地献出自己的全部想象力和情感的时候，才能享受到人与自然的和谐共生，也才能体会到这一精神家园的真正价值和实现人类的终极审美。

第三节　济慈诗歌的生态思想

约翰·济慈（John Keats，1795—1821）是英国浪漫主义时期又一位杰出的诗人，有人甚至认为他是最具有艺术气质的诗人，勃兰兑斯称他是“英国自然主义最芬芳的花朵”。济慈诗歌的艺术风格和对自然形象的选取与英国浪漫主义前期“湖畔派”诗人有明显的区别，同时与拜伦和雪莱也不尽相同。从生态伦理批评视角来关注济慈作品，我们会发现济慈诗歌的审美是一种至高的生态伦理审美，济慈诗歌的政治倾向包含着对自由民主的渴望，对真、善、美诗歌的艺术追求与和谐精神生态的向往。

一、济慈诗歌的生态关注

约翰·济慈生活在英国19世纪早期，济慈的生命尽管短暂，却经历了近代欧洲发展史上一段富于伟大思想且有些悲天悯人的时期。从1816年发表其第一部诗集《恩底弥翁》(*Endymion*,1816)，到最后去世，济慈的创作生涯只有短短的六年，然而由于时代和个人等多种因素，济慈诗歌呈现出卓越的社会关怀、自由情怀和艺术魅力。可以说，如果仅从表层上研究济慈诗歌的审美和政治趋向而忽略其内在的关注自然生态、人文生态的精神的话，那就如同我们研究华兹华斯只看到其歌颂自然景物、流连于山山水水而忽略其对人性异化、对人类良性生态受到威胁的忧思一样。综观济慈的生活经历，我们不难发现，是个人生活的悲苦和时代危机的现实促成了济慈诗歌的生态关注。

济慈1795年生于伦敦一个马厩主家里，1804年父亲坠马身亡，1810年母亲因生活所迫出逃流亡在外，回来又因病离开人世，1818年，他的小弟弟托马斯病死，而年轻的济慈在照料弟弟的过程中也不幸染上了当时的不治之症肺病，从此，他遭受着病痛折磨和家境贫寒的双重负担。济慈的爱情也是苦涩的，他曾经对乔治亚娜情有独钟，但是，家庭的变故让他对现实抱有强烈的戒心，过于强调精神恋爱使得他与乔治亚娜擦肩而过。后来，济慈对布劳恩的爱情虽然非常强烈，但他脆弱、敏感、多疑的性格以及他每况愈下的身体注定了又一次的爱情悲剧。同时，作为诗人的济慈，在1816年发表了第一首长诗《恩底弥翁》后获得的不是批评家的赞誉，而是社会各界保守势力对他作品中表达的民主思想的冷嘲热讽和恶意攻击。对济慈来说，生活是痛苦的，命运是残酷的，但是他并没有被厄运所压垮。他在给赫西的信中说，天才诗人不能靠法律和教条来抚养，只能靠自身的感觉和留意成熟起来，达到一种自我拯救。贫困和疾病造成了他命运的悲惨，但从另一方面来说，它们也同时培养了济慈异常敏锐的感觉，致使他的听觉、视觉和味觉都非常发达。因此，可以说，正是由于贫困和疾病阻止了济慈在现实世界里创造他生命的价值，但也是它们成就了他在艺术的殿堂里的辉煌。他的人生不幸造就的丰富、敏感的艺术感觉驱使着他在自然中捕捉万物各种细微的生命现象，来体现他那现实苦难与理想世界的断裂。《蝈蝈和蟋蟀》中的蝈蝈和蟋蟀，《秋颂》中的蜜蜂、忽起忽落的小虫、呼哨的知更鸟和呢喃的燕子以及《夜莺颂》中的夜莺，与彭斯的“小田鼠”、布莱克的“病玫瑰”和柯勒律治的“信天翁”等有其惊人的相似之处，诗人们均表达了对工业社会下人类对大自然的强势掠夺，对处于被动地位的自然万物的同情和无奈。不同的是济慈还有另一层含义，那就是象征自己虚弱多病的身体在面对自然的千变万化时的脆弱。由此，笔者认为济慈笔下的这些弱小生命具有双重含义。这双重含义也许在《今晚我为什么大笑》(*Why did I laugh tonight*)中给予了更直接的表白：

说吧，我为什么大笑？啊致命的苦痛！
啊黑暗！黑暗！纵然徒劳我也要呜咽着
问遍苍天冥府和我自己的心灵。
我为什么大笑？我知道这躯体中孕育的
幻想遍布天国的每一个角落；
但我却愿在今晚悄然离开尘世，
现实的华盖已被扯得又碎又破。①

这里，诗人自己身体状况的痛苦不言而喻，同时，诗人对现实的极度失望和无奈也跃然纸上。

对自然的关注是英国浪漫主义诗人的诗学传统，济慈对自然的偏爱不仅来自他个人的生活苦难，而且与他生活时代的生态危机更是密切相关的。英国浪漫主义诗人的自然转向不只简单地受法国大革命的影响，历史上很多先例证明，政治危机的爆发源于生态危机，反过来又会加剧生态危机。在《浪漫派、叛逆者及反动派：1760—1830年间的英国文学及其背景》(*Romantics, Rebels and Reactionaries: English Literature and Its Background* 1760－1830)一书中，玛里琳·巴特勒(Marilyn Butler)印证了生态的失衡给英国造成的灾难性社会后果："1815年至1819年，英国动荡不安，严重的暴力大概比法国大革命期间任何时期更有一触即发之势。"②同时，通过翔实的例证，她认为把在此间写下的最著名的诗作，"说成在相当程度上逃避现实是有误导性的"③。同时，历史学家、自然学家也都证实了18世纪末、19世纪初全球气候的异常，1816年甚至被称为是欧洲历史上"没有夏天的一年"

---

① 黄宏煦：《英国浪漫主义诗人抒情诗选》，江苏人民出版社，1988年，第157页。

② 玛里琳·巴特勒：《浪漫派、叛逆者及反动派：1760—1830年间的英国文学及其背景》，黄梅、陆建德译，辽宁教育出版社，1998年，第216页。

③ 玛里琳·巴特勒：《浪漫派、叛逆者及反动派：1760—1830年间的英国文学及其背景》，黄梅、陆建德译，辽宁教育出版社，1998年，第242页。

(the year without a summer)。在这样一个政治危机和生态危机共存的多变时代,诗人济慈的作品自然就带上了关注生态、关注社会伦理的现实性特征。《夜莺颂》的开头这样写道:

我的心头压着沉重的悲哀,痛苦的麻木
注入了全身,就像饮过毒汁,
又把满满的一杯麻醉剂仰首吞服,
于是向着列斯的忘川河下沉:
这并不是因为我羡慕你那幸福的好运,
而是你的快乐使我太欣喜,——
你呀,轻翼的森林之仙,
在满长绿荫、
音调优美、阴影无数的山毛榉,
正引吭欢歌,尽情地赞颂着夏季。①

诗人一开始就向我们描述了夜莺的世界与现实世界的矛盾与断裂。诗歌中的“我”的处境与夜莺(“你”)欢快的世界形成了鲜明的对立:“我的心头压着沉重的悲哀”,反衬了“你”的“欢欣”;“你那幸福的好运”更加突显了“我”的痛苦;“你”是“轻翼的森林之仙”,自由飘飞于绿色丛林,而“我”则陷于人生的迷雾,“向着列斯的忘川河下沉”;“你”已经在歌唱着温暖的夏天,而“我”却还在寒意料峭的春日。这两个对立而又难以调和的世界深深地隐埋在“我的沉重的悲哀”的“aches”一词中,并贯穿全诗的始终。“aches”一词多义,可指“痛苦”,又指“渴望”。诗人一方面用之指代这个现实世界给他带来的“痛苦”,另一方面又用之来象征对夜莺所在的那个理想世界的“渴望”。现实的世界越是痛不欲生,对理想的世界就越是渴望至极;反之,在“渴望”与“痛苦”之间,诗人就像在饮鸩止渴:“饮过毒汁,又把满满的一杯麻醉剂仰首吞服。”饮鸩不能止渴,吞服鸦片也不能根治痛苦,这无疑暗示着理想世界与现实世界矛盾对立的无奈。诗人就在这两个世界的撕扯挤压中忧心如焚,因此他渴望饮“一口葡萄的佳酿”,因为“只要一尝便想起了花神和绿野的风光,还有阳光下村民的欢乐、颂歌和舞蹈”。为什么诗人要借助饮酒?为何诗人要用“想起”二字?春天的世界难道不是春意盎然、阳光明媚、春花烂漫、生机无

① 黄宏煦:《英国浪漫主义诗人抒情诗选》,江苏人民出版社,1988 年,第 165 页。

限吗？鲜花、阳光、春日、杏花吹满头以及载歌载舞的场景为什么只能靠酒来“想起”呢？这是不是暗示了它们在现实生活中的缺失？那为什么现实生活中会缺少这些在我们看来非常平凡的事物呢？当这些习以为常、我们熟视无睹的东西都散失掉的时候，我们才会倍感珍惜，才会觉得它们的真正价值。而当这些东西都真正失去的时候，生态平衡的破坏程度也就可想而知了。“花神和绿野的风光”只能在记忆里寻找了。“绿色”是生命的颜色，没有了绿色也就没有了生命。而“阳光”也是万物生长之必需，对人来说，需要阳光的温暖；对植物来说，需要阳光的滋养；没有了阳光，怎么能见到“花神”？没有了“绿色”“阳光”和“花神”，怎么会有村民的舞蹈、生命的欢歌？这里最明显地暗示了一个缺乏阳光与绿色的世界，这是一个生态严重遭到破坏的世界，这也许正是对1816—1818年正在经历着严重生态危机的欧洲的影射。面对“这里人们呆坐，听着彼此的悲叹怨嗟；瘫痪的老人只有几根残存的白发在摇晃，年轻人变得苍白，消瘦，夭折”的现实，诗人不禁发出“去吧！去吧！我要和你一同飞去”的呐喊，梦想着没有死亡和黑暗、只有永生和歌声的夜莺世界：“不朽的鸟呀，你将与世长存！苦难的人们相继消逝，你的歌声依然。”然而，随着夜莺歌声的逐渐消逝，诗人又从美好的幻境回到了痛苦的现实当中。可是，他却对自己刚才经历的心理变化感到十分惊讶和困惑：“那究竟是幻觉，还是一场觉醒的梦？夜莺的歌声已经消逝：我是醒着还是睡着？”

二、济慈诗歌的生态理想

如果说济慈对生态危机的关注隐含在诗的现实世界与理想世界的断裂中的话，那么，济慈对于生态和谐的期盼与颂扬则是直接地表达在他的诗歌里。无论是《颂诗》(*Ode*)里“你们坐在极乐世界的草地上谈笑，草地上只有狩猎女神的小鹿啃着青草；你们与天庭的树木窃窃私语，多么优雅自在，多么无拘无束”，还是《幻想》(*Fancy*)中“尽管严霜相逼，她仍会带给大地已经失去的美丽；她会一起带给你夏日所有的欢娱；她会从露湿的草地，多刺的树枝上带给你五月的蓓蕾和花朵的芬芳；她会静静地、神秘地偷出所有堆积如山的秋令的财富”，无不张扬着诗人对大自然的热爱，对生态和谐的期盼。“草地”“小鹿”和“花朵”这些象征着自然、纯洁和美好的自然之物无数次地出现在济慈诗歌中，这难道不说明诗人渴望着远离工业文明污染的田园宁静生活吗？而表现这种宁静、和谐境界的最佳作品当数诗人在1819年9月写下的《秋颂》：

雾气洋溢、果实圆熟的秋，
你和成熟的太阳成为友伴；
你们密谋用累累的珠球
缀满茅屋檐下的葡萄藤蔓；
使屋前的老树背负着苹果，
让熟味透进果实的心中，
使葫芦胀大，鼓起了榛子壳，
好塞进甜核；又为了蜜蜂
一次一次开放过迟的花朵，
使它们以为日子将永远暖和，
因为夏季早填满它们的粘巢。

谁不经常看见你伴着谷仓？
在田野里也可以把你找到，
你有时随意坐在打麦场上，
让发丝随着簸谷的风轻飘；
有时候，为罂粟花香所沉迷，
你卧倒在收割一半的田垄，
让镰刀歇在下一畦的花旁；
或者，像拾穗人越过小溪，
你昂首背着谷袋，投下倒影，
或者就在榨果架上坐几点钟，
你耐，瞧着徐徐滴下的酒浆。

啊，春日的歌哪里去了？但不要
想这些吧，你也有你的音乐——
当波状的云把将逝的一天映照，
以胭红抹上残梗散碎的田野，
这时啊，河流下的一群小飞虫
就同奏哀音，它们忽而飞高，
忽而下落，随着微风的起灭；

篱下的蟋蟀在歌唱；在园中
红胸的知更鸟就群起呼哨；
而群羊在山圈里高声咩叫，
丛飞的燕子在天空呢喃不歇。①

诗歌开头以各种果子为描写对象给我们展现了一幅悦目的农家丰收在即的秋景。“果实圆熟的秋”“累累的珠球缀满茅屋檐下的葡萄藤蔓”“葫芦胀大”“甜核”“永远暖和的日子”，宁静、丰硕与富足的农家幸福在恬然的自然生态中展现。接着诗歌的第二节开始写人，“伴着谷仓”“背着谷袋”“随意坐在打麦场上”“让发丝随着簸谷的风轻飘”；有时候，为罂粟花香所沉迷，你卧倒在收割一半的田垄，让镰刀歇在下一畦的花旁。开仓、打麦、捡穗、运粮、在田垄边美美地打盹、看榨果架上徐徐滴下的酒浆。庄稼人秋收后的喜悦与幸福充溢在字里行间，还有什么比这种生活状态更悠闲自在、更让人神往呢？与《夜莺颂》里瘫痪、白发摇晃的老人，苍白、消瘦的年轻人形成了强烈对比。《夜莺颂》里是一幅现实与理想断裂的惨景，而《秋颂》则带给我们一幅生态和谐的美景。接着，诗人用“云”“胭红”“田野”描述了乡村傍晚美丽的秋景，又用“蟋蟀”“知更鸟”“群羊”“燕子”的“歌唱”“呼哨”“咩叫”“呢喃”带我们走进了一个美妙的秋的音乐世界，让幸福的人与这美好的景完全消融在一起。这就是诗人的生态观，一种万物诗意栖居的自然伦理观。济慈从秋写到春，又从春写到秋，有早晨和中午丰收的喜悦和迷醉，又有傍晚的悠闲与自在，从累累果实的葡萄架下到夕阳胭红涂抹的田野、老树、河流，人的精神经历了怎样一种清醒、一种摆脱所有尘世纷扰的解放！收割是人的最原始的行动之一，而收割的所得——特别是精神上的丰足则是人的文化能有的最高成就。那么，诗人济慈又是怎样如此快地实现了从现实冰冷的《夜莺颂》到和谐自然的《秋颂》的转变呢？也许我们可以从诗人写信给友人的信中找到答案。1819 年 8 月，济慈写给友人芳妮的信表达了他对生态环境正常化的欣喜：

连续两个月的好天气对我而言是最大的幸福——不再有冻红的鼻子，整天打冷战的身体，只有清新空气里的静心思考。拿一张干净的毛巾，打一盆净水，一天可把脸擦上十来遍，无需过多的锻炼，只需每天散步一英里。我最大的遗憾就是因身体不够好，在距离海边这么近的地方住了两个月了还不能游泳。——不过，我还

① 王佐良：《英国浪漫主义诗歌史》，人民文学出版社，1991 年，第 286～287 页。

是非常陶醉于这种好天气的，它应该是我能够拥有的最大福气了。①

可见，在济慈看来，人的幸福的最根本的东西应该是好的天气、纯净可洗可游的水和没有污染的锻炼环境。因此，贝特认为，《秋颂》不是一个逃避政权文化破裂的幻想，而是对人类文化如何在与自然联系并相互影响中发挥作用的深思。就济慈而言，他自身与其所处的环境的关联以及与构成社会的人之间的关系都是密不可分的。

在1819年9月19日写下《秋颂》两天后，济慈在给友人雷诺兹的信中，又一次阐述了天气与他写作该诗的紧密联系：

现在这季节太美了，特别是空气，虽然仍有些冷劲。真的是，不开玩笑，纯洁的天气，戴安娜般的天空，我从未像现在这样喜欢这收割后的田野，它比春天那冷冷的绿色好多了。不知怎的，收割后的田野给人以温暖的感觉，就如同一些看上去给人温暖的绘画一样，这一点在周日的早晨散步时得到了最深切的体会，由此写下了这首诗。

这些话更加表明了自然环境对人的影响，尤其是对体弱多病的诗人济慈。自然环境对人的影响与社会人文环境对人的影响一样举足轻重。1816年欧洲历史上“没有夏天的一年”当然带来的是饥寒交迫的残酷现实，这一现象一直延续到1818年，因此济慈《夜莺颂》里现实与理想断裂的不可调和便不难理解了；而1819年美丽夏日和随之而来的秋收的喜悦便成就了《秋颂》这一代表和谐生态的伟大诗篇。

济慈对自然的感悟是多层面的，他总是善于通过声音、色彩、触觉及时间等多种意象来表达对自然的多重情感，这或许也是他常被批评家们冠以唯美主义诗人的原因之一吧。首先，各种飞鸟和昆虫的声音在济慈那里就是自然界中最和谐、最美妙且永不停息的生命大合唱。蝈蝈和蟋蟀不分寒暑的吟唱、夜莺在黑暗中的高声歌唱、飞虫的哀音、知更鸟的呼哨、燕子的呢喃、尼罗河滚滚向前的声音和大海发出的永恒絮语等，汇成了一个理想中的生态和谐大世界。其次，诗人还善于通过大自然的颜色，尤其是绿色来表达自然中生命力的和谐与永恒。绿色在大自然中是

① Jonathan, Bate. *The Ode To Autumn'as Ecosystem from Coupe, Laurence. The Green Studies Reader: From Romanticism to Ecocritism*, Routledge, 2000: 257.

一种春意盎然、充满生命力的色彩，在《蝈蝈和蟋蟀》中，诗人描述了自然中的树荫、草地、草叶、草丛、林莽、田野、晶亮的河以及与自然颜色融为一体的蝈蝈和蟋蟀身体的颜色，都是自然界的“绿色之邦”，它既蕴涵着无限的生机，又给人以安宁、平和与慰藉，从而给人以一种生生不息的永恒之感。《秋颂》中，麦田、谷穗和圆熟果实的明丽色彩同样赋予了一种生命的满足和慰藉之感。最后，济慈还善于通过敏锐的味觉来体现自然界的永恒魅力。《夜莺颂》中饮“一口葡萄的佳酿”“只要一尝便想起了花神和绿野的风光，还有阳光下村民的欢乐义颂歌和舞蹈”给读者留下了不尽的回味与思考，是怎样一种美酒只要尝一口就能让人忘记世间一切丑恶与忧伤而融进一个布满花神和绿野的世界？

总之，济慈正是怀着这种对自然的无限眷恋之情、热爱之情对大自然的神圣和美进行礼赞的，同时又将自己激越饱满的生命感悟诗意地抒发出来，从而使其诗歌闪现着生命的永恒光芒。

第四节　劳伦斯小说中的生态观

戴维・赫伯特・劳伦斯（D. H. Lawrence，1885—1930）是20世纪英国作家中极具独创性且引起极大争论的一位。在短暂的一生中，他创作了大量不同体裁的文学作品，包括长篇小说、短篇小说、诗歌、戏剧、散文、文学批评和游记等。由于作品中大胆的性描写，他在有生之年没有获得应有的承认。20世纪50年代，评论界开始出现“劳伦斯热”，他在文学史上的地位得到确立。20世纪末，随着生态批评的深化、人类生态意识的加强，人们开始对劳伦斯作品进行重新认识和思考。尽管评论界对劳伦斯的看法仍然不一，但他们似乎已经达成了一种共识：生活在英国社会转型期的劳伦斯拥有与众不同的视野，他试图通过人性中最根本的行为——性的描写，反映现代人的异化感和精神危机，并以现代主义者的良知和勇气公开呼唤自然人性的复归，积极探索一种浪漫主义诗人理想中的和谐生态。

劳伦斯认为，现代工业文明不仅严重破坏了人类“诗意栖居”的自然环境，更压抑和摧残了现代人的心灵和本性，人与自然、人与人以及人与社会之间的关系变得格外紧张。劳伦斯对大自然和有机的农业社会情有独钟，曾试图寻找能使现代人安居乐业、修身养性的世外桃源，其足迹遍及美国、墨西哥和澳大利亚。这些国家充满生机的风景与欧洲日趋衰落的机械文明形成了强烈的反差。这不仅使劳伦斯的意识受到极大的冲击,也使他的视野更加宽广。作为一名现代主义者,他对自然与人性推崇备至,他一方面清楚地看到是可恶的工业文明破坏了自然环境,使得人性失去了和谐;另一方面,他相信自然的力量,并认为人性中具有一种巨大的原始能力,这种原始的自然力量是一种抗拒机械文明的原始力量,它通过与自然的和谐相融,实现人性的复归,最终帮助现代人走出困境。

劳伦斯的自传体小说《儿子与情人》(*Sons and Lovers*,1913)中以肮脏、贫穷的矿区生活为背景,主人公沃尔特夫妇之间无休止的争斗以及保罗的情感障碍揭示了机械文明对人性的压抑和摧残,而且生动描绘了作为人体内原始丛林第一标志的性意识以及心灵的黑暗王国与工业文明制度之间的激烈冲突。小说中凸显的夫妻感情纠纷反映了机械文明时代男人和女人之间、自然本能与现代意识之间的必然冲突,保罗的情感障碍实际上是工业社会中人性扭曲的一个典型病例。劳伦斯在《若西汉矿乡》中写道:"在维多利亚时代的兴盛时期,有钱阶级和推动工业发展的人所犯下的严重罪行是,他们将工人投入丑恶、丑恶、丑恶……"①作为一名现代主义者,劳伦斯自始至终关注工业社会与人性之间的严重对立,并不遗余力地探索人物骚动不安的精神世界。劳伦斯认为,由于世界大战的爆发和工业社会的非人化倾向,现代人的生存环境及其精神状态已经严重异化,现代作家对此决不能视而不见或无动于衷。因此,劳伦斯的小说几乎都将人物所面临的严重困境作为焦点,对自然环境的惨遭破坏、对现代人性的异化和身份危机予以高度关注和全面观照。

《虹》(*The Rainbow*,1915)主要通过第三代人厄秀拉的成长与追求,揭示英国从传统的乡村社会到工业化社会历史进程中的社会问题,特别是人与人之间的精神问题。厄秀拉在性关系上的连遭挫折,不仅凸显了工业化社会中人类寻求建立自然和谐两性关系的难度,同时更反映了人与人之间精神上的疏远、隔绝与对立。作为一个现代女性,厄秀拉不满工业化社会所带来的冷漠虚伪,充满对现存秩序的叛逆精神;她蔑视基督教教义,痛恶所谓的民主制度,反对狭隘闭塞的家庭生活。可是,她对自由生活的追求、对自由精神的积极探索却屡遭挫折。厄秀拉少女时期与女教师英杰的同性恋经历,实际上正是她对传统规范的有意反叛,是她探索过程中的迷误和歧途。在随后与工程兵少尉安东·斯克列本斯基的热恋,也体现了她那自然本能与信仰之间的冲突与斗争,她一方面对作为英国海外工具安东所代表的社会势力满怀仇恨,一方面又对安东体现的男性自然力量充满热爱和渴望。由

① Lawrence, D. H. *Selected Essays*, Penguin, 1950: 119.

此，小说最后凌空而起的虹既象征着未来生活的美好，同时也揭示了工业化时代厄秀拉的期盼只能像虹一样虚无缥缈、遥不可及。

作为续篇的《恋爱中的女人》（*Women in Love*，1921）是《虹》所表现的那种探索的继续和发展。作品以两对男女青年（伯金与厄秀拉、杰拉尔德与古德伦）的感情波折为主线，以一对男子（伯金与杰拉尔德）朦胧的同性恋为次要情节，并且以伯金与贵夫人赫梅尔妮以及古德伦与德国颓废艺术家的暧昧关系为插曲，充分反映了工业社会中年轻人错乱的性意识和严重的身份危机，深刻地揭示了英国年青一代人的严重的异化感和身份危机。劳伦斯一开始就通过厄秀拉和古德伦姐妹俩的对话说明造成现代人两性关系混乱和身份危机的社会根源："这简直是一个地狱中的国家……所有一切都污秽不堪。"这里的煤区小镇是"一个黑暗、死气沉沉而又充满敌意的世界"，在这样残酷的环境中生存，人类必将精神空虚、茫然若失。作品中杰拉尔德集纨绔子弟的骄奢淫逸和实业家的精明冷酷于一身，追求效率和利益，崇尚地位和权力，可谓是现代工业和机器的化身。"他全身已经麻木"，"无法同其他任何灵魂建立任何纯粹的关系"，他的身躯"就像一棵内部组织受过霜冻的植物"①，失去了人应有的自然本性，最后竟然在风雪弥漫之中如痴如醉地走向阿尔卑斯山深谷，被冻死在铺天盖地的冰雪之中，这是他那"非人的机械原则"对他自身产生的毁灭作用。

劳伦斯同浪漫主义诗人一样视一切自然的为最美好的。他认为，两性关系是人之生存之根本，是人之自然情感的自然表达，因而应该是最美好、最有生气的东西。在他看来，"性与美是同一的，就如同火焰与火一样。如果你恨性，你就是恨美。如果你爱活生生的美，那么你就会对性报以尊重"②。劳伦斯在小说中对性行为的描写几乎贯穿始终，并且在《查特莱夫人的情人》（*Lady Chatterley's Lover*，1928）中达到了极致。这部小说自问世以来在西方社会引起了强烈的反响和激烈的争论，曾因对男女性关系的自然主义描写而一度遭到查禁，直到20世纪60年代才获得出版。其实，从现代生态批评视角来看，这部小说的寓意是严肃的，它谴责资本主义工业化和机械化对自然和人性的摧残破坏，并探求实现身心统一、美满和谐的两性关系的新生和回归自然的途径。《查特莱夫人的情人》仍然选择战后满目疮痍的矿区为背景。克里夫特·查特莱因伤瘫痪，失去了生殖能力。这位精力萎缩、感情贫乏的旧贵族兼新富豪回到英格兰北部矿区经营煤矿，从事写作。他的

① Lawrence, D. H. *Women in Love*, Modern Library, 1947: 12、13、404、403、394.

② 劳伦斯：《劳伦斯随笔集》，黑马译，海天出版社，1993年，第129页。

夫人康尼不得不过着守活寡般的空虚寂寞生活。与此同时,庄园里饲养雉鸡的猎场工人梅勒重新点燃了她心中爱的火焰和对生活的希望,她最后弃家出走,决心与梅勒在乡间开始新的生活。可以说,坐在轮椅里那个横行霸道的怪物查特莱爵士是现代工业文明的牺牲品,他生育能力的丧失正是资本主义工业文明对人性的扭曲和摧残。康尼勇敢地迎着晚风从死气沉沉的男爵府邸走向孕育生命的园工小屋,她与梅勒之间热烈的、完美和谐的两性关系象征着生命的复苏和人性的回归。他们的性爱不仅代表了一种巨大的再生力量,也是作者为死气沉沉的英国社会找到的一条起死回生的出路,尽管这种求索之路有一定局限性。可以说,在现代工业机器和资本主义文明重压之下,如果哈代表现的是充满着矛盾和悲剧意识的自然意识的话,那么,劳伦斯表现的则是对美好生活与和谐人性的积极探索与争取。

21 世纪是生态文明的世纪,生态理念已作为一种生存智慧渗透到社会的各个领域,随着现代文明的膨胀,对自然榨取的恶化,人们开始思考人在宇宙中的位置,人与自然的关系,人的心灵上的生态问题。劳伦斯是一位具有强烈生命意识和人类关怀意识的作家,他通过对两性关系的探索,寻求人类在大地上“诗意地栖居”的理想存在状态。“生存还是毁灭”——这个曾经困扰“哈姆莱特”王子行进的难题,在现代人这里并未因文明的不断进步、科技的日益发达和社会的飞速发展而得到丝毫缓解。文明的进步伴随着人的自然性的失落,先进的科技带来的是人对自然的过度掠夺和破坏,社会的飞速发展窒息了人的精神空间,割裂了人与其生存环境应有的和谐,人类再次陷入“生存还是毁灭”的困境。重新认识自己,认识自己在整个生态系统中的位置和作用,成为人类寻求自救的必经之路。生态理念作为一种从生命最原始、最本真的状态出发,尊重和维护生命之间复杂微妙的相互关联的新的价值观和世界观,具有宇宙本体意义。在劳伦斯的生命意识里,性既是生命之源,又是一种抗拒机械文明的自然力量,不受传统观念束缚的和谐、美满的性关系应该是人性解放的重要前提。尽管劳伦斯的济世药方令人感到窘迫,但在人性遭到严重摧残和扭曲的时代,他的思想和作品无疑具有明显的反叛性和革命性。从某种意义上说,强调人性的复归,赞美肉体的魅力和崇尚完美和谐的性关系,既是劳伦斯美学思想的核心,也是其现代主义事业的基本内涵。

生活在英国社会转型期的劳伦斯,对世界、人性和文学的见解有着更深刻的认识和理解。他一方面继承着浪漫主义自然观传统,同时又以一种更加积极的态度表现着人与自然的关联,探索着实现人类精神生态的途径。劳伦斯了解英国矿工生活,当过职员和教师,在叔本华、尼采和弗洛伊德的学说流行之际,在第一次世界大战的硝烟弥漫欧洲大陆之时,他在其小说和文论中所表现出的思想是复杂的、矛盾的，也是与众不同的。他虽然赞同弗洛伊德关于本我与自我之间的对立，无意识和有意识两种精神活动的冲突，但是，他绝不赞成文明的发展必须以压抑人的无意识的本能和欲望为代价，并强调如果文明的发展需要付出如此高昂的代价，那么，还不如不要这种所谓的文明。他认为遭到压抑的欲望本能不是罪恶，真正的罪恶应该是那种压抑的行为。他反对建立在恐惧基础上的性压抑，因此，探索一种所谓“新的两性关系”，试图以实现一种“自然完美”的两性关系来摆脱工业化社会对人性的压抑，就成了劳伦斯作品的普遍主题。可以说，这种探索是一种更加积极的、具体的、现实的探索，它把前期浪漫主义诗人试图通过回归自然来拯救人性异化的那种似乎乌托邦式的浪漫追求，带到了人类生存的最根本方式中，因而更加具有现实意义。

人类进入工业时代以来，大机器文明取代了农业文明，既创造了高度繁荣的物质文明，同时也疏离了人与自然、人与人、人与社会的关系，打破了人与天地万物之间的和谐，人失去了作为人的完整性、自然性和和谐性，这是作为现代主义者的劳伦斯所深恶痛绝的。由此，劳伦斯从两性关系的视角来寻求人性的和谐和自我的完整，追求生命和谐美的终极价值。劳伦斯认为两性关系是一切行为的基础，是人与人关系中最基本的，它影响着宇宙的秩序，可以改变世界。他在作品中渗透着浓郁的生命气息，祈唤人性的复归和宇宙秩序的和谐，寻求人类“诗意的栖居”的理想化生存状态。他笔下的人物从这种生命的相互关联中获得启示，在生命节律的感应中不断地生成。在对劳伦斯《儿子与情人》《虹》《恋爱中的女人》和《查特莱夫人的情人》等四部重要小说作一番粗略浏览之后，我们发现劳伦斯那颇具现代启示意义的创作主题：人和自然中普遍存在生命力，正是这种生命力使人与自然形成有机整体。工业化进程割断了这种有机联系，造成了西方文明的堕落。若要改变现状，必须重建人与自然的和谐关系。

曾永成在《文艺的绿色之思》中，运用马克思主义“人生成于自然”以及人是“自然属人的本质的生态化结晶”①的观点来阐述人与自然的关系，这实际上与浪漫主义自然观本质上一致。浪漫主义自然观认为人本身就是自然的一部分，共同来源于一个源头，人只有与自然相融，才能回归自然天性，并在自然中得到净化和提升。因此，自然就不仅仅是作为一种外在之物而存在，而是更具有生命的气息，是植根于人的根底的生命，并与人的自我、人的文明休戚相关。“自然的节律形式不仅通过感应给我们的生命注入活力和秩序，而且也是我们在感应中感悟到生命

① 曾永成：《文艺的绿色之思》，人民文学出版社，2000 年，第 35 页。

的智慧和意义，这种意义和感悟又进一步激发和调适我们的生命节律，使之升入审美的境界。”①劳伦斯出生于英格兰北部诺丁汉一个煤矿工人家庭，而恰恰在他生活的时期正是英国工业化进程加快的时代，他的家乡小镇一边是清脆葱绿的森林农田，一边是黑烟滚滚的煤矿，这种传统的农村经济和现代工业化社会的对立深深地影响了他，劳伦斯热爱自然，痛惜田园式古老英国的消失。他憎恶工业化机器文明，因为它不仅破坏了乡村的自然环境，也损害了人的自然本性和人与人之间的和谐关系。对比起来，劳伦斯比浪漫主义诗人在对待工业文明恶果的问题上有更深的感受，因此，我们可以看到，劳伦斯的作品在超越了浪漫主义诗人的乌托邦期盼、哈代的忧思和困惑之后表现的是积极的探索。《儿子与情人》中保罗母亲的婚姻不睦、保罗恋母情结造成他失去感情和理智的和谐，《虹》与《恋爱中的女人》中厄秀拉在性关系上的连遭挫折，以及《查特莱夫人的情人》中的康尼与查特莱爵士，无一不以恶劣的自然环境为背景。劳伦斯通过恶劣环境下两性关系的描写，旨在警示人们思考人与自然的关系，强调人的精神生态与自然生态的密不可分，进而积极探索拯救人类灵魂、解决社会矛盾的良药。

首先，劳伦斯与前期浪漫主义诗人一样认为自然与人一样是一种生命形式的存在，自然与人水乳交融、不可分离，人与自然的关系是共融互补并存的，正如劳伦斯自己所言“我是太阳的组成部分，如同我的眼睛是我的身体的一部分，我的血液与海洋融为一体”②。没有自然的和谐，也就没有人的和谐。《儿子与情人》描绘了在两个世纪之交的英格兰北部煤矿工人家庭的生活情况，煤矿工人成天在黑暗、闷热、潮湿的坑道里冒着生命危险开凿岩石，他们逐渐变得粗暴蛮横起来；只有举酒消愁才能使他们忘却恐惧、忧愁和疲惫，只有粗声恶语打骂妻儿才能发泄他们心头郁积的怨恨。与此同时，他们的妻儿对着抽屉里最后一个铜板发愁，为将要出生的婴儿发愁。生活是无穷无尽的贫困、肮脏和恐惧。《虹》中工业文明入侵之前的布朗温一家过着田园牧歌式的生活，宁静的玛斯庄在埃利沃斯河的陪伴下恬静安详，掩映在花木丛中的布朗温一家“小径旁开满了嫩黄的水仙花，绿叶黄花茂盛得很，门前屋后丁香绣球花和水腊花争芳吐艳”，布朗温一家人在田间自由自在地劳作。春天，他们感受播种生命的喜悦；秋天，“鹌鹑呼地飞起，鸟群像浪花般的飞掠过的土地”，展现在我们面前的是一幅由天、地、人构成的和谐的生活画面。布朗温家族与自然这种“血液的交融”，使人们感受到生命节律跳动的脉搏，他们的生存状

① 曾永成：《文艺的绿色之思》，人民文学出版社，2000年，第36页。

② 蒋炳贤：《劳伦斯评论集》，上海文艺出版社，1995年，第269页。

态呈现的是平和安宁的美，但又不乏生命的活力，“他们会感到生命活力的冲动”①。然而随着运河的开凿、铁路的架设与矿山的挖掘，他们听到的是令人头皮发麻的马达的轰鸣和令人心惊肉跳的火车的鸣笛，闻到的是“西风吹来坑道的硫质燃烧味”，“新筑起的运河坝穿过他们家的土地，弄得他们自己都不认识自己家的地方”②。可见，恶劣的环境只能给人带来压抑和烦躁，对自然的占有和掠夺只能给人类自身带来毁灭性的灾难。人生成于自然，且依存于自然，人只有在与自然的和谐相处中，心灵才能获得自由和美的愉悦。当自然被侵吞，留下的是丑陋的矿坑，到处一片萧条，人们也就因疏离自然而变成了没有灵魂的幽灵，生命失去了活力和意义。

《查特莱夫人的情人》的战后满目疮痍和主人公康尼的性爱经历，同样突出了一个重要主题：就是现代工业对自然的破坏导致人性的扭曲。在小说第二章中当康尼跟克里福德来到拉格比时，她看到的英格兰是一个“铁与煤的世界，铁的残忍、煤的黑烟，还有那驱动着一切的无穷无尽的贪婪……这里的人与这个地方一样，憔悴、难看、阴沉，也与这个地方一样不友好……深渊是无法逾越的，深渊两边不会产生沟通……多么奇怪的人性扭曲啊”③。劳伦斯突出“铁的残忍、煤的黑烟”，警示人们铁与煤已经蚕食到人的肉体和灵魂。煤矿工人已经变成“半个人，一个全然没有美的生命、没有知觉，总是在井下……当煤炭召唤他们时，他们成千上万地出现，他们是另一个世界的生物，他们是矿物世界那怪异变形的元素生物！他们是分解矿物的生物”④。在劳伦斯看来，工业化已经彻底扭曲了人的自然天性，人只是为贪欲而生存的生物，这个世界是没有希望的。虽然劳伦斯的描写有点过于自然主义的白描，但站在人性危机和生态危机日益严重的今天，我们感受到的是他对大自然与古朴的人文传统在一步步地遭到工业革命的蚕食、被贬损的自然界、恶劣的环境以及处处感到孤独、异化和被剥削的人群的有力批判。

劳伦斯一方面无情批判自然的惨遭破坏带来人性的扭曲；另一方面，与浪漫主义诗人一样强调自然的和谐实现着人性的和谐，人置身于大自然中会受到自然生命节律的感应，涌动着一种生命的意识，享受着自然神性的恩泽。《虹》中童年的厄秀拉因家庭氛围的不和谐而变得压抑和孤独。但是，庆幸的是，她喜欢独自在山林里漫步，倾听涓涓溪流，忘情地与小鹿聊天，观看溪流经过石头时欢快的舞蹈。

---

① D. H. 劳伦斯：《虹》，黑马译，译林出版社，2001 年，第 2 页。
② D. H. 劳伦斯：《虹》，黑马译，译林出版社，2001 年，第 7 页。
③ D. H. 劳伦斯：《查特莱夫人的情人》，赵苏苏译，人民文学出版社，2004 年，第 177 页。
④ D. H. 劳伦斯：《查特莱夫人的情人》，赵苏苏译，人民文学出版社，2004 年，第 197 页。

正是这种与自然的相亲和相融，使得小姑娘陶醉于自然生命的纯粹之中，感受着自然的律动，体验到一种美的存在，从而舒缓了她那备受煎熬的内心世界。而当厄秀拉与斯克里宾斯基的爱情遭遇挫折时，她仍然是让自己回归自然："林子里的地上躲着一颗颗橡树子，橡实壳被胀破遗弃了，橡实仁裸露出来，绽开胚芽。"①厄秀拉就是一颗颗橡树子，是光洁裸露的橡实仁，它们扎根于大地，吸收自然的滋养，"绽开胚芽"、逐渐成长。厄秀拉在自然中获得一种生成的力量，这种原始的生命意识、微妙的生命节律是人与自然共有的，是由自然生成为人的生命基础。在劳伦斯作品中，无论是飞鸟游鱼、森林溪流，还是日月更迭、四季轮回，都与人的生命息息相通，自然界哪怕是平凡又极其细微的变化都可以渗透到人的生命意识里。劳伦斯置人物于自然之中，使人物在自然的世界里去找寻自由和自我实现的契合点，从而实现自然与人的心灵融合，共同传达生命的韵律。

劳伦斯探求两性关系的和谐也总是与太阳、月亮、大地、波涛、海洋及风雨寒暖等自然力量相结合，从两性交往中的微妙感觉、男女之间的细微心灵触动以及性行为中微妙的体验，来揭示人的生命延续与自然的生命延续具有本体上的一致性。《查特莱夫人的情人》中康尼与梅勒的第一次性爱就是在松柏环绕、绿叶遮天的一堆枯树枝为床的一片荒野上完成的。与自然的完美结合使得她感到自己就"像是一片森林，充满了朦胧愉快的春天的呻吟，发芽吐蕾……像一个盘根错节、树叶交织的幽暗的橡树林，神秘的花蕾在展开"②。树林是康尼和梅勒的理想世界，是他们重温人类原始时代的纯真、自然的地方。在这里，他们找到了人类已失去的"伊甸园"，摆脱了现实生活的奴役，脱离了肮脏的、污染的"烟雾与钢铁的恐怖世界"。自然带给康尼和梅勒的是一种牧歌式的愉悦、一种无拘无束的自由、一种能释放内心欲望的灵丹妙药。《虹》中蜜月中的安娜和威尔"就像两颗埋在黑暗中的种子那样远离世界，突然像一颗剥掉了壳的板栗那样。他闪闪发光的裸体掉到了柔软丰腴的沃土上……在屋里柔美的宁静中，赤裸裸的栗核无声地抖动着，沉醉了"③。在劳伦斯看来，性"就如同照耀着草地的阳光"，是男女之间最自然也最微妙的关系，是"一种活生生的接触，没有这种真正意义上的接触，我们就不成其为实体"④。厄秀拉与斯克里宾斯基赤裸全身奔跑在黑夜的高原上，不仅是身体与自然的相融，更重要的是精神的解放，体验着一种最原始的、最质朴的美与自由。这种生命的交

---

① D. H. 劳伦斯：《虹》，四川文艺出版社，1995 年，第 515 页。

② D. H. 劳伦斯：《查特莱夫人的情人》，人民文学出版社，2004 年，第 170 页。

③ D. H. 劳伦斯：《虹》，四川文艺出版社，1995 年，第 146 页。

④ D. H. 劳伦斯：《劳伦斯随笔选》，毕冰宾译，四川人民出版社，1998 年，第 48 页。

流在劳伦斯笔下外化为一种自然的律动、一种与自然一致的人的生命流程。人正是在这种与自然的和谐交融中达到“物性”和“心性”的和谐，从中体味出生命的价值和意义。《查特莱夫人的情人》中查特莱和康尼的婚姻矛盾，象征着工业机器与自然人性的矛盾冲突，是僵化的陈腐的贵族制度和冷若冰霜的工业机器的象征，代表的是摧残人性、破坏两性关系的机械文明。而康尼和梅勒之间在荒野大自然中实现两性关系的完美与和谐，则象征生命的复苏和人性的复归。劳伦斯要传递的是：自然是人的精神源泉，要成为一个身心健康的人，就必须不断地与自然接触，只有在自然中人才能恢复自我。劳伦斯认为，健康、纯洁的性爱，既是可贵的生命之源泉，也是一种巨大的再生的力量，是人类重返自然、走向再生的出路。

劳伦斯通过人类心灵的动态描述，揭示人与自然之间的生命关联和人对自然的依存性，以及人在自我生成中追求主体内在“心性”与外在“物性”和谐的迷惘和困惑，渗透着强烈的生命意识、平等意识、关怀意识和拯救意识。劳伦斯苦心营造的是沟通人与自然、人与文明、理想与现实、过去与未来的理想之桥、希望之桥。正如他自己所言：“我们的生命就在于同周围活生生的环境建立一种纯洁的关系”①，然而这种美好的秩序因人的生成性而永远处于动态的变化与生成过程，它建立在人类认识世界、认识自我以及不断超越自我的现实基础之上，这种纯洁的关系是由精神的升华而生成的新的和谐，而绝不是对原有秩序的简单回归。如果说人与自然界的共生互融达到的是“物性”的外在秩序的和谐，那么人作为一种精神性的存在还需要一种内在的“心性”的和谐。这种和谐来自人与自然、人与人、人与社会的和谐，来自人的完整的自我价值的实现，这种内在的“心性”可以视为一种精神生态。在人的生命存在和生命活动中，精神占有主导地位，他直接决定人的行为。因此，关注精神生态不仅仅是为了使精神主体能够健康成长，同时也是为了使整个生态系统能够在“精神变量”的协调下平衡、稳定地演进。劳伦斯对两性关系的探索正是因为他看到了这股永远涌动着的力量，他只是通过这种途径寻求一种和谐宇宙秩序的建立，追求一种终极价值。

① 罗婷：《劳伦斯研究》，湖南文艺出版社，1996 年，第 196 页。

第五章　生态视域下的美国经典文学研究

美国丰富广泛的自然写作传统孕育了大批在中国家喻户晓的作家，美国的自然写作是以其宽度和深度为特征的一种题材，从科学论文到自传，从实地指南和技术报告到抒情诗与富有想象力的散文小说，无所不包。本章主要从生态视角来研究梭罗、约翰·缪尔、约翰·巴勒斯的文学创作。

第一节　梭罗的生态散文

一、梭罗简介

亨利·戴维·梭罗（Henry David Thoreau，1817—1862），1817 年出生于马萨诸塞州的康科德城，哈佛大学毕业后当过工人和教师。1845 年他在瓦尔登湖滨拥有了一小块土地，过简单纯朴的乡间生活。他曾协助爱默生编辑评论季刊《日晷》。崇尚自然和崇尚自由，这是梭罗一生当中的两个十分明显的特点。他认为每一种自然现象都是某种精神现象的象征物，自然界本身就是神对人的启示，人只需凭自己的直觉，就可以从自然界获得指导自己行动的真理。代表作有《野果》（*Wild Fruits*）、《康科德河和梅里麦克河上的一周》（*A Week on the Concord and Merrimack Rivers*）、《瓦尔登湖》（*Walden; or, Life in the Woods*）、《缅因森林》（*The Maine Woods*）、《科德角》（*Cape Cod*）和《种子的传播》（*The Disperison of Seeds*）等，另有

《梭罗日记》14 卷。

超验主义运动出现于 1820—1830 年之间，思想源头是《圣经》的神圣启示，源于自然神学。18 世纪中叶，美国爆发了宗教大觉醒运动，并认为由于上帝对人的爱无可测度，由于所有人身上都有上帝的形象，因而，所有人都可以通过对上帝爱的积极回应，通过寻找上帝法则和主动遵从上帝秩序的努力而得到上帝的眷顾，而得赦免，而得拯救。自由派神学和超验主义强调人的自由心灵与上帝的直接交流，重要的是人的心灵和诚实。强调人的精神和心灵的重要性，强调人类在物质世界中保持精神纯洁和内心的神圣。而要做到这些，就必须保持与大自然的正常关系，就必须用心体验上帝在大自然中的无限恩赐，就必须珍惜大自然，热爱大自然，与大自然和谐相处。如果人们的精神被物质异化，那么，最重要的就是回归大自然，在大自然的怀抱中让灵魂复苏。梭罗说："我的天职就是不断在大自然中发现上帝的存在。"①只有在大自然中，人才会"受上帝鼓舞"而"完整无损地安居下来"②。

梭罗说："我要把人看作大自然的居民，甚至大自然本身的一个组成部分，而不是社会的一员。"梭罗主张人类回归自然，他曾在瓦尔登湖畔隐居两年，体验简朴生活。美国文学评论家马西森说，梭罗是美国文艺复兴时期"真实的辉煌"。劳伦斯・比尔说，19 世纪中叶美国文艺复兴时期的主要人物是梭罗而不是爱默生。他说，梭罗能真正代表美国文化，因为，第一，梭罗具有独创性，自成一体；第二，他是美国最好的也是最有影响的自然文学作家；第三，他将单纯的自然写作提升到一个更高、更精神化的王国；第四，他是一个充满良知、坚持主见且崇尚自由的好公民；第五，在异议面前他显示出巨大的勇气和伟大人格。

二、梭罗日记

《梭罗日记》14 卷，是对上帝创造的大自然的享受、感知、沉思与领悟，是与大自然的一同呼吸和一同言说。关于独处，梭罗说，为了独处，他发现有必要逃避现有的一切。他要找一个阁楼，一定不要去打扰那里的蜘蛛，根本不用打扫地板，也不用归置里面的破烂东西；关于真相，要对大自然作一次恰如其分的研究，感知其真实的意义是多么必要。有一天真相会成长为真理；关于诗人，并非是自然通过他

---

① 石定乐：《和梭罗一起采野果》，新星出版社，2009 年，第 2 页。

② 罗伯特・米尔德：《重塑梭罗》，马会娟、管兴忠译，东方出版社，2002 年，第 5 ~ 8 页，序言。

说话，而是自然与他同在；关于爱，在深水里，在树林和牧场的高空以及大地的心脏，爱是万物从事的工作和生存的状态；关于赠予，不要急于将自己的东西施舍出去，受施者的承受能力有强有弱，但要干净利落地赠予……在大自然面前，什么都无须保留；关于从容与自由，印第安人的魅力在于他自由、从容地处于大自然之间。他是大自然的居民，而不是客人，穿戴也来自大自然，宽松而得体；关于顺服上帝，我工作绝不是为自己，而是为上帝，那总不会有错。我将耐心地等待微风吹起，照大自然所限定的那样生长。人的命运绝不能靠理性去探究，因为人无非是平庸之辈……我无法说服我自己。上帝一定能说服。我能计算出一个算术的难题，却解决不了任何道德问题。一定要顺从天理，万不可逆天而行，用防腐药保存尸骨是一种违背天地的罪行，违背上天是因为上天已召回了灵魂，已解除了它的义务，违背大地是因为本来属于大地的尘土被劫取为他用了。常常喜乐，常常感恩，常常赞美，今晚我带了一只苹果放在口袋里，直到现在我拿出手绢来，都带着一股令人愉快的芳香……在吃这份引起感悟的食物之时，自己的胃口显得微不足道了，吃东西变成了领圣餐，成为一种交流的方式、一种忘我的修行、一种血液的融合、一次在人间圣餐桌上的就座；因此它不仅解除了春日的干渴，还为天地万物祝福。每一种自然形态——棕榈叶、橡实、橡树叶、漆树和菟丝子都是无法阐释的至理名言；关于荒野生活，在某个时候过一回原始的荒野生活很有益，借此终于知道了什么是生活必需品以及社会以何种方式进行供给。大自然的安排本身存在着某种秩序。关于假的知识和真实的生命，他听说有一个有益知识普及协会，据说知识就是力量或诸如此类的东西。而在他看来，同样需要成立一个有益无知普及协会，因为我们吹嘘的所谓知识中大部分只是华而不实的自欺欺人，这使我们失去了真正无知所具有的长处。人的无知有时不仅是有益的，而且是美好的，而人的知识与丑陋比起来却常常显得更坏和更没有用处……我们往往聪明得像毒蛇，而不像鸽子那样温和善良！一位单纯而幸福的农民给梭罗的启示是，愚昧和大智之间没有多少分别。

三、《瓦尔登湖》

1845—1847 年，梭罗在康科德附近的瓦尔登湖畔住了 26 个月。1954 年出版的《瓦尔登湖》在 1985 年《美国遗产》(*American Heritage*)杂志所列“十本构成美国人性格的书”中位居榜首。爱默生说：“梭罗是一位天才人物……更是一位了不起的作家，写出了本国最好的书。”①

《瓦尔登湖》崇尚简单的生活，“根据我自己的经验，我觉得只要有少数工具就足够生活了，一把刀，一柄斧头，一把铲子，一辆手推车，如此而已；对于勤学的人，还要灯火和文具，再加上几本书……大部分的奢侈品，大部分的所谓生活的舒适，非但没有必要，而且对人类进步大有妨碍……最明智的人，生活得甚至比穷人更加简单和朴素”②。真正的哲学家，“要这样地爱智慧，从而按照了智慧的指示，过着一种简单、独立、大度与信任的生活。解决生命的一些问题，不但要在理论上，而且要在实践中”③。建造一间足够一个人舒心生活的房屋，其实不需要过多的花费，“我有了一个密不通风，钉上木片，抹以泥灰的房屋，十英尺宽，十五英尺长，木柱高八英尺，还有一个阁楼，一个小间，每一边一扇大窗，两个活板门，尾端有一个大门，正对大门有个砖砌的火炉”。所用材料：木板 8035 元（多数是旧板），屋顶及墙板用的旧木片 4 元，板条 1.250 元，两扇旧窗及玻璃 2.43 元，一千块旧砖 4 元，两箱石灰 2.4 元，头发 0.31 元，壁炉用铁片 0.15 元。一个人日常所需的食物也不是很多，“食物，在后来的将近两年之内，总是黑麦和不发酵的印第安玉米粉、土豆、米，少量的腌肉、糖浆和盐；而我的饮料，则是水”。“一个人可以像动物一样的吃简单的食物，仍然保持健康和膂力。”“我发现一个人如果要简单地生活，只吃他自己收获的粮食，而且并不耕种得超过他的需要，也不无餍足地交换更奢侈、更昂贵的物品，那么他只要耕要几平方杆的地就够了；用铲子比用牛耕又便宜得多。”“关于素食和简单食物，我相信每一个热衷于把他更高级的、诗意的官能保存在最好状态中的人，必然是特别地避免吃兽肉，还要避免多吃任何食物的……大食者是还处于蛹状态中的人；有些国家的全部国民都处于这种状态，这些国民没有幻想，没有想象力，只有一个出卖了他们的大肚皮。”“如果有人能教育人类只吃更无罪过、更有营养的食物，那他就是人类的恩人。不管我自己实践的结果如何，我一点也不怀疑，这是人类命运的一部分，人类的发展必然会逐渐地进步到把吃肉的习惯淘汰为止。”④

人类不需要很多劳动，更不需要劳民伤财的浩大工程，“我仅仅依靠双手劳动，养活了我自己，已不止五年了，我发现，每年之内我只需工作六个星期，就足够

① ［美］梭罗：《湖滨散记》，王光林译，作家出版社，1998 年，序。
② ［美］亨利 · 戴维 · 梭罗：《瓦尔登湖》，徐迟译，沈阳出版社，1999 年，第 12 ~ 13 页。
③ ［美］亨利 · 戴维 · 梭罗：《瓦尔登湖》，徐迟译，沈阳出版社，1999 年，第 13 页。
④ ［美］亨利 · 戴维 · 梭罗：《瓦尔登湖》，徐迟译，沈阳出版社，1999 年，第 210 ~ 211 页。

支付我一切生活的开销了"①。"说到金字塔,本没有什么可惊奇的,可惊的是有那么多人,竟能屈辱到如此地步,花了他们一生的精力,替一个鲁钝的野心家造坟墓……城里有过一个疯子要挖掘一条通到中国去的隧道,掘得这样深,据说他已经听到中国茶壶和烧开水的响声了;可是,我想我绝不会越出我的常规而去赞美他的那个窟窿的。许多人关心着东方和西方的那些纪念碑,想知道是谁造的。我愿意知道,是谁当时不肯造这些东西,谁能够超越乎这许多繁琐玩意儿之上。"②

人应该安静享受美好时光,"在一个夏天的早晨里,照常洗过澡之后,我坐在阳光下的门前,从日出坐到正午,坐在松树、山核桃树和黄栌树中间,在没有打扰的寂寞与宁静之中,凝神沉思,那时鸟雀在四周歌唱,或默不作声地疾飞而过我的屋子,直到太阳照上我的西窗……我在这样的季节中生长,好像玉米生长在夜间一样……这样做不是从我的生命中减去了时间,而是在我通常的时间里增添了许多……我并没有完成什么值得纪念的工作。我也没有像鸣禽一般地歌唱,我只静静地微笑,笑我自己幸福无涯"③。安然无虑,与大自然融为一体,是智慧与合乎天理的生活,内在幸福无可比拟,"我的屋子是在一个小山的山腰,恰恰在一个较大的森林的边缘,在一个苍松和山核桃的小林子的中央,离开湖边六杆之远,有一条狭窄的小路从山腰通到湖边去。在我前面的院子里,生长着草莓、黑莓,还有长生草、狗尾草、黄花紫菀、矮橡树和野樱桃树,越橘和落花生"④。"我的宁静只有涟漪而没有激荡。"⑤

大自然的恩赐不可测度,"在任何大自然的事物中,都能找出最甜蜜温柔、最天真和鼓舞人的伴侣……当我享受着四季的友爱时,我相信,任什么也不能使生活成为我沉重的负担……能跟大自然做伴是如此甜蜜如此受惠,就在这滴答滴答的雨声中,我屋子周围的每一个声音和景象都有着无穷尽无边际的友爱"⑥。寂寞有益于健康,"我觉得寂寞是有益于健康的,我爱孤独。我没有碰到比寂寞更好的同伴了"。感谢太阳,感谢丰收,感谢大地的内在秘密,"我们接受它的光与热,同时也接受了它的信任和大度"。应关心所有的生命,关心我们的丰收,关心地上的飞禽走兽,"难道我们不应该为败草的丰收而欢喜,因为它们的种子是鸟雀的粮食"?

---

① 〔美〕亨利·戴维·梭罗:《瓦尔登湖》,徐迟译,沈阳出版社,1999 年,第 65 页。
② 〔美〕亨利·戴维·梭罗:《瓦尔登湖》,徐迟译,沈阳出版社,1999 年,第 54 页。
③ 〔美〕亨利·戴维·梭罗:《瓦尔登湖》,徐迟译,沈阳出版社,1999 年,第 109 页。
④ 〔美〕亨利·戴维·梭罗:《瓦尔登湖》,徐迟译,沈阳出版社,1999 年,第 111 页。
⑤ 〔美〕亨利·戴维·梭罗:《瓦尔登湖》,徐迟译,沈阳出版社,1999 年,第 125 页。
⑥ 〔美〕亨利·戴维·梭罗:《瓦尔登湖》,徐迟译,沈阳出版社,1999 年,第 127 ~ 128 页。

第二节　约翰·缪尔与“山之王国”

有两位著名的“约翰”，约翰·巴勒斯（John Burroughs）和约翰·缪尔（John Muir）。他们两人并驾齐驱，被认为是19世纪与20世纪之交美国最杰出的自然文学作家。两位约翰展现了不同的写作特色与地域风情。以美国西部优山美地为写作背景的缪尔是“山之王国中的约翰”，以美国东部卡茨基尔山为写作背景的巴勒斯被称作“鸟之王国中的约翰”。缪尔笔下的“山之王国”，气势磅礴，雄伟浑厚；巴勒斯笔下的“鸟之王国”，鸟语花香，清新宜人。①

一、缪尔介绍

约翰·缪尔（John Muir，1838—1934），11岁前在苏格兰一个小镇度过，1849—1860年，在美国威斯康星中部生活，进威斯康星州立大学读书，大学毕业后，转入到“荒野大学”，开始了“终生的漫游生活”，周游加拿大、美国东部、南部、加州和阿拉斯加。1903—1904年，他游历了欧洲、日本、中国、印度、澳大利亚、新西兰等国。1911—1912年，缪尔游历了非洲。

美国最早的环境主义者，一个真正融于自然的人，世界环境保护先驱。被誉为“康科德最后的信徒”“心醉神迷的梭罗”“大自然的推销者”“荒野先知”“宇宙的公民”“美国自然保护运动的圣人”和“美国国家公园之父”②。在约翰·缪尔影响下，罗斯福总统任期内批准创建了53个野生动物保护区、16个国家纪念保护区和6个国家公园。美国土地上，200多个地方以缪尔的名字命名，如缪尔森林、缪尔海滩、缪尔冰川、缪尔小径等。2005年1月，加利福尼亚州发行了以约翰·缪尔和约塞美蒂为主题的加州州币。州长施瓦辛格说：“如果没有约翰·缪尔，约塞美蒂就不能如今日这般至高无上，加州秃鹰也早就灭绝了。”作为植物学家、地质学家和

① 〔美〕约翰，巴勒斯：《醒来的森林》，程虹译，生活·读书·新知三联书店，2004年，译序。

② 程虹：《寻归荒野》，生活·读书·新知三联书店，2001年，第159页。

冰河学家，缪尔领导了保护约塞美蒂山谷的运动，并影响了当时的美国总统罗斯福及其继任者威尔逊的环境政策。缪尔创建的自然保护组织塞拉俱乐部(Sierra Club)，现已成为领导全世界环境保护运动的组织之一。他常年游走于自然山川之间，他热爱茂密的森林，热爱充满原生态复合生命的荒野，热爱着大自然的每一种生命和气息。今天，无论世界的哪个角落，约翰·缪尔都是环保主义者的精神支柱。

二、缪尔生态随笔

(1)游览记录。缪尔也注重写日记，作品是自然记录之整理。日记方式得益于威斯康星大学的巴特勒(James Davie Butler)，他给缪尔推荐了爱默生和梭罗。缪尔记了60本日记，40年后开始整理出版。第一本是《夏日漫步山间》，就是1869年夏季陪同牧羊人和羊群从加利福尼亚中央大峡谷到内华达高山牧场迁徙的游历记录。《优山美地》是他在1868年时对优山美地游览的记录。无论哪次旅行，缪尔都是“将笔记本缚在腰间”①。

(2)热爱荒野。托马斯·莱昂说，缪尔对美国自然散文的发展有三点贡献：在继承梭罗荒野理论的前提下，他扩大了荒野概念的范围，把荒野冒险的经历包括在内；强调动感与和谐；面对当时所处环境，增添了一种新鲜而强劲的抗争基调。与梭罗不同，梭罗熟悉、热爱和关注瓦尔登湖温和宁静的自然，而缪尔经历的是更为粗糙和严酷的自然，在内华达山岭风餐露宿，穿越加利福尼亚中央大峡谷(the Great Central Valley of California)，在布满冰碛的阿拉斯加冰川草甸经历生死考验。荒野是缪尔神往和探索的地方，荒野经历是其写作的主要内容。面对威斯康星纯粹的荒野时，他的心在接受洗礼，“威斯康星的旷野是多么神奇啊！春光明媚的时候，每一样东西都是那么新鲜纯洁，自然的脉搏正强劲、神秘地和着我们的脉搏一起跳动！年轻的心、新的树叶、花朵、动物、清风、小溪和波光粼粼的湖泊一起在欢呼！”②约塞米蒂公园的野花铺天盖地，“当加利福尼亚尚未垦殖的时候，那里是整个大陆上鲜花最为烂漫的地方……州中的主要谷地繁花似锦，虽然一百朵花中的九十九朵已被除去，但它仍是一片花团锦簇，比起伊利诺伊和威斯康星那美丽的大

① 〔美〕约翰·缪尔：《夏日漫步山间》，周莉译，人民文学出版社，2006年，第3页。
② 〔美〕约翰·缪尔：《在上帝的荒野中》，毛佳玲译，哈尔滨出版社，2005年，第38～39页。

草原或南部诸州的热带草原来要远为茂盛。早春的加利福尼亚，是一块平坦、均匀的紫金色花毯，花朵密密层层，绵延 400 多英里长”。“更为趣意盎然的则是山地那浓郁而变幻莫测的鲜花。”①

(3)大自然是神圣的。与爱默生、梭罗一样，缪尔也是用心热爱大自然的恩赐，用灵魂感受大自然的神圣。爱默生把自然看为精神的象征，在缪尔心中，大自然是上帝的面影，是上帝的圣殿，是上帝的福音。塞拉山，“像西奈山一样神圣……它们就像是上帝的福音一样不可出售，也是无价的。这是上帝赐予人间的天堂。这里宁谧至极，仿佛青草都不再被拂动……大自然的一切与我们是如此的契合，好像是我们的部分和母体。阳光不再盘旋于我们头上，而是在我们心中照耀。河流不再从我们身边流过，而是在我们的身体里流过”②。内华达山脉的夜晚，“地平线环饰着一道有无数尖塔的松墙，一棵棵松树整齐地排列着，那是阳光写下的特定符号，是神圣的象形文字”③。“瀑布为朦胧的白练，庄严而热切地吟唱着自然最古老的恋曲。群星透过树荫向下张望，似乎想与白色的流水一同歌唱。我将永远铭记这迷人的白昼和夜晚，并感谢天主赐予这永恒的礼物。”④一个旅程的结束总是让他对造物主上帝充满感激，“我翻越了在天主所有的造物中无疑最灿烂、最动人的光之山脉，它的光辉令我沉醉，我快乐而感恩地祈祷，盼望再次得见它的美丽”⑤。缪尔的心在无比美好的大自然中完全打开，与自然完全融合，“每天清晨从沉睡中醒来，快乐的植物和所有大大小小的动物朋友，甚至岩石，似乎都在呼唤：“‘醒来吧，醒来，感受快乐，来爱我们，与我们一同歌唱。来吧！来吧！’感受着营地内小树林的安详和浪漫迷人的美，我回顾着过去的六月，这是我生命中最非凡的一个月，我获得了真正而神圣的自由，摆脱了所有束缚，永恒而不朽。在这过去的六月中，万物似乎同等神圣，灿然闪耀着天堂纯洁而安详的爱的光芒。”⑥

(4)以万物为友。缪尔行走于大自然，以树木、岩石、溪水为伴，以野草、野花、飞鸟、星空为友，全身心融汇于自然的生命团体中。松鼠自觉为山岭的主人，想把外来的人和狗赶出自己的领地；悠闲的大熊也懂得欣赏约塞米蒂峡谷的美景；体形小巧的水鸟无惧大瀑布的轰鸣，悠然自得于飞流之间；优雅的鹿在林间漫游；快乐的蚂蚱在山巅奏响乐章；牧羊人的狗为了追求自己的爱情而与主人展开争执；留恋

① 〔美〕约翰·缪尔：《我们的国家公园》，郭名倞译，吉林人民出版社，1999 年，第 95 页。
② 〔美〕约翰·缪尔：《在上帝的荒野中》，毛佳玲译，哈尔滨出版社，2005 年，第 2 页。
③ 〔美〕约翰·缪尔：《夏日漫步山间》，周莉译，人民文学出版社，2006 年，第 12 ~ 13 页。
④ 〔美〕约翰·缪尔：《夏日漫步山间》，周莉译，人民文学出版社，2006 年，第 30 页。
⑤ 〔美〕约翰·缪尔：《夏日漫步山间》，周莉译，人民文学出版社，2006 年，第 171 页。
⑥ 〔美〕约翰·缪尔：《夏日漫步山间》，周莉译，人民文学出版社，2006 年，第 41 页。

于瀑布飞泉间的小鸟们唱着柔美的歌曲,“这些小小的诗人整日聆听着流水的歌声,呼吸着乐章,因为激流和瀑布周围的空气也充满了旋律”①。

(5)展现大自然的无限美丽。“一个阳光明媚的早晨,我从帕契科山口(Pacheco Pass)顶端向东眺望,一道极美的风景展现在我眼前。”“在我脚下是平坦的鲜花盛开的加利福尼亚中央大峡谷,大峡谷像一个阳光普照的大湖,有四五十英里宽,五百英里长,开满了黄色的野菊。从这个巨大金黄色花床的东部边界隆起的就是高大的塞拉山脉,有数英里高,色彩斑斓,绚丽四射,它似乎不是笼罩在光线中,而是完完全全由光线本身组成的,就像天国城市的一道墙。由山顶蜿蜒而下的是一条珍珠色的雪带,其下是一片蓝紫相交的条状阴影,标划出森林的边界;顺着山脉底部则延伸着一条玫瑰色的宽带,所有的颜色,从蓝色的天空到黄色的山谷,如我们在彩虹中所见的那样平滑均匀地相互交融在一起,构成一堵美轮美奂的光墙。”②在新世界的“橡树林空地”未开垦之前,花草满地,美不胜收。被叫作“女士便鞋”的黄色、玫瑰色、白色的小花、草粉兰、朱兰、绶草和蝴蝶草,“各式各样的紫菀像无数的小星星,与金枝、太阳花、雏菊和各种各样的鹿舌草一起盛开,而在草地有树荫的边缘,许多羊齿植物成层状和瓶状伸展着枝叶”③。威斯康星州的橡树在夏日里是鸟类的天堂,它们在此求偶、筑巢、孵蛋以及养育幼鸟。无与伦比的优山美地美景,宏伟圣殿一般的石壁“立足于小树林和草丛之间,昂首向天,群芳簇拥于脚下,沐浴在潮水般的阳光之中,白雪、瀑布、山风、雪崩以及云朵映衬着他们,歌唱着,环绕着,年复一年。无数长着翅膀的小生灵,鸟儿、蜜蜂与蝴蝶,都带来了活泼的生机,令空中震荡着和美的乐音”④。风是大自然的呼吸,“天空的澄澈无可比拟。风如此轻柔!如此安静的气流几乎不能称作风,而是自然的呼吸,在柔声抚慰每一个生灵”⑤。

(6)批评人类残酷的破坏。“五六十年以前,旅鸽的踪迹布满半个大陆的树林和天空,而今它们已经灭绝了。残忍的人类不仅残杀成鸟,连还不会飞翔的幼鸟也不放过。”⑥说到打猎,缪尔说,某地的原住户和诚实安稳的人较少打猎,新来的移民、不劳而获的游手好闲之徒和教养差的家庭打猎比较厉害。无比美丽的森林被乱砍滥伐了两个多世纪,“事实已经反复证明:一旦这些山峰失去了它们的树林和

① 〔美〕约翰·缪尔:《夏日漫步山间》,周莉译,人民文学出版社,2006年,第41页。
② 〔美〕约翰·缪尔:《优山美地》,周剑、朱华、林东威译,漓江出版社,2009年,第2页。
③ 〔美〕约翰·缪尔:《在上帝的荒野中》,毛佳玲译,哈尔滨出版社,2005年,第66~67页。
④ 〔美〕约翰·缪尔:《优山美地》,周剑、朱华、林东威译,漓江出版社,2009年,第5页。
⑤ 〔美〕约翰·缪尔:《夏日漫步山间》,周莉译,人民文学出版社,2006年,第22页。
⑥ 〔美〕约翰·缪尔:《在上帝的荒野中》,毛佳玲译,哈尔滨出版社,2005年,第47页。

灌木，并被羊群和由牧羊人、林场工人、投机家、劈木墙板的人以及各种冒险家所点燃的无数山火搞得光秃秃的，那么无论是平原还是高山，都会很快变得只比沙漠稍好一点”。“大量的降水伴随着冬季积雪的融化，较大的溪流将膨胀成破坏性的洪流，刨蚀出岸边犬牙差互的深壑，将肥沃的腐殖质和土壤与沙石一起冲走，堵塞它们的下游河道，并使之泛滥，在平原的田野上铺就一层没有肥力的风化土砾。随之而来的是干旱与荒漠化。”①“当这个地区的森林遭到破坏以后，这个地区就将彻底地毁灭了。”②未来应该是有希望的，希望就在于人类淳朴天性的复苏，在于回归上帝的道，“我们也必须认识到，俭朴纯洁的生活方式其实是我们的天性……轻率的童年时代过去后，人类美好的天性就会战胜血淋淋的游戏快感。随着让人脱胎换骨的、神圣的和慈善的力量的增长，他们血脉中的野性会一天天地渐渐消失”③。

第三节　约翰·巴勒斯与“鸟之王国”

一、约翰·巴勒斯其人

约翰·巴勒斯（John Burroughs，1837—1921），出生于纽约州卡茨基尔山区农场，曾当过农民、教师、专栏作家、演讲经纪人及政府职员。真正令他倾心的事业是体验自然，书写自然。他被称为“美国乡村的圣人”“走向大自然的向导”④。1863年，他第一次倾听了自己的“精神之父”爱默生的演讲，后来也见到了另一位自然文学大师惠特曼。1871年，他出版了被誉为自然文学经典之作的散文集《延龄草》。时任《大西洋月刊》主编的W. D. 豪威尔斯说：“这是一部由一个熟悉并热爱鸟的人写就的关于鸟类的书——它不是一本干巴巴的鸟类目类，而是在我们面前展现出一幅幅生动的鸟的画面。”1873年，巴勒斯回到家乡，在哈德逊河西岸，购置

---

① 〔美〕约翰·缪尔：《我们的国家公园》，郭名惊译，吉林人民出版社，1999年，第245～247页。

② 〔美〕约翰·缪尔：《群峰与山涧》，范亦漳译，中国戏剧出版社，2005年，第172页。

③ 〔美〕约翰·缪尔：《在上帝的荒野中》，毛佳玲译，哈尔滨出版社，2005年，第96～97页。

④ 〔美〕约翰·巴勒斯：《醒来的森林》，程虹译，生活·读书·新知三联书店，2004年，译序。

了一个九英亩的果园农场,修建了自己的“河畔小屋”和“山间石屋”。

巴勒斯共有作品 25 部,大多描绘的是自然,更多讲述的是有关鸟类的。《延龄草》以外,还有《冬日阳光》(1875)、《鸟与诗人》(1877)与《蝗虫与野蜜》(1879)等。美国自然历史博物馆的克莱德·费什说:“对于引导我们睁开眼睛看大自然的美丽,约翰·巴勒斯做得比任何人都多。”1883 年,在英国拜访了华兹华斯和卡莱尔的故乡,探访了英格兰和苏格兰的田野、森林、湖泊、教堂和历史遗迹。1921 年春天,在一列从加利福尼亚返回纽约的火车上去世。1924 年美国成立了巴勒斯协会,美国有 11 所中学以巴勒斯的名字命名。①

二、《醒来的森林》

《醒来的森林》是生动记录鸟类生活的生态散文的典范。巴勒斯说:“这是一本关于鸟的书。确切地说,是邀请人们研习鸟类学的书”,“是通过精确的观察与体验而作出的细心严谨的记录”。“我的处女作《醒来的森林》写于我在华盛顿当政府职员时期。它使我能够重温年轻时代与鸟儿为伴的情景与岁月。当时,我是坐在面对一堵铁墙的桌前写这本书的。我是贮有数百万钞票的金库保管员。在那些漫长而无所事事的岁月里,我从写作中寻求慰藉。我的心灵是如何从我面前那堵铁墙上反射回来,从那些在夏日原野和林中与鸟儿游戏的回忆中寻到安慰的!”“1873 年我离开华盛顿之后,我的面前不再有一面铁墙。取而代之的是一扇可以俯瞰哈德逊河与远处青山的大窗户。而且我用葡萄园取代了金库。或许我的心灵对葡萄园的反应要比对金库更具活力。葡萄园的蔓藤缠绕着我、挽留着我。它那满架的果实要比金库中的美钞更令我满足。”②

巴勒斯以细腻、生动的笔触写鸟的生活栖息。三月到六月中旬是鸟儿的归来期,两种更耐寒并且没有被完全驯化的鸟类,歌雀和蓝鸲通常在三月归来,而那些稀有的、色泽更漂亮的林鸟要到六月才露面。“如同特别关照某种鲜花一样,季节每一段良辰都对某种鸟类格外垂青。蒲公英告诉我何时去寻找燕子,紫罗兰告诉我何时去等待棕林鸫。当我发现延龄草开花时,便知道春天已经开始了。这种花不仅表明知更鸟的苏醒(因为它已经醒来了几周)而且还预示着宇宙的苏醒和自

---

① 王颖:《约翰·巴勒斯》,载《世界文化》,2008 年,第 4 期。

② 〔美〕约翰·巴勒斯:《醒来的森林》,程虹译,生活·读书·新知三联书店,2004 年,修订版序,第 3 页。

然的复原。”关于蓝鸲的初次露面，“在众鸟归来时，没有任何情景比得上这只小蓝鸟的初次露面，或者说是露面时的那种窃窃私语，更令人好奇且富有启示。起初，这鸟儿似乎只是天中一种奇妙的声音：在阳春三月的某个清晨，你可以听到他的鸣叫与歌声，但却说不准它来自何处或哪个方向。它的飘然而至，就像没有一丝云而落下的一滴雨”①。“当大自然造就蓝鸲时，她希望安抚大地与蓝天，于是便赋予他的背以蓝天之色彩、他的胸以大地之色调……蓝鸲是和平的先驱；在他的身上体现出上苍与大地的握手言欢与忠诚的友谊。他意味着田地；他意味着温暖；他既意味着春天柔情似水的追求，又意味着冬天躲避退却的脚步。当你听到蓝鸲的第一声啼鸣时，那肯定是一个阳春三月的早晨。”②关于知更鸟，“他们成群结队地掠过原野与丛林。在草原、牧场和山腰，人们都能听到他们的啁啾。”“出于极度的欢欣与快活，他们跑啊、跳啊、叫啊，在空中相互追逐、俯冲而下，在树中拼命穿梭。”③菲比霸鹟，是巴勒斯心中珍藏的美好记忆，她那清脆欢快、充满自信的歌喉也深得众人喜爱。金翼啄木鸟的歌声“对我而言，意味深长。这种鸟的到来伴随着一声悠长而洪亮的鸣叫，在某个干树枝或篱桩上回荡，真是旋律优美的春之声。我想，所罗门王在描述春之良辰美景时的结束语是这样的：‘斑鸠的声音在大地回响’。鉴于这片农业区的春之景有着同样的特色，那么，也应当用类似的方式结束：‘金翼啄木鸟的鸣叫在林中回响’”④。“到五月最后一周为止，所有的鸟儿十有八九都到齐了。只是燕子与黄鹂最为显著。后者那鲜艳的羽翼真像是来自热带。我看到他们在开花的树丛中掠过，而且在整个上午都能听到他们那无休止的啾唧与情歌。”“杜鹃是林中最为孤寂的鸟，同时也出奇地温顺与安宁，似乎对于喜怒哀乐都无动于衷。”⑤其羽翼是一种富有光泽的褐色，其美丽无可比拟。田野鸫的歌声堪称最悦耳的，是“完美的林中曲，并由于从如此空旷而沉寂的时空中传来而更为显著”⑥。猛禽鸽鹰的速度与机敏惊人，“沉着冷静，飞驰急转、紧追不舍。他把握自己的动作与鸟的动作的时机是如此精确和无情，令人产生极为焦虑的情感”。“秋季是展翅高飞的鹰的季节。鸡鹰最为显著。他喜欢这种烟雾渺渺、温暖的、漫漫长日中的那份安静。他是一种自由自在的鸟，似乎总是那么悠然自得。”⑦隐居鸫的

① 〔美〕约翰·巴勒斯：《醒来的森林》，程虹译，生活·读书·新知三联书店，2004 年，第 3～4 页。
② 〔美〕约翰·巴勒斯：《醒来的森林》，程虹译，生活·读书·新知三联书店，2004 年，第 183 页。
③ 〔美〕约翰·巴勒斯：《醒来的森林》，程虹译，生活·读书·新知三联书店，2004 年，第 5 页。
④ 〔美〕约翰·巴勒斯：《醒来的森林》，程虹译，生活·读书·新知三联书店，2004 年，第 9 页。
⑤ 〔美〕约翰·巴勒斯：《醒来的森林》，程虹译，生活·读书·新知三联书店，2004 年，第 12～15 页。
⑥ 〔美〕约翰·巴勒斯：《醒来的森林》，程虹译，生活·读书·新知三联书店，2004 年，第 18 页。
⑦ 〔美〕约翰·巴勒斯：《醒来的森林》，程虹译，生活·读书·新知三联书店，2004 年，第 32～33 页。

歌声,“一旦我走进林中,当鸟儿的歌声渐渐地减弱,我面对着周围那静谧的林木沉思时,会有一支曲子由林海的深处传入我的耳际——隐居鸫的歌声。对我来说,那是自然界中最优美的音乐……我总能察觉出这种悠然升起的清纯而沉静的声音,仿佛像来自上苍某个遥远之处的一个精灵,以一曲神圣的歌儿在伴唱。这歌声在我心中激起了美感,并暗示着一种自然中无其他任何声音所能给予的宁静而神圣的欢乐”。“几天前的一个夜晚,我登上一座山去看月光下的世界。当我接近山顶时,隐居鸫在距我几十米外开始唱他的夜曲。在寂静的山野中,由地平线上的一轮满月相伴,听着这支曲子,此刻,城市的华丽与人类文明的自负都显得廉价而微不足道。”①“站在这些香气袭人的绿色通道中,我感到了植物王国的强盛,并对身边悄然发生着的深奥而神秘的生命进程深表敬畏。”②

不同的鸟有不同的筑巢方式,啄木鸟喜欢在腐朽树干上啄开一个洞筑巢,有些鸟寻找和利用现成的树上空洞,有些鸟筑巢在矮树上,有些筑巢在草丛中,有些鸟筑巢在篱笆栏杆的节孔中。歌雀在地面上,燕子有时在烟囱中,有时在屋檐下,有时在谷仓中。有一只燕子把巢筑在一个木桩上垂下的绳子的打结处,有些燕子在墙上或石头堆上。有些鸟在枯井中筑巢,莺鷦鹩会钻进洞中筑巢。有些鸟会占用别人的弃巢,八哥生性懒惰,把卵直接产在朽树洞里。杜鹃会抢占知更鸟或冠蓝鸭的巢。苍鹭的巢大而松散,南方繁殖和生长的鸟的巢远不如北方鸟的精致。有些鸟把卵产在沙滩上或温暖区域或露天水域,在佐治亚州,橙腹拟黄鹂把巢设在树的北侧,在中部及东部的州,鸟巢在树的南侧或东侧。有些鸟不是把巢筑在看起来安全的地方,而是在人类看上去更危险的地方,比如人行道两旁,因为人类是鸟类最危险的敌人。巴勒斯发现一对雪鹀在长满苔藓的低坝沿上筑巢,离公路很近,马车夫挥鞭可及。总体上说,有五类鸟巢:第一类是修补或采用上一年的巢,如鷦鹩、燕子、蓝鸲、大冠翔食雀、猫头鹰、鹰和鱼鹰等;第二类是每一季筑新巢,如菲比霸鹟等;第三类是一窝一新巢,多数鸟是如此;第四类是用别的鸟的弃巢;第五类是在沙地上筑巢,大量的水禽都属此类。筑巢使用的材料也不同,有的是用马鬃围成一团,里面垫细软的荒草,有些是用苔藓筑巢。

程虹说:“这又不仅仅是一本关于鸟的书,她让我们享受到鸟语花香和大自然的清新优美,还有对原野与丛林的兴趣与知识。更重要的,她告诉我们对待大自然的一种态度。”③

① 〔美〕约翰·巴勒斯:《醒来的森林》,程虹译,生活·读书·新知三联书店,2004 年,第 48~49 页。
② 〔美〕约翰·巴勒斯:《醒来的森林》,程虹译,生活·读书·新知三联书店,2004 年,第 41 页。
③ 〔美〕约翰·巴勒斯:《醒来的森林》,程虹译,生活·读书·新知三联书店,2004 年,封底。

三、《清新的原野·冬日阳光》等

英国乡村风光，甘美而仁慈的山水。“你可以看见清新的田野，放牧的牛羊，爬满常春藤的墙壁，高大的植物，完好的道路，青翠的群山。景致随处可见……你几乎可以听到牛在青葱的草地上吃草的声音，这让人觉得就像自己在品尝那草。无疑，这里是乡村的天堂。”“来到英国，我游览那些著名的风景名胜比参观一般的自然景象要少些。我想长时间地、充分地将自己浸泡在甘美而仁慈的山水之中。”①巴勒斯的美国老家，杂草总呈现褐色枝叶，而英格兰田野和森林则呈现着惊人的绿，“英格兰温和湿润的气候以两种方式促进田野呈现惊人的绿”，因为“在英格兰几乎一年里有三百天下雨”，“从壤土到草的转变非常迅速”。关于英格兰的乡间之美，“一个人很难恰如其分地称道英格兰的乡间和田园之美——她的田野、园林，她那开阔的高地与肥沃的低地。在英格兰，你只要在乡村瞥上那么一眼，就会看见她的全貌”②。没有沙漠，没有裸露的土壤，每一点土地都被绿色覆盖，鲜活而明晰。大自然无限富有，无限仁慈，无限美丽。巴勒斯说，春天是自然之门的开启，夏天是自然之门的敞开，秋天是自然之门的小憩，冬天是自然之门的掩闭。春天，所有生命发出前所未有的新的光彩，你会觉得更加贴近泥土，“空气中能闻到那种新鲜的、难以言表的气息”，“万物直接向你发出邀请”。夏天，“乡间的仲夏日，它的风光和声息，啁啾鸣唱的鸟儿，疾驰飞掠的燕子，吃草反刍的牛儿，飘然而过的婆娑云影，山坡草地上的青草香，还有田间劳作的农夫”，所有大自然的完美和自足，都让人心旷神怡。秋天是五彩斑斓的果实，是蔚为壮观的树木，蜜蜂们依然忙碌，田鼠们在搬运食物。冬天，“植物内部的汁液都沉寂下来”，“山岭看上去亲切近人，充满诱惑。你不愿错过一花一鸟，你希望树木、田野和天空永远都像现在这样完美无缺”。“在雪地上，一切生命活动都被格外凸显出来，显得意义非凡。”③大自然的无限恩赐就那样自然呈现，“生命中最宝贵的东西其实就近在眼前，不用花费分毫”④。

---

① 〔美〕约翰·巴勒斯：《清新的原野，冬日阳光》，川美、张念群译，鹭江出版社，2006 年，第 5～8 页。

② 〔美〕约翰·巴勒斯：《清新的原野，冬日阳光》，川美、张念群译，鹭江出版社，2006 年，第 28～29 页。

③ 〔美〕约翰·巴勒斯：《自然之门》，林东威、朱华译，漓江出版社，2009 年，第 89～125 页。

④ 〔美〕约翰·巴勒斯：《自然之门》，林东威、朱华译，漓江出版社，2009 年，第 1 页。

第四节　阿尔多·利奥波德与《沙郡年记》

阿尔多·利奥波德（Aldo Leopold，1887—1948），1887 年出生于美国艾奥瓦州，耶鲁大学毕业后，在美国林务署任职，从事环保工作，是美国的环保先驱之一。他买了威斯康星附近的一个农场，随后十多年间，一直体验着自然的变异，思考土地的命运，观察土地生态的恢复和动植物生命的繁衍，并亲手栽种上千棵松树。1948 年，《沙郡年记》（*A Sand County Almanac* 又译为《沙郡岁月》《沙乡年鉴》）这个作品完成后一个月，在扑灭邻居农场的一场大火时遇难。

直到 1970 年后，随着《沙郡年记》的传播，利奥波德的名字才被美国读者熟知。现在他被称为“土地伦理的倡导者”“热心的观察者”“敏锐的思想家”“造诣深厚的生态文学巨匠”“环保先驱”。他创立了“野生动物保护学科”，提倡的“土地伦理”观念被全世界热爱土地的人认可。① “美国总统罗斯福认为，亨利·戴维·梭罗、约翰·缪尔和阿尔多·利奥波德的作品是可以并存于书架上的自然文学典范。他们倡导热爱自然与回归自然，提倡简单生活、摒弃无谓奢华的物质享受，他们的作品都是可以感动整个民族、影响人类社会发展、塑造读者心灵的天籁之音，是走向大自然的向导。”②

《沙郡年记》是利奥波德对土地生命系统观察的记录。每年，仲冬过后，沙郡的雪开始消融。“仿佛是在一夜之间，就能把厚厚的积雪变得无影无踪。融化的雪水汇成一条条清澈的小溪，叮叮咚咚地敲打着这片刚刚苏醒的土地。”一月到六月，利奥波德可以搜寻山雀的脚环，了解鹿吃了哪些松树的细枝嫩叶，遍览土地上万种生命的悄然变迁。接近大自然对人的身心健康必不可少，“如果没有一个属于自己的农场，那么，你便很容易形成两个错误的认识：一是认为每天的早餐都是来自食品店里面；二是认为冬天里防寒的暖气乃是壁炉的功劳。”③关于大自然的文化价值，利奥波德说，首先，当某个经验使我们想起我们独特的民族起源，亦即唤起我们的历史意识时，这个经验便是有价值的；第二，当某个经验使我们想起我们

① 〔美〕阿尔多·利奥波德：《沙郡年记》，孙健、崔顺起、丁艳玲译，当代世界出版社，2005 年，扉页。

② 〔美〕阿尔多·利奥波德：《沙郡年记》，孙健、崔顺起、丁艳玲译，当代世界出版社，2005 年，前言。

③ 〔美〕阿尔多·利奥波德：《沙郡年记》，孙健、崔顺起、丁艳玲译，当代世界出版社，2005 年，第 1 ~ 3 页。

对泥土植物动物这个食物链的依赖，或者让我们想起生物群系的相依关系时，这个经验便是有价值的；第三，当一种经验涉及“户外活动精神”的伦理规范时，这种经验便是有价值的。利奥波德认为，土地伦理和人类伦理一样，是自然生态的重要内在元素，但“我们尚未有处理人和土地的关系，以及处理人和土地上动植物的关系的伦理规范”①。因而，阐明和尊重土地伦理就显得十分重要。关于生态良知，利奥波德说，“自然资源的保护是要达到人和土地之间的和谐状态”，而现今的教育系统中利己主义过于严重，没有阐发人对土地的义务，结果，事关生命系统存在根基的土地伦理并没有被重视。土地在减少，地表生态系统萎缩，洪水与干旱频繁发生，生命系统的危机越来越多，越来越严重。这种状况的改善有赖于人类整个伦理价值系统的复归和改善。

“利奥波德的土地伦理有三个重点：伦理学的生态与社会进化，土地金字塔的意象，以及生态良知；而他以一个一般性原则来加以总结：‘一件事要是倾向于保存生物群落的整体性、稳定性与美，便是对的。若它的倾向不是这样，那么它就是错的。’这里的完整性指的是群落生物多样性的保持；稳定性是指土地健康，即生物金字塔结构的保持；美则是超越经济的价值。”②

1999 年《纽约时报》有评论说：“利奥波德对世界最突出、最特别的贡献就在于他提出了‘土地伦理’观念，他指出，‘人类和土地的关系仍然完全是经济性的，包含了特权，但不包含义务。’利奥波德坚信，我们应该将人与人之间的伦理关系延伸到人与自然……事实上，利奥波德的生态伦理观念在当今社会显得尤为迫切。”③

第五节　罗尔斯顿的生态整体主义

罗尔斯顿承袭了利奥波德的大地伦理思想，强调把“不破坏生态系统的稳定”和动态平衡、保护物种的多样性作为最基本的价值判断标准。把生态系统的整体利益当作最高利益和终极目的。

---

① 〔美〕阿尔多·利奥波德：《沙郡岁月》，吴真美译，王瑞香审定，中国社会出版社，2004 年，第 282 页。

② 〔美〕阿尔多·利奥波德：《沙郡岁月》，吴真美译，王瑞香审定，中国社会出版社，2004 年，导读。

③ 〔美〕阿尔多·利奥波德：《沙郡岁月》，吴真美译，王瑞香审定，中国社会出版社，2004 年，封底。

国内外都有一些学者把罗尔斯顿的思想称为“生态中心主义”(ecocentrism),并进而把生态思想的发展总结成一个中心转化和扩大的过程:从人类中心主义到动物中心主义,再到生物中心主义,最后是生态中心主义。其实这种界定并不准确,甚至可以说是用传统的人类中心主义的思维方式来误解生态整体观。生态整体观的基本前提就是非中心化,它的核心特征是对整体及其整体内部联系的强调,绝不把整体内部的某一部分看作整体的中心。中心都没有,何来中心主义?

罗尔斯顿并不强调任何一个物种、小生境乃至子系统的重要性,而是要以系统和谐和整体利益为出发点来考察包括人在内的自然万物的生存发展。他坚持的是系统性思维、联系性思维和整体性思维,而不是要在自然界另立一个新的中心来取代原有的中心。他指出:“具有扩张能力的生物个体虽然推动着生态系统,但生态系统却限制着生物个体的这种扩张行为;生态系统的所有成员都有着足够的但却是受到限制的生存空间。系统从更高的组织层面来限制有机体(即使各个物种的发展目标都是最大限度地占有生存空间,直到‘被阻止’为止)。系统的这种限制似乎比生物个体的扩张更值得称赞。”①罗尔斯顿强调系统整体价值至上和生态整体与个别物种的联系,与生态学最基本的观念——整体观和联系观是一致的。尊重生态过程,尊重生态系统及其内在的自然规律,进而以生态系统的整体利益和内在规律为尺度去衡量万物、衡量人类自己,约束人类的活动、需求和发展,使“所允许的选择都必须遵从生态规律”②,这才是罗尔斯顿生态思想的实质。如果非要给这种思想以一个名称,那只能叫作“生态整体主义”(ecological)。美国生态哲学家贾丁斯就持这种认识。另一位美国哲学家克里考特虽然也借用过“生态中心主义”一词,但同时也强调,这是一种与人类中心主义和生物中心主义不同的研究方法,是一种“更重视整体性”的方法。英国生态思想家马歇尔也这样看,并且认为生态思维“应当是整体的。它应当把个人看作社区的一部分,把社区看作社会的一部分,把社会看作人类的一部分,而人类则是生物社会的一部分,最终是更为广阔的存在共同体”③。齐默尔曼同样认为应当用整体论来概括罗尔斯顿等人的研究。齐默尔曼主编的《环境哲学》是著名的当代生态思想论著选。该选本分四大部分:环境伦理学、深层生态学、生态女性主义和政治生态学。生态伦理部分又分两大类:一类是人本主义的研究;另一类就是“整体论的研究”(holistic approaches),其中包括利奥波德、克里考特和罗尔斯顿的著作选。

---

① 罗尔斯顿:《环境伦理学》,杨通进译,中国社会科学出版社,2000 年,第 48 页。

② 罗尔斯顿:《哲学走向荒野》,刘耳等译,吉林人民出版社,2000 年,第 16 页。

③ Peter Marshall:*Nature's Web:An Exploration of Ecological Thinking*,Simon & Schuster Ltd,1992:460.

生态整体主义并不否定人类的生存权和不逾越生态承受能力、不危害整个生态系统的发展权，更不是反人类的生态中心理论。罗尔斯顿并不否认“人是生态系统最精致的作品”和“具有最高内在价值的生命”①。他主张限制人类的非基本需求和无节制的发展，目的也并非要人类退回到前工业社会甚至原始社会，而是要确保包括人类在内的自然万物的持续存在与发展，要保护包括人类的长远利益在内的整个自然系统的长远利益。他不反对人类对环境进行有限度的改造，我们需要的不是根本做不到的完全取消和彻底否定，而是把这种扰乱控制在限度内。他提出，如果人遵循自然规律而杀掉和食用动物不仅“不意味着不尊重生命”，反而是“尊重了那个生态系统”。他还反对“平等地评价大自然中那些在价值上明明具有差异的事物”，甚至主张为了维护或重建生态系统的平衡而人为地扑灭某些过度膨胀的生物，指出一个生物学家为了生态系统的整体利益而猎杀一头鹿所表现出来的对生命的敬畏，绝不亚于一名喂养一头鹿的仁慈协会的成员。十分明显，罗尔斯顿的思想不像许多其他生态思想那样缺乏实践意义，它既是宏观的、原则性的，又是具体的、可操作的。

尽管罗尔斯顿对人类生存及其必需的控制、改造自然的权利给予了充分的强调，但这种生态整体观与人类中心主义是完全不同的：其出发点和价值判断标准不是人类的利益而是生态系统的整体利益。罗尔斯顿承认人类对生态系统的整体价值和内部规律的认识是一个不断发展和不断修正的过程：“我们之所以能看到从前没看到的完整和美丽，一方面是因为我们对事实有了新的认识（如对相互依存、环境的健康、水循环、种群的律动和反馈回路的认识），另一方面则是因为我们对于什么是美丽与完整的观念有了改变。”②在无法断定人类的某一种改变自然的行为是否符合生态系统的整体利益时，在还没有弄清人类的某种控制自然的行为是否超越生态系统所能承受的范围时，罗尔斯顿反对任何轻率的、冒险的干预自然，而主张让存在的自然存在。不过，人类的主要问题并不是由于自身的局限导致客观上扰乱了生态系统的稳定；而是根本就不具备生态系统至上的意识，根本就不想用生态系统的整体利益来约束自己，明明知道是在危害生态系统还要继续坚持向自然施暴。

那么，人类是否真的可以做到超越人类中心主义进而站在整个生态系统的高度考察问题呢（持怀疑和否定态度的大有人在，如乔纳·汤普森、威廉·格雷）？

---

① 罗尔斯顿：《环境伦理学》，杨通进译，中国社会科学出版社，2000 年，第 99 页。

② 罗尔斯顿：《哲学走向荒野》，刘耳等译，吉林人民出版社，2000 年，第 30 ~ 31 页。

人类是否真的能够做到把生态系统的整体利益放在首位，是否真的可以做到以生态系统的平衡、稳定、美丽及其规律来约束自己呢？罗尔斯顿认为不仅可能而且必要，并且刻不容缓。他指出，人类必须建立以生态系统整体意识为基础的责任感，必须承担起对生态系统的义务——从最根本的意义上说，这种义务是终极性的义务。他承认人像其他生物一样，具有从自己的角度认识事物并为自身的利益攫取生态资源的本性。但是这并不能成为人类不能也不该为生态系统整体利益考虑的理由。因为，人是唯一有理性的物种，人也是这个世界中唯一能够用关于这个世界的理论来指导其行为的物种，人是高贵的物种，正如莎士比亚所说，人之所以高贵就在于他的理性。人的理性曾经使得他超越了万物，把自己视为世间唯一能够给予和获得道德关怀的物种；而今，理性也可以而且必须使他超越自身的局限性，站在生态系统整体的高度去关怀自然万物。

如果人不能超越自身的局限，不能设身处地地为他者考虑，那么，即便在人类社会的范围里，人们也不可能做到超越个人中心、男性中心、白种人中心与欧洲中心。否认人类能够超越人类中心主义的逻辑与否认人类应当抛弃极端个人主义、种族主义和性别歧视的逻辑是完全相同的。把世界连同它的所有物种从生态危机中解救出来，只有人类可以完成这个使命，更何况生态危机原本就是人类造成的。人类无论如何也不能以任何理由来开脱自己的罪责，无论如何也不能以任何理由放弃他们必须履行的义务。人类只有勇敢地承担起自己对重建整个生态系统平衡稳定的责任，才真正堪称我们这个星球上的最高贵、最有价值的生命。如果说人类只能像猪羊那样只为满足自己的欲望而生存，那才是对人类最大的不敬。

有人提出，当今世界还有许多贫困人口连最基本的生存需要都得不到满足，在此情况下何谈去关照生态整体？仔细思考一下就会发现，这种辩解实际上回避了导致这种社会问题的真正和主要的原因——分配不均和贫富差距。罗尔斯顿明确地指出：解决温饱问题的一个方法是重新分配，而不是继续蹂躏着奄奄一息的大地。社会的其他方面如果不发生相应的变化，那么，要确保那些靠牺牲荒野地而获得的利益能够转移到穷人手中，也是不可能的。特别是在已被人类征服的土地与现存原始自然的比例如此悬殊的情况下，如果我们还试图靠牺牲非人类存在物（生态系统和物种）的方法来解决人际内部的分配问题（源于不公正、特权、政府机制的无能与社会的麻木不仁），那不仅是徒劳无益的，而且很可能成为权势集团保护既得利益的一种烟幕；那种做法几乎牺牲了处于不同层面的所有类型的价值，其结果只能是延误必要的社会改革，使社会的不公正（一种社会性的负价值）延续下去。

罗尔斯顿在这方面的认识是清醒而深刻的。生态保护离不开对社会公正的追求,绝不能以维持或维护现存的社会不公正为理由反对或拒绝生态保护。生态系统在总量上早已给人类提供了足够维持生存的资源,是人类无止境的贪欲和对奢侈生活方式的无止境追求,使得人类的需要远远超出了自然的承载能力和供给能力。为了满足无穷的贪欲和物质需要,人类打破了生态平衡还不够,还在人类内部剥夺许多人的基本生存权利和生存资源。在这样的情况下,还要以满足穷困民众的生存权利为理由或借口要求继续疯狂榨取即将耗尽的自然资源、继续放肆污染早已超出自然吸收和净化能力的生存环境,不是荒谬的愚蠢,就是对不良居心的蓄意掩饰。

有人严厉批评罗尔斯顿主张的牺牲个体的利益而满足整体的利益,进而称之为“生态极权主义”。这种出语惊人的批评的最大问题,在于它严重地脱离了生态危机的现实,完全无视生态整体主义产生的语境。个体与整体的相互矛盾和相互依赖,无论在自然界还是在人类社会,都普遍而且永久地存在。什么时候更多地关注个体和什么时候更多地关注整体,并不是单凭抽象思辨和逻辑推导就能做出正确判断的,提出一种观点必须充分考虑其所产生时期和所适应阶段。毋庸置疑,时至今日,作为生态系统一部分的人类已经极其严重地恶性膨胀了,已经极其严重地破坏了生态系统的整体平衡和稳定,已经极其严重地危害到整个星球和它上面的所有生命的存在了。在这样一个生态系统危机时期,在这样一种急需刻不容缓地保护所有生命的生存环境的语境下,还要奢谈人类作为自然整体之一类个体的个体利益,而且很大程度上是用来填充其无限欲壑的所谓利益,其有害性就非常明显了。

不过,这种批评的确值得罗尔斯顿等主张生态整体主义的思想家认真思考。生态整体主义的提倡者们确实具有不同程度的忽视人类和人类个体价值的倾向。尽管这种倾向有其产生的现实背景和现实需要,甚至可以说非如此矫枉过正不能撼动人类中心主义和以个人价值为本的人本主义;但是,生态整体主义者也必须清楚地认识到,对整体价值的任何过分推崇都确实有滑向另一种极权主义或法西斯主义的危险。重视生态系统的整体价值,绝不意味着否认系统内的子系统及其个体的价值。整体主义同时也必须是联系主义;如果不突出强调联系与和谐,如果只一味地强调个体或子系统为整体做出牺牲,那么就很容易走向以另一种整体利益(用生态整体取代过去的族群整体或国家整体)扼杀个体尊严和个人的基本权利。

因此,罗尔斯顿的生态整体主义思想在学理上还需进一步完善,不仅强调母系统的整体平衡和稳定,还要强调子系统主要是人类这个子系统的内部关系对于母系统的平衡稳定的重大作用,把人类子系统内部的人的尊严和价值的实现、人权的保障、人与人关系的改善、社会公正的实现以及全人类的和平与合作对于整个生态系统生死攸关的重大影响突显出来。尽管罗尔斯顿也论述了人类通过适度、合理的改造以及控制自然而推动文明发展的必要性,也给予人间的正义相当的关注,但却没有将其有机地融入自己的生态系统理论框架中,没有将其上升到与生态系统整体共生共存的高度,没有突出强调人类子系统在整个生态系统中最重要、最有能动性的作用。既然罗尔斯顿也认为人是生态系统中最精致的、最有内在价值的物种,既然生态危机主要是人为的结果,既然生态整体主义是人的思想的产物,而且其产生的客观基础也是人类所造成的罄竹难书的生态灾难;那么,就有充分的理由去强调人类子系统对整个生态系统的影响,强调这个最主要的子系统内部的联系和它与母系统的关系。这能够使生态整体主义更加丰富、更加完善且更具有普适性。

重视人类社会的平等、正义对生态保护的重要意义,强调人类子系统对自然母系统的重大作用,并不意味着不要限制人类的欲望。生态整体主义在行动层面的核心主张就是要限制人类的欲望、限制经济的无限增长、限制人类在物质层面的某些自由,为了生态系统的整体利益(也是人类的长远利益),人类必须自我约束。这里所说的自我约束主要包括:对自由地追求、获取、占有个人财富和利益的约束,对个人无限度地追求越来越舒适安逸的生活方式的约束,对消费水平的控制和约束,对自由市场的约束以及对人口增长的约束等。这种约束在很大程度上是超意识形态的,因为无论是资本主义还是社会主义都在追求经济和工业的增长;这种约束在很大程度上也是超民族、超国家、超南北的,因为要消除生态危机必须全球合作,否则当生态系统总崩溃到来时,无论是发达国家还是发展中国家都要遭殃,甚至都会毁灭。

发展中国家的许多学者和西方强调生态正义的一些学者谴责生态整体主义实际上是暗中鼓励生态入侵、生态殖民和维护西方中心和西方利益。这种批评是片面的,虽然它不无道理,虽然它揭示了某些极端整体主义者的实质。强调发展中国家人民的基本生存权、强调发达国家首先自我约束并付出更大的牺牲固然绝对正确,但这些强调的最终目的应当是为了更有效地保护环境,拯救地球与缓解生态危机,而绝不能是任由经济无限增长,甚至期望赶上或超过发达国家,重蹈西方过度消费的错误道路。必须清醒地看到,后一种目标是不现实的,是地球生态系统所无法承载的。所有对民族、国家特性和权利的强调,所有对生态正义和世界公平的强调都必须有一个前提性的认识,那就是生态系统的整体利益和人类整体的长远利益。

西方的自由主义、人本主义学者和某些现代人类中心主义者批评生态整体主义与自由主义核心观念背道而驰，这种批评同样也是片面的。它的片面不仅表现在同样忽视了生态系统的整体利益和人类整体的长远利益，严重脱离了当前的生态危机现实；而且表现于它把传统的自由主义、人本主义视为不可分割的、不可改变的、不可根据人类生存环境岌岌可危的现实修正的教条。还有人提出“生态人文主义”的概念，这种新的人文主义强调从世界的总体性来看人，强调的是人对自然的谦卑、尊重与合作。

因此，人们的选择并不一定是非此即彼的，即限制与自由二者必居其一的。确切地说，人类要选择的是：究竟是要现存生活方式的自由，还是要未来长久生存的自由？

至此，我们可以说，罗尔斯顿等人的生态整体主义最大的贡献就在于对生态系统整体利益的突出强调。人是有局限的物种，也是还在演进和变化的物种，在人的演化进程中，他们曾经犯过无数的错误，走过许多弯路。从生态危机和生态思想的角度来看，人类几千年来所犯的最致命的错误，就是以自己为中心、以自己的利益（而且主要是眼前利益）作为尺度，没有清楚而深刻地认识到与人类的长久存在生死攸关的生态系统的整体利益和整体价值。这个错误导致了无数可怕的、难以挽救的灾难。今后，如果人类还要继续以自己的意愿为唯一的判断标准，则必将犯更多、更可怕的错误，甚至走向灭亡。罗尔斯顿等人倡导人类跳出数千年来的旧思路，努力去认识自然规律与生态系统，进而将认识到生态系统的整体利益和内在规律作为人类一切观念、行为、生活方式和发展模式的根本出发点，为防止人类重蹈覆辙提供了一个极其重要的思维方式和思想根源，为人类缓解乃至最终消除生态危机奠定了具有深远意义的理论基础。

第六章　当代英美生态文学研究

20 世纪以来，生态思潮在世界范围内呈现出井喷式发展态势。生态文学作为这一股生态思潮的重要组成部分，在众多杰出生态思想家和生态文学家的推动下，得到了快速的发展。

第一节　当代英美生态文学背景介绍

20 世纪见证了人类科学技术的飞速发展，人类自此进入了一个全新的历史时期。然而与此同时，人类也面临了有史以来最严重的生存危机。人类对现代化交通工具以及其他现代化产品的大量使用，使得石油、天然气等不可再生能源日益减少，甚至濒临枯竭；人类活动所带来的二氧化碳的过度排放导致全球性气温升高、冰川融化与海平面上升；人为造成的生态环境的破坏所造成的后果是越来越频繁的极端灾难性气候事件。上述这些生态灾难直接威胁着人类作为一个整体的生存和发展。面对这一空前严重的生存危机，许多有识之士开始对人类过去的行为进行积极的反省和批判，同时思考应对这一危机的方法和措施。于是在 20 世纪，特别是 60 年代以来，生态思潮在全球范围内形成了波澜壮阔的繁荣之势。生态文学作为生态思潮的一个必不可少的分支，也承担起了重要的责任。生态文学的使命在于思索并挖掘导致生态灾难的深层次的思想根源，反思、批判反生态的人类思想传统，同时通过富含生态思想的文学作品，推动生态思想的传播和发展。这可以说是生态文学在 20 世纪迅速发展的重要外部原因。

而从文学的内部角度来看，生态文学在 20 世纪后半叶的发展也和文学发展趋势的变化密不可分。20 世纪初期的现代主义文学在非理性哲学和现代心理学的影响下,把重心集中在人的精神世界或是说内部世界,而几乎不再关注外部客观世界。因此,以乔伊斯与伍尔芙为代表的意识流作家不再刻意追求文学对客观世界的模仿,而是聚焦于人的主观精神世界的刻画、挖掘和分析。然而到了60年代,这种文学“向内转”的趋势却几乎停滞,文学又开始“向外转”,或是说“向社会转”“向意义和使命转”。在这样的趋势下,文学作品又开始重新关注外部世界,关注人类社会,关注人和自然的关系。从这个意义上来讲,生态文学的蓬勃发展自然合乎情理。

20世纪生态文学所体现出的思想大致可以划分为以下三个主要方面:生态整体观思想,欲望动力论批判和唯发展论批判,征服、统治自然思想批判。

生态整体观的思想并不是20世纪出现的新事物,把世界视为一个有机的整体的思想在西方早已有之。但利奥波德提出的生态整体主义的基本价值评判标准奠定了生态伦理的基础,同时大大推进了生态整体观的发展。利奥波德在其代表作《沙乡岁月》(*A Sand County Almanac*)中提出:“有助于维持生命共同体的和谐、稳定和美丽的事就是正确的,反之则是错误的。”他的“ISB原则”(integrity, stability and beauty)得到了西方学界的普遍认同。利奥波德的学说对长期以来的人类中心主义的哲学观点是致命的打击。在人类以往对大自然开发和利用的历史中,在自身利益与其他物种或是大自然利益发生冲突时,往往是以维系自身发展为借口,对大自然进行肆意破坏和掠夺。但根据利奥波德的原则,人类在大自然世界中的活动也必须遵循着生态整体利益的原则,在维护生态整体和谐的前提条件下对大自然进行合理的开发和利用。因此生态整体主义思想是生态思潮中最重要最基本的思想。生态思潮中另一位重要人物便是美国女作家卡尔森。她在生态文学史上是一位里程碑式的人物。她的作品,特别是代表作《寂静的春天》(*Silent Spring*)推动了全球生态环境保护事业的进程,引发了全球范围内的生态思潮。该书对当时在全球范围内普遍使用的人工杀虫剂DDT所带来的生态影响进行了深刻的反思。DDT虽然能杀死害虫,但其毒性却保留在害虫体内,并转移到以害虫为食的鸟类以及其他生物体内。最终的结果便是整个生态系统遭到破坏,原本应该是鸟语花香的春天却如此寂静。作为一名生物学家的卡尔森在书中用大量的科学事实向人们证明,人类并不是万物的“中心”,不能完全按照自己的意志去彻底消灭某一种生物或者不顾一切地去扶持另一种生物。只有把大自然看作是一个整体,尊重大自然的规律以及自然界中的每一个物种,人类才能够得到长久的生存和发展。

欲望动力论指的是人类为了不断满足自己的各种欲望而进行不停地工作、创造、探索与占有。必须承认,这些行为一方面在整个人类的历史上推动了社会的进步。但另一方面，人类所生存的地球的资源总量却是有限的，如果人类放纵自己欲望的增长，通过不断地向自然索取资源来发展自身，甚至纯粹为了发展而发展，那么地球资源耗尽的那天便是人类的末日。许多生态思想家和文学家对唯发展论的观点进行了批判。美国作家艾比在其代表作《沙漠独居者》(*Desert Solitaire*)中尖锐地指出，“为发展而发展是癌细胞的疯狂裂变和扩散”。他进一步一针见血地指出，不惜一切代价、哪怕是牺牲生态平衡和人的健康的发展，其实质上并不是满足所有人类的需要，而是满足工业化的需要，满足那些“寡头和政客”的需要。艾比认为人类应该在满足基本生存条件，在自然能够承载的范围内逐步提高生活水平的前提下，与自然和谐相处，同时注重自身精神层面的发展。艾比是一个激进的生态主义者，他提出了著名的生态防卫观，即是为了保护生态而对破坏生态的行为进行有意破坏。在其另一部作品《有意破坏帮》(*The Monkey Wrench Gang*)里，小说主人公为了保护生态环境的原貌，向修建巨型水坝等破坏生态环境、扭曲自然规律的行为进行了有意的“生态性的破坏”(eco - sabotage)。

征服、统治自然是人类社会古已有之且根深蒂固的思想。在西方，对人类征服、统治自然的肯定和赞颂可以一直追溯到《圣经》。英国小说家笛福的《鲁滨孙漂流记》也是人类征服自然、统治自然思想的象征。20 世纪的生态文学家们对这一历史悠久的错误思想也进行了猛烈地批判。卡尔森尖锐地指出，人类之所以“征服”自然，是因为还没有意识到人类其实就是自然这个整体中的一部分。人类的科技能力在当今急剧膨胀，然而人类的意识却尚未成熟到正确地认识自己在自然界中的地位。这样的结果便是，人类征服了自然，同时也毁灭了自己。美国著名诗人、“垮掉的一代”的旗帜性人物施耐德对人类征服、改造自然的行为进行了质疑和反思。他在论文集《荒野的实践》(*The Practice of the Wild*)中，通过亲身经历，对什么是“荒蛮的、贫瘠的”土地，什么又是“文明的、肥沃的”土地的标准进行了质疑，并呼吁人们要尊重大自然。英国当代著名小说家麦克尤恩也在自己 2010 年的最新作品《日光》(*Solar*)中，以全球变暖这一热门话题为切入点，对人类究竟该如何以科学技术为武器，改造大自然、解决气候变化难题进行了探讨。

第二节　伊恩·麦克尤恩

伊恩·罗素·麦克尤恩（Ian Russell McEwan）是当代英国最著名的作家之一；2008年，《泰晤士报》将他列入"1945年以来50位伟大的英国作家"名单。麦克尤恩于1948年出生于英格兰罕布什尔。1975年，他的第一部作品——短篇小说集《先爱后礼》（*First Love, Last Rites*）出版，并凭借此作品在次年获得毛姆奖。1998年，他的小说《阿姆斯特丹》（*Amsterdam*）获得英语文坛最高奖之一的曼布克奖。随后，《赎罪》（*Atonement*）、《星期六》（*Saturday*）和《在切瑟尔海滩上》（*On Chesil Beach*）等几部作品也获得布克奖提名，但最终均未能如愿获奖。

《日光》（*Solar*）是麦克尤恩2010年的最新作品。该小说用讽刺的语调讲述在全球变暖的大背景下，一个曾经获得过诺贝尔奖但私人生活无比混乱的物理学家麦克·比尔德（Michael Beard）试图利用太阳能来解决气候变化的故事。全书大体上按照时间顺序编排，以2000年、2005年以及2009年为坐标，分为三个部分。在第一部分，即"2000"，已经是53岁的比尔德在一个研究中心工作，而他获得诺贝尔奖则是二十多年前的事了。此时的比尔德对科学研究已毫无兴趣，只是顶着诺贝尔奖得主的光环混日子。当研究中心一个名叫奥德斯（Tom Aldous）的博士后向他提议进行"人工光合作用"课题时，他的反应也仅仅是嗤之以鼻。与此同时，他的妻子帕特里斯（Patrice）无法忍受丈夫的出轨，为了报复，于是和建筑工塔平（Tarpin）发生了婚外恋。比尔德得知消息以后，决定去北极进行"科考"，作为对此事的回应。但当他从北极回来以后，竟然又发现自己的妻子和年轻的博士后奥德斯有不正当关系。在一次和比尔德的争执中，奥德斯不慎丧命。比尔德则伪造现场，嫁祸给塔平。最终塔平被判入狱16年，比尔德也和妻子离婚。第一部分到此结束。

在第二部分"2005"里，比尔德由于家庭丑闻，被迫离开所在的研究中心。但他盗用了奥德斯的研究成果，四处寻找资本为他的"人工光合作用"基地进行投资。此时他又有了新的女朋友梅丽莎（Melissa）。梅丽莎非常希望自己能有一个孩子，尽管比尔德害怕尽父亲的责任，一再拒绝，但最终梅丽莎还是如愿以偿地怀孕了。得知消息的比尔德无比愤恨，认为自己成了被欺骗的受害者。

到全书的第三部分“2009”的时候，比尔德已经62岁，并且体态臃肿，健康状况很糟糕。他在美国的光合作用基地即将建成，并且他又结交了另一位女友——女服务生达林（Darlence）。达林非常爱比尔德，并希望嫁给他。但此时比尔德和梅丽莎的女儿都已经3岁多了。就在他的事业即将大功告成时，所有的麻烦都接踵而至。他在英国研究所的同事布莱比（Brabby）向媒体揭发他剽窃奥德斯的研究成果；梅丽莎带着女儿来美国找他，希望他能回心转意；当年被他陷害而锒铛入狱的塔平已经出狱；曾资助他进行太阳能基地建设的生意伙伴在这个节骨眼上抛弃他。当梅丽莎带着女儿，和达林同时来到比尔德面前对峙时，小说便就此结尾。

《日光》涉及了当今社会的一个热门话题：全球变暖以及人类对这一严峻情况的应对。面对地球能源的枯竭、人类生存环境的不断恶化，人类社会的生态意识和环境保护意识被大大地提升。人们越来越意识到维护生态平衡对于人类自身生存和发展的重要性，并且也在采取各种手段来应对所面临的环境问题。在人类解决环境问题的进程中，科学技术一直扮演了极其重要的角色，甚至可以说，科技就是人类和环境恶化作斗争的有力武器。但是这个武器本身该如何正确使用？人类在使用过程中有没有犯过错误？麦克尤恩的小说引起了读者对上述问题的思考。

小说的主人公是一位曾获得过诺贝尔奖的科学家。一般来讲，科学家可以被看作是人类精英的代表，他们掌握着最先进的科学技术，并且是新学科领域的探索者和带路人。但是小说里的比尔德却完全打破了这一形象。虽然三十多岁就获得诺贝尔奖，但在此后的岁月里他在科研上便毫无建树，顶着诺贝尔奖的光环不劳而获。他不但自己不思进取，而且无情打压后来人。在小说的第一部分，由于自己的错误判断，他让整个研究中心去搞毫无价值的“风力制动”项目。当年轻的研究人员奥德斯向他提出“人工光合作用”概念时，他毫不理睬；然而后来他却剽窃了奥德斯的研究成果，决定进行太阳能基地建设。但他进行该项目的动机并不是为了通过科学研究来应对人类的生态危机，而仅仅是这个项目有巨大的经济利益，能够拉到大量的投资。可以看出，作为一个科技工作者，比尔德的价值观和道德观是扭曲的。除此以外，他在个人生活上也是一团糟。他一次又一次地背叛自己的婚姻和感情，完全没有尽到并且也十分害怕尽到作为丈夫和父亲的责任。总的来说，他的形象特点可以用贪婪和懒惰两个词来概括。而贪婪和懒惰又恰恰是我们人类最本质的弱点。从这个意义上来讲，比尔德可以看作是人性丑恶的一面的代言人。必须承认，当下所面临的生态恶化的困境其实正是人类由于自身永远无法满足的贪欲，对地球环境肆无忌惮的破坏所造成的恶果。现在，人类已经认识到了环境问题的严峻性，并且着手应对这一困境。但是如果人类依然无法控制自己贪婪的欲望的话，即使科技有多么发达，手中的武器有多么强大，那么在与环境恶化的斗争中也将很难取得胜利。作者在小说中为比尔德安排的结局表达了作者对人类最终命运的隐约的担忧。

该小说最显著的特点便是情节荒诞离奇，语言十分幽默。本书所节选的比尔德在北极的经历可以算是小说这一特点的集中体现。比尔德去北极的路上碰到了一群自称去北极寻找关于生态方面创作灵感的艺术工作者，于是和他们结伴同行。而他们在北极的经历却是滑稽荒诞并且引人深思。这群由科学家、艺术家组成的文化精英团队在一次野外旅途中遇到了北极熊。于是大家仓皇逃命，最终化险为夷。这种经历本身无可厚非，然而在事后他们却对其他人夸夸其谈，完全把这次经历当成了炫耀的谈资。从这个细节可以看出，这些文化精英虽然总是把生态保护挂在嘴边，但他们自身的生态价值观却是扭曲的。他们把逃脱北极熊的经历看作是一种值得骄傲和炫耀的“胜利”，这说明在他们看来，人类和动物、自然界依然是一种对立的关系，自然界依然是人类“征服”的对象。如果连这些文化精英都依然持有这种扭曲的生态观点，那么我们人类社会正在进行着的保护生态环境的事业最终将走向何方？

在北极科考过程中，发生在更衣室里的故事值得我们注意。考察队员住所的更衣室是用来堆放外出所需装备的地方。起初更衣室的物件堆放地井然有序，但很快人们便随意乱放，以至于外出时找不到自己的装备，只能拿别人的去用。这个情况的最大受害者便是比尔德。他每天外出时戴的护目镜、头盔等装备都是不一样的，并且不符合自己的尺寸。到了第四天，等他到更衣室时，甚至发现已经没有足够的装备，于是只能不戴头盔外出。愤怒的他只能感慨：“只有完善的法律才能拯救这个更衣室以及遵守法律的人。”从某种意义上来讲，更衣室可以看作是我们生存的星球的缩影。地球也是一个密闭的空间。在人类文明高速发展以前，地球上的生物井然有序，遵守着大自然的生存法则。然而自从近代以来，人类为了满足自身不断增长的欲求，开始违背自然法则，大肆破坏生态环境。最终的结果便是环境的不断恶化，犹如那个杂乱无章的更衣室。难怪比尔德自己也开始质疑：“他们将如何拯救地球？（假设地球需要拯救的话，当然这一点他自己是怀疑的）地球可比更衣室大多了。”但我们不能忘记的是，在关于更衣室的经历中，比尔德虽然是受害者，并且提出了许多代表“正义”的批评以及思考，但是他自己也和其他所有的人一样，内心充满了对物质永远无法满足的欲望。小说作者的这种自相矛盾的安排确实发人深思。

第三节　石黑一雄

石黑一雄(1954—),著名日裔英国小说家,出生于日本长崎,1960 年随家人移民英国。曾就学于东安格里亚大学(University of East Anglia)和肯特大学(University of Kent)。石黑一雄年轻时即享誉世界文坛,与塞尔曼・拉什迪(Salman Rushdie)和维苏・奈保尔(V. S. Naipaul)并称为“英国文坛移民三雄”。1989 年,石黑一雄获得了在英语文学界享有盛誉的“布克奖”(The Booker's Prize)。他的文体以细腻优美著称,几乎每部小说都被提名或得奖,其作品已被翻译成二十八种语言。虽然石黑一雄拥有东西方双重的文化背景,他却并不以民族认同作为小说的唯一题材。对他而言,在这个日益全球化的现代世界中,不计文化背景的人类共同命运才是他在小说创作中力图探寻和表达的主题。

石黑一雄的主要作品有:《群山淡景》(*A Pale View of Hills*,1982),获得“英国皇家学会奖”(Royal Society of Literature)与温尼弗雷德・霍尔比奖(Winifred Holtby Prize);《浮世画家》(*An Artist of the Floating World*,1986),获得英国及爱尔兰图书协会颁发的“惠特布莱德”年度最佳小说奖(Whitbread Book of the Year Award)和布克奖的提名;《长日将尽》(*The Remains of the Day*,1989),获得英国布克奖;《无法安慰》(*The Unconsoled*,1995),获得“契尔特纳姆”文学艺术奖(Cheltenham Prize);《我辈孤雏》(*When We Were Orphans*,2000),再次获得布克奖提名;《别让我走》(又译为《千万别丢下我》)(*Never Let Me Go*,2005),又一次获得布克奖提名。

《别让我走》是石黑一雄的第六部小说,甫一问世就受到极大的关注,并在 2010 年被搬上银幕。小说以第一人称叙述者凯西的倒叙展开,讲述了凯西与朋友们在名叫黑尔舍姆的寄宿学校度过的生活。表面上,这所学校中的孩子过着与其他寄宿学校的孩子相似的生活,他们需要学习各种课程,参加各种活动和游戏。实际上,这些孩子并不是普通人,而是克隆人。他们没有父母,每个人的姓氏只是一个英文字母,这个字母可能是克隆原型姓氏的缩写,或者只是个代号。他们之所以被创造出来,只是为了能够在成年以后为他们的原型提供器官。也就是说,黑尔舍姆如同圈养动物的农场,这些孩子则是其中的牲畜,他们被精心照料、抚育长大,就是为了将来被屠宰的一天。

我们在此所选章节的内容是凯西回忆童年时黑尔舍姆的一位年轻教师露西小姐如何向孩子们揭示了他们的命运。为了让学生长大之后心甘情愿地捐献自己的器官,黑尔舍姆的大多数教师都处心积虑地隐瞒事实,令他们以为自己的人生与正常孩子的人生并无差别。然而,露西小姐是一位有正义感的教师,在听到学生对未来的憧憬和遐想之后,她勇敢地选择揭示他们即将面对的真正未来:黑尔舍姆的克隆人不可能到美国去,不可能成为电影演员,连在超市里工作这样卑微的愿望也不可能实现。露西小姐尖锐地指出:你们是为着一个目的被带到这个世界上来的,你们所有人的未来早已被决定。(You were brought into this world for a purpose,and your futures,all of them,have been decided.)

在科幻小说的表皮之下,《别让我走》体现着对伦理道德的深刻思索。1996年,以伊恩·威尔穆特(Ian Wilmut)为首的英国科学家创造出世界上第一头克隆羊。自此以后,克隆技术就一直处于伦理道德大讨论的风口浪尖。从动物伦理的角度考察,反对克隆与反对虐待动物一样,皆源自深沉的同理心(empathy),即我们能否将其他的有生命体视作与我们自身拥有同样权利的造物。早在17世纪,法国思想家卢梭就在其著名著作《论人类不平等的起源和基础》一书的序言中阐述过动物权利的概念,他认为动物尽管缺少智力和自由,但是它们也有知觉,同样应该享有自然赋予的权利。现代动物权利主义者认为,动物应该被当作人同等看待,而不仅仅被当作人类的财产或工具。所有(或者至少某些)动物应当享有支配自己生活的权利,动物应当享有一定的精神上的权利,动物的基本权利应当受法律保障。

作为动物当中最为特殊的种群,人在被克隆之后的命运尤其值得关注。尽管这并未成为现实,但是对克隆人引发的伦理问题的思考从未停止过:人类是否有权力制造自身的复制品?如果克隆人存在的理由仅仅是为正常人提供器官、延续生命,那么他们的情感和思想应当如何被对待?像小说中的露西小姐一样,人类会面临不知是否应当令克隆人知晓他们命运的两难处境。

值得注意的是,石黑一雄本人并不愿意读者将这部小说单纯地视作与克隆技术有关的科幻小说,而是认为小说实际上揭示了人类的命运和人性的脆弱。在某种意义上,露西小姐的那一番话并不仅仅针对克隆人,而且适用于现代社会中的每一个普通人——尽管你我对未来充满遐想,我们的美好愿望就一定能够实现吗?我们的未来是否也早已被决定呢?这是另一个阅读该小说的视角。

第四节　蕾切尔·卡森

一、《寂静的春天》

蕾切尔·卡森（Rachel Carson，1907—1964），海洋学家，生态文学作家，人类环境保护先驱之一。卡森出生于美国匹兹堡市外一个小镇，宾夕法尼亚女子学院本科毕业，霍普金斯大学硕士毕业。

1935—1952 年供职于美国联邦政府所属的鱼类及野生生物调查所，这使她有机会了解和深刻感受环境问题。期间，她写了《在海风下》《环绕我们的海洋》和《海的边缘》等关注海洋生态的书。1958 年，卡森的一位朋友来信说，因为前一年飞机喷洒杀虫剂致使她家后院饲养的鸟都死了。这位朋友所讲的环境灾害坚定了卡森用文字讲述环境问题、投身环保事业的决心。1962 年，卡森出版了惊世之作《寂静的春天》。书中关于农药危害的文字遭到农药化工集团、农业部门乃至美国医学协会的猛烈抨击。1963 年，美国总统肯尼迪任命的一个特别委员会调查发现，蕾切尔·卡森的结论是正确的。国会立即召开听证会，很快，40 多个提案在美国各州通过立法以限制杀虫剂的使用，DDT 等许多农药被禁止生产。在《寂静的春天》的影响下，美国民间环保组织和美国环境保护局应运而生，生态文学的旗帜就此被高举，人类环境保护的新时代就此开启。1964 年，蕾切尔去世后，美国内政部在她曾经生活过的缅因州设立“蕾切尔·卡森国家野生动物保护区”。1980 年，时任美国总统的卡特为蕾切尔追赠“总统自由奖章”，这是美国政府颁给人民的最高荣誉。

美国副总统阿尔·戈尔在为《寂静的春天》写的前言中说：“它是一座丰碑，它为思想的力量比政治家的力量更强大提供了无可辩驳的证据。”“《寂静的春天》犹如旷野中的一声呐喊，用它深切的感受、全面的研究和雄辩的论点改变了历史的进程。如果没有这本书，环境运动也许会被延误很长时间，或者现在还没有开始。”“《寂静的春天》播下了新行动主义的种子，并且已经深深根植于广大人民群众中。

1964年春天，蕾切尔·卡森逝世后，一切都很清楚了，她的声音永远不会寂静。她惊醒的不但是我们国家，甚至是整个世界。”“蕾切尔·卡森是促使我意识到环境的重要性并且投身到环境运动中去的原因之一。”“她大胆地断定，杀虫剂问题会因为政治问题而永远存在；清除污染最重要的是澄清政治。”“无疑，《寂静的春天》的影响可以与《汤姆叔叔的小屋》媲美。两本珍贵的书都改变了我们的社会。”“我们必须在杀虫剂生产和农业集团与公众健康团体之间建立一座文化互解的桥梁。”①他说：“在精神上，蕾切尔出席了我们政府的每一次环境会议。我们也许还没有做到她所期待的一切，但我们毕竟朝着她所指明的方向前行。”②

在《寂静的春天》里，卡森说，地球生命的历史是生物及其周围环境相互作用的历史，植物与动物都生存在一个自然的生态规律中。人类对自然的破坏太厉害，“在人对环境的所有袭击中最令人震惊的是空气、土地、河流以及大海受到了危险的甚至致命物质的污染。这种污染在很大程度上是难以恢复的，它不仅进入了生命赖以生存的世界，而且也进入了生物组织内。这一邪恶的环链在很大程度上是无法逆转的。在当前这种环境的普遍污染中，在改变大自然及其生命本性的过程中，化学药品起着有害的作用，它们至少可以与放射性危害相提并论。在核爆炸中所释放的锶，会随着雨水和飘尘争先恐后地降落到地面，停驻在土壤里，然后进入其生长的草、谷物或小麦里，并不断进入到人类的骨头里”。杀虫剂“不应该叫作‘杀虫剂’而应称为‘杀生剂’”，因为它会杀死所有生命。“一些自称为我们人类未来的设计师们，曾兴奋地预期总有一天能随心设计改变人类细胞原生质，但是现在我们出于疏忽大意就可以轻易做到这一点。”③我们为什么要生活在一个被毒化的环境中，我们为什么要把命运交给逆天而行的科学家？合成化学药物“不仅能毒害生物，而且能进入体内最要害的生理过程中，并常常使这些生理过程产生致命的恶变”。杀虫剂、除草剂的主要化学元素是砷，砷是一种剧毒无机物质，是第一个被确定的致癌物，是最通常的杀人剂。砷污染的环境导致马、牛、羊、猪、鱼、鹿和蜜蜂等动物死亡。但在被化工集体利益控制的现代社会，大量含砷的喷雾剂、粉剂类药物的毒恶本质被无限淡化和遮掩，它们以人类大救星的面目，以最常见的方式在人类生活的各个角落被广泛使用。

卡森说，DDT所含的碳氢化合物储藏在富有脂肪质的器官如肾上腺、睾丸与甲状腺内，大部分在肝、肾以及肠子中积存。氯丹是剧毒，人一触摸就中毒，但大量

① 〔美〕蕾切尔·卡森：《寂静的春天》，吕瑞兰、李长生译，吉林人民出版社，1997年，前言。
② 〔美〕梅利沙，斯图尔特：《蕾切尔·卡森》，傅霞译，浙江人民出版社，2007年，译者前言。
③ 〔美〕蕾切尔·卡森：《寂静的春天》，吕瑞兰、李长生译，吉林人民出版社，1997年，第4~7页。

杀虫剂普遍使用这种剧毒，而普通老百姓则若无其事地随意喷洒这些剧毒药剂。卡森说，第二大类杀虫剂——烷基和有机磷酸盐属世界上最毒药物之列，其药性在20世纪20—30年代被德国化学家施雷德尔发现，德国政府立即看中其在毁灭性武器中的运用价值，有关研究被宣布为军事秘密。但在后来的日常生活中，这种毁灭性剧毒被攫取利益的化学家们“军转民”了，战场上的杀人武器被巧妙地移到自由市场，标签由原来的“杀人武器”变成了若无其事的“杀虫剂”。有机磷杀虫剂会迅速使人和动物的神经崩溃和瘫痪。试验发现，人吞服约0.00424盎司的剂量会迅速瘫痪，连事先准备好的解毒药都来不及拿就死去。世界各地关于硫磷造成的死亡率报道令人震惊，但经过反复伪装，这些含硫磷药剂还是很体面地进到了世界各地的菜园、农田和厨房。①

卡森说，进入我们水系的污染太多了，“有从反应堆、实验室和医院排出的放射性废物，有原子核爆炸的散落物，有从城镇排出的家庭废物，还有从工厂排出的化学废物等”，还有专门制造出来屠杀生态系统的化学喷洒物。大量化学合成物与各种废物涌入河流，会产生无数不可思议的新的化学合成物。卡森举例说，1943年，位于丹佛附近一个化学兵工厂排放的氯化物、氯酸盐、磷酸盐、氟化物和砷等严重污染了周围生态。而更糟的是，他们发现了一种叫2,4－D的化学合成物，而这种合成物不是该厂生产的。后来发现，该化学合成物竟然是该厂排放的混杂污染物在自然状态下自发合成的。②

1960年，有人从喷洒过DDT的西部森林区取样，发现所有鱼体内都有DDT。人们在周围区取样进行对比研究，他们在一条河流的上游取样，之间隔了一个高瀑布，而上游没有喷洒DDT，但奇怪的是，瀑布之上的上游的鱼的体内一样含有DDT。类似的意外情况在一些井水水系也被发现。结论是：水系是一个内部贯通的精密系统，地下水系的污染会导致周围大面积水源全部被污染。

卡森说，土壤中最小的有机体可能也是最重要的有机体，一茶勺的表层土会含亿万个细菌，细菌是动植物腐烂的主要原因，若没有这些生命体的存在，地表生命的循环就会终止。各类农药与化肥对土壤来说意味着循环终止和死亡。研究表明，七氯、六氯联苯等都会在破坏植物根系的循环，杀死土壤之后，其本身在土壤中长期驻留。土壤中的这些残留不断累积，对所有生命注定是一场灾难。化工集团和政府利益集体在光天化日之下隐瞒真相制造灾难。20世纪50年代，100多万亩

---

① 〔美〕蕾切尔·卡森：《寂静的春天》，吕瑞兰、李长生译，吉林人民出版社，1997年，第13～25页。

② 〔美〕蕾切尔·卡森：《寂静的春天》，吕瑞兰、李长生译，吉林人民出版社，1997年，第33～37页。

土地的鼠尾草被按计划喷洒农药予以消灭,随之绝迹的是以鼠尾草为食的松鸡、羚羊、柳树、海狸等。美国南部约 7500 万英亩的土地被化学喷药处理,1949 年后的 10 年间,用灭草剂处理土地 5300 万英亩,用除草剂治理灌木,对大自然体的破坏非常严重,许多植物变形、枯萎、大面积死亡。① 利益集团宣传说:“这种药粉对于人是无害的,也不会使植物和兽类受害。”面对质问者,利益集团展示儿童们吃早餐的大餐厅猛烈喷洒本色烟雾的药剂“而根本无害”的广告画面,得意洋洋地宣扬说:“告诉观众他们现在看到的是怎么回事,并通知他们这一切是安全的。”于是,“无害”的杀虫剂药粉像白雪一样撒向大地和地上的生命。几天后,人们发现“凡在撒过药的地方的鸟儿实际上已被消灭光了”。1959 年,因为喷洒农药,仅一个村子就有 1000 只鸟儿中毒,知更鸟等 90 多种其他鸟类罹难,而喷过药的村子筑巢鸟儿减少了 90%,20 余种地面寻食鸟儿死亡。知更鸟与美国榆树的命运休戚相关,大西洋岸到洛杉矶山脉,这种榆树成了历史的组成部分,它以庄严的绿色拱道装扮了街道、村舍和校园。后来,因为喷洒农药,这种榆树奄奄一息。卡森问:人类为什么要允许这种屠杀事件发生?

所有杀虫剂都会导致生命异化、畸形和癌变。DDT 感染的蚊子会转化为雌雄同体的怪物,苯酚作用过的果蝇会发生遗传变异,六氯联苯处理过的植物会变得奇形怪状,这些毒药作用过的人类的命运注定是悲惨的。卡森说:“只要我们坚持使用那些直接摧残我们神经系统的化学药物,我们就将继续被迫付出这一代价。”卡森说,农药根本就没有“安全剂量”。“癌性病变的发展是十分缓慢的”,“在某些情况下反复摄入小剂量致癌物比单独一次大剂量摄入更为危险”,“这就是为什么对致癌物来说不存在一个安全剂量的原因”。大部分农药和化学放射性元素“都达到了最厉害的致癌物的标准”②。在现代化工业社会,我们生活在一个“致癌物的汪洋大海之中”,照现在的农药使用状况,每 4 个人中将有 1 个会患癌症。卡森说,控制自然是人类的胡作非为,恐怖的化学家在对付昆虫之余,“已转过来威胁着我们整个大地了,这真是我们的巨大不幸”③。

化学药物的广泛使用对鸟类、鱼类、动植物的残杀根本成了不必要的破坏,正常情况下,自然生长的植物根本不需要人的干预,森林、草原、江河、湖泊和湿地等原初的自然状态无比和谐,无比健康,无比美丽。许多地方根本就没有虫子,在化工利益集团操纵下,化工产品在光天化日之下被无事生非地滥用,大量使用的唯一

① 〔美〕蕾切尔·卡森:《寂静的春天》,吕瑞兰、李长生译,吉林人民出版社,1997 年,第 46 ~ 58 页。

② 〔美〕蕾切尔·卡森:《寂静的春天》,吕瑞兰、李长生译,吉林人民出版社,1997 年,第 172 ~ 203 页。

③ 〔美〕蕾切尔·卡森:《寂静的春天》,吕瑞兰、李长生译,吉林人民出版社,1997 年,第 263 页。

原因是卖掉产品赚钱。喷洒杀虫剂的另一大卑鄙恶果是，虫子的天敌被毒死，那么，下一季虫害发作时，化工集团的毒杀反而名正言顺了，他们终于以“大救星”的面目合理地出现了。这就是化工集团以无理的屠杀手段开辟合理的屠杀市场进而使得人们越来越离不开它的内在逻辑。

最好的办法依然是大自然原有的古老法则，比如加拿大森林保护中防止锯齿蝇蛹对森林的伤害，就是让白脚鼠、地鼠与鼷鼠等虫类天敌自然生存于森林，就是让森林自由生长，就是收敛人为干预。

美国《自然主义者书架》对《寂静的春天》有这样的评价：“在美国，它成了当时正在出现的环境运动的奠基石之一，并且在由国家公园式的自然保护的视角向关注污染的视角转变的过程中，发挥了主要的作用。”事实上，这本书迅速传遍全球，开启了全人类环境关怀的新时代。戈尔说：“蕾切尔·卡森的影响力已经超过了《寂静的春天》中所关心的那些事情。她将我们带回如下在现代文明中丧失到了令人震惊的地步的基本观念：人类与自然环境的相互融合。”①

二、《我们周围的大海》和《海的边缘》

《我们周围的大海》中严厉批评了人类对大海的蹂躏：“人类留下了他作为大洋岛屿之毁灭者的最黑暗的记录。在他所踏足的岛屿里，几乎没有一个没发生过灾难性的变化。他以砍伐、开垦、焚烧摧毁了环境……岛屿的生物大灭绝的黑暗终于降临了。”②

《海的边缘》传达着用心灵肺腑去热爱大自然、感受大自然的赤诚情感。卡森说：“要理解海岸的生命，光罗列分析那些生物是不够的。只有当我们伫立在海边用心去感受那刻画大地、造就岩石和沙滩形状的悠远的生命韵律，只有当我们用耳朵捕捉那为了获得生存立足点而不屈不挠、不惜代价抗争的生命节拍，我们的理解才能真正到来。”③

卡森说：“科学的目的在于发现和显示真理，而文学的目的，我以为，也是如此。”有评论家说，卡森是“超越了所有以科学为题材的文学家”，“凭借独一无二的天才，将琐碎沉闷、令人入睡的科学研究材料熔炼成诗情画意的作品”。卡森是将

---

① 〔美〕蕾切尔·卡森：《寂静的春天》，吕瑞兰、李长生译，吉林人民出版社，1997 年，前言。
② 王诺：《欧美生态文学》，北京大学出版社，2003 年，第 126 页。
③ 王诺：《欧美生态文学》，北京大学出版社，2003 年，第 127 页。

科学和文学融合为一的“最杰出的作为艺术家的科学家”。①

第五节　自然抒情诗人与散文作家

美国自然作家中重要的一派因其抒情风格及其作品中震撼人心的主题而闻名。这些作家的修辞与其作品的主题一样广受评论。他们荣获各种奖项，被誉为广受欢迎、影响深远的一代作家的典型代表。其中第一位作家是安妮·狄勒德（Annie Dillard）。她的《溪畔天问》（*Pilgrim at Tinker Creek*，1974）获得美国文学最高奖——普利策文学奖。狄勒德模仿大师梭罗，把她的书称为“心灵的气象日志”。该书最早的评论就把她与梭罗相媲美。狄勒德的书是少有的奇书，是真正的美国原创：一位严肃的博物学家对意义、死亡和也很有趣、古怪、天真的上帝的思考。在这个过程中，她一向给读者奉上描写清新、简明的自然界的意象和幻想。

只有她自己的语言才能公正地评价她那打动人心的风格。下面，她描写了她游览当地郊区的一条小溪的过程：

水黾在水面薄膜上穿梭往来；螯虾沿着淤泥底弓着腰吞食污物；青蛙在聒噪，鼓起眼睛；银色小鱼和小鳊鱼藏在水草根中不让绿鹭发现。这一年的每个月我都来这座岛……今天，我坐在岛尽头地势缓和的溪边的干草上。我被这个地方所吸引。我来到这里，像来到神示所；我返回这里，像一个人多年之后希望找到他失去一条腿或一只胳膊的战场。

如果说狄勒德是自然作家，她显然是一位极具感染力、感情奔放的自然作家。她应该被称为经历作家或生活作家，因为她的目标是吸收一切：人类与非人类，善与恶，易理解的与难以理解的。她结合科学家的眼光、小说家的故事感及诗人的心灵处理每一个主题。在随后的写作生涯中，她挑战了一系列引人入胜的主题：当代中国作家、西北太平洋的樵夫、她作为安妮·多克在匹兹堡度过的童年及对现代作家生活的反思。在《溪畔天问》之后，狄勒德又写了十几本书，但没有一本像《溪畔

① 王诺：《欧美生态文学》，北京大学出版社，2003 年，第 128～129 页。

天问》那样产生如此巨大的影响。

巴里·洛佩斯(Barry Lopez)和狄勒德一样被认为不只是一位自然作家。网上《一月杂志》称他是“作家的作家”,他的语言洋溢着一种几近令人晕厥的澎湃激情。他与南非主教德斯蒙德·图图(Desmond Tutu)及副总统阿尔·戈尔(Al Gore)一起致力于解决从区域文化保护到全球气候变化等各种问题。他佩戴水肺潜到阿拉斯加麦克默多海峡里的流冰群下面;他乘坐一艘北极破冰船旅行;他和印第安人一起举行巫术,以得到他们向美国政府要求的土地权利。他的三部曲——《沙漠笔记》(*Desert Notes*,1976)、《河流笔记》(*River Notes*,1979)和《田野笔记》(*Field Notes*,1994)——跨越二十年,记述了他以讲非常简单易懂的故事到写错综复杂、精心雕琢的小说的成长历程。《论狼与人》(*Of Wolves and Men*,1978)讲述了他亲身经历的我们共同的文化想象中最可怕的动物之一,同时主张必须保护这种顶级食肉动物,因为这种动物在许多生态系统中消亡(例如大烟山国家公园和黄石国家公园),从而打破了这些地区的生态平衡。

获得国家图书奖的《北极梦》(*Arctic Dream*:*Imagination and Desire in a Northern Landscape*,1986)充分体现了洛佩斯作为自然作家的写作技巧和风格。该书描写了自然奇观和仍鲜为人知的北部风景的自然挑战和文化挑战。这些纬度地区与人类生命隔绝,不利于人类生命(其实是大多数生命),却含有非同寻常的自然财富;奇怪的角鲸和强健的北极熊,庞大的海象和威风的鲸鱼,在天空中度过生命的远洋信天翁,位于使一切生命得以生存的丰富的食物链底部的大片大片微小浮游植物和浮游动物,麝牛、海豹、貂、旅鼠、松鸡、驯鹿、北极狐和无数海鸟(该书附录中长达八页的动植物名单),所有这些生物集中在地球上最险恶的地方,繁衍生息——冰有数百英尺厚,雪在大风中飞旋,冰山有几个足球场大,为数不多的英勇的当地人生活在地球上最不适合居住的地方的边缘,一片冰天雪地。北极是地球上降雨量最小的地方,但这里的人类居民也能勉强度日。他们吃鲸油,用镖叉大量的海生物,在气温零下 90 摄氏度、风速每小时 200 英里的情况下取暖。不适合居住吗?或许不适合居住,但洛佩斯运用其缜密的研究和富有真知灼见的散文,揭示了生命即使在这些令人生畏的纬度地区也茁壮成长的方法。同时,他也用挽歌式的、优美华丽的辞藻描写了北极地区。

第三位散文诗人是格蕾特尔·埃利希(Gretel Ehrlich)。这个西部人放弃城市电影制作人的生活,在怀俄明的一个大牧场开始全职写作,其第一个成果是《广阔天地的慰藉》(*The Solace of Open Spaces*,1984)。她的作品一向以非凡的观察技巧与对艰苦环境的细节的极度敏感性相结合为特征。她离开城市和电影,来到怀俄明的广阔天空和高平原后（怀俄明是美国人口最少的州，2008 年人口大约 50 万），生动地描写了“自然”生活的酸甜苦辣。她在第一本书的开篇说明了高平原的冬季天气。一望无际的雪“有时令人眩晕，甚至让人看得恶心。在零下 20 到零下 40 摄氏度时，别说车不能开动，连人的大脑和身体都不能运转。风景在这个地牢般的空间变得僵硬了。在冬季，我骑马去找小牛犊时，我的牛仔裤冻结在马鞍上。在这种严寒营造的寂静中，我觉得自己是地球上的第一个人，或者是最后一个人”。在这样的段落中，埃利希使读者身临其境，体会到她对这种风景的亲身体验。那些区域风景中，这种风景真正成为该书的一个主角——或许是唯一主角。

猛烈的雷暴期间，埃利希在怀俄明的牧场上遭到雷击，其后出版了她的第四本书《给心灵的一根火柴》（*A Match to the Heart*，1994）。在一个伟大的医生和一只伟大的狗的支撑下，她缓慢又艰难地找到了复活之路。她摆脱“我还能治好吗”的身心折磨，恢复健康，感觉像复活一样。她用一种从死亡边缘回来的人的方式写作——她确实是这样做的——并且深刻思考人类意识与无生命的自然的无意识世界之间的关系。

像本文论述作为游记的自然写作的一节重点谈到的那些作家一样，埃利希也周游世界，在众多环境中寻找秘密和广阔空间。六年间，她多次游览格陵兰岛并出版《寒冷的天堂：格陵兰岛的七个季节》（*This Gold Heaven*：*Seven Seasons in Greenland*）一书。这是一本让人浮想联翩的游记，讲述了当地因纽特猎人及其狗队和狗拉雪橇、有电视转播的新世界对生存文化背景中的孩子的影响。雪地机动车取代了狗拉雪橇，因为一个活泼、充满活力的社会开始把大量时间花在闪烁的电视上。埃利希的中国之旅目标更明确，即更深刻地理解佛教。此次旅行的成果，《天堂的问题：一个美国佛教徒的中国之旅》（*Question of Heaven*：*The Chinese Journeys of an American Buddhist*，1997）描述了她去爬四川峨眉山的过程。她看到贫困、文化错位及“文化大革命”对该地区的整体影响，她的幻想破灭。在这种幻灭感中，她见到一位传奇音乐家用神圣的音乐接近住在我们每个人心中的神，从而结束她的游历。虽然埃利希起初把自己确定为美国西部的区域作家，但是她随后的写作表明，她有能力深刻描写所有她去过的地方。

正如游记帮助其构建了自然写作的一个重要部分，另一群作家也通过与特定地域的关系而闻名。对这些作家而言，具体地理位置构成他们的作品背景，以至于具体环境中的风景——丘陵地、河谷与灌木丛生的沙漠——成为文本的另一个角色。其中的一些作家把荒野和他们描写的人们写成小说。在其他场合，这些作家依靠非小说类的回忆录、诗歌或几种体裁相结合的技巧，书写他们对复杂的人类和同样复杂的居住环境的思考。正像威廉·福克纳(William Faulkner)把一个虚构的地方——密西西比的约克纳帕塔瓦郡——作为牛津周围地区的替身,温德尔·贝里(Wendell Berry)和里克·巴斯(Rick Bass)等作家认为,小说是讲述他们各自区域的真相的一种有力方式:贝里和巴斯的区域分别是肯塔基州和蒙大拿州。

温德尔·贝里大概是这些抒情地域散文诗人中最著名的一位。他把肯塔基州列克星敦附近自家周围的区域虚构成一个名叫威廉港的小镇——根据贝里的家乡肯塔基州的罗亚尔港命名——该镇以其倒退的(这里是褒义)平均地权论和忠诚浪漫的农业生活方式著称。贝里刻画的农民人物及其农民家庭在这片土地上穷不聊生:他们靠天吃饭,指望远房亲戚,彼此依赖,也依赖与这片被描述为神圣而又可怕的土地的关系。贝里也用非小说式的方式写了大部分作品、一系列散文和书。这些作品主张小农场、有机食物及小地方的节俭方式,反对大型农业综合企业、化学添加剂和无国界的全球化。

列克星敦的良种马之都附近,沿着肯塔基河,贝里拥有一片一百多英亩的低洼地并亲自耕种。他种玉米、谷物、烟草,写下农民生活中合理的欢乐与不可避免的痛苦。贝里的这些书表现了一种与土地和谐相处的生活理想。这样的生活需要回归早期的价值观并有能力支付、有时间照管土地、播种、除草、浇水、收割,还需要满怀希望,期待来年庄稼比今年好。他提倡在农场实行可持续农业形式,英国人称之为“小农场”。从经济学角度来说,或许他为这种生活方式的辩护在 2009 年不切实际,却使他阐明了关于农村生活的价值及重新恢复“越小越好”的风气的必要性。这种风气主张高效利用土地及其自然资源。

在其他提倡保护明确具体的风景的作家中,里克·巴斯从 1987 年开始住在蒙大拿州亚克谷专事写作。亚克谷是在 21 世纪早期需要人类和法律保护的风景的典型例子。在 20 世纪 80 年代当了几乎十年石油地质学家后,巴斯携妻迁居到西北部落基山脉,以寻找一个他们可以安静写作绘画的地方。他们“回归土地”的梦想并未完全实现。1996 年,他说:“从生物学上说,我住的山谷正被抹去。对我而言,它是一个神圣的地方。”几年来,巴斯积极写作,努力工作,以阻止蒙大拿北部这个与世隔绝的山谷中无限制的砍伐活动。

像他同时代的许多自然作家一样,巴斯用多种体裁写作:新闻体、非小说类散文、小说及短篇小说。他详细描写了家乡得克萨斯及他在西部的家。他的小说常常突出自然空地保护、人类与荒野的相互作用及人类与非人类物种之间的冲突。他的一些书名揭示了他关注的广度和焦点:《鹿牧场》(*The Deer Pasture*,1985)、《迷路的灰熊》(*The Lost Grizzlies*,1995)、《天空、星辰和荒野》(*The Sky*,*the Stars*,*the*

Wilderness,1998)、《隐士的故事》(*The Hermits's Story*,2002)、《无路的亚克谷》(*The Roadless Yaak*,2002)、《岩石的生活》(*The Lives of Rocks*,2006)、《我为什么来西部》(*Why I Came West*,2008)。巴斯有时被视为有争议的人物。一些人批评他像个有特权的局外人一样写作;他的作品被住在先进的东、西海岸的自然爱好者广泛传阅,却常被那些与他为邻、试图在"他的"与世隔绝的山谷中谋生的人误解——或很少被赏识。然而,巴斯无疑是自然作家中著名的主要人物。他为亚克谷地区的内在价值作了有力辩护,同时不断主张在任何地方保持没有路的土地以及人类不打扰物种是非常重要的。他建议必须为荒野本身而拯救荒野,只有如此它才是荒野。

像巴斯开始写非小说类作品时一样,南方人贾尼西·雷(Janisse Ray)在她获奖的回忆录《一个贫穷白种人童年的生态学》(*Ecology of a Cracker Childhood*,2000)中把自传与自然历史相结合。这位回忆录作家运用她的自然界知识,取得了令人瞩目的效果。她以离奇、新颖的风格讲述自己赤贫的"白种人童年"的真实故事。她在充满车辆轰鸣声的公路附近的一个废旧汽车堆积场接受了非传统教育。然而,这种教育培养了一位自然主义者对长叶松森林和密灌丛地的欣赏,例如,那些曾遮盖美国南部广大区域的密灌丛地——近几十年来,这些密灌丛地已被酷热的停车场、宽阔的柏油公路和无数零售中心带取而代之。雷努力使读者关心几乎未被理解甚至很少被赞美的一群人和一种风景。

诗人谢乐尔·圣杰曼(Sheryl St. Germain)在《沼泽颂歌:一个桀骜不驯的女子的形成》(*Swamp Songs:the Making of an Unruly Woman*)一书中也把她的抒情诗天赋转向非小说类作品。该书讲述了一个古怪家庭的严酷现实,并真实地描述了圣杰曼在路易斯安那湾的多沼泽风景中的个人生活。对圣杰曼而言,具有大量湿地的密西西比河三角洲是没有稳固根基的生活的有力隐喻。圣杰曼的家族故事包括自杀、酒精中毒、暴力以及共有的精神恐惧。然而,她经历的这些戏剧性事件并未阻止她对这个爱吵闹的家族生活的沼泽地进行富有质感、使人浮想联翩的描写。圣杰曼是一个狂野的女子,就像养育了她的边远蛮荒林区一样狂野。她像贾尼西·雷一样,把一个地方的环境丰富性——新奥尔良周围的沼泽风景——转化成对她在路易斯安那低地风景中的生活的生动颂歌。

参考文献

[1] Al Gore. Earth in the Balance: Ecology and the Human Spirit[M]. Boston: Houghton Mifflin, 1992.

[2] Aldo Leopold. A Sand County Almanac[M]. London: Oxford University Press, 1949.

[3] Abrams M H. English Romantic Poets[M]. New York: Oxford University Press, 1973.

[4] Allen Carson. Aesthetics and the Environment: The Appreciation of Nature [M]. Art and Architecture, London: Routledge, 2000.

[5] Andrew Dobson. Green Political Thought, Third Edition [M]. London: Routledge, 2000.

[6] Bate Jonathan. Romantic Ecology: Wordsworth and The Environmental Tradition[M]. London and New York: Routledge, 1991.

[7] Beer John. Wordsworth and the Human Heart[M]. New York: The Macmillan Press, 1978.

[8] Chaucer Geoffrey. Canterbury Tales, Foreign Learning Teaching and Studies Press[M]. London: Oxford University Press, 1995.

[9] Coleridge Samuel Taylor. Biographia Literaria (1817) (ed. J. Shawcross) [M]. London: Oxford University Press, 1907.

[10] Charles Darwin: On the Origin of Species, A Facsimile of the First Edition [M]. Cambridge, Massachusetts: Harvard University Press, 1964.

[11] Driver Paul. Romantic Poetry[M]. London: Penguin Books Ltd, 1996.

[12] Duncan Wu. A Companion to ROMANTICISM [M]. Massachusetts: Blackwell, 1999.

[13] David Pepper. Eco-Socialism: From Deep Ecology to Social Justice[M]. London: Routledge, 1993.

[14] David Pepper. The Roots of Modern Environmentalism [M]. London: Croom

Helm,1984.

[15]Donald Hughes. Ecology in Ancient Civilization[M]. New Mexico:University of New Mexico Press,1975.

[16]Edward O. Wilson. On Human Nature[M]. Cambridge, Massachusetts:Harvard University Press,1978.

[17]Hilles Frederick,Harold Bloom. Sensibility to Romanticism[M]. New York:Oxford Up,1965.

[18]Hudson William Henry. Studies in Interpretation:Keats Clough Matthew Arnold[M]. New York:G. P. Putnam's Sons,1896.

[19]Henry David Thoreau. Wild Apples and Other Natural History Essays[M]. Athens:University of Georgia Press,2002.

[20]H Patricia Hynes. The Recurring Silent Spring[M]. Oxford:Pergamon Press,1989.

[21]Jones Mark. The Lucy Poems:A Case Study in Literary Knowledge[M]. London:University of Toronto Press,1925.

[22]Kroeber Karl. Ecological Literary Criticism:Romantic Imagining and the Biology of Mind[M]. New York:Columbia University Press,1994.

[23]Karen J. Warren(ed.). Ecological Feminism[M]. London and New York:Routledge,1994.

[24]Karl Kroeber. Romantic Fantasy and Science Fiction[M]. New Haven, Connecticut, USA:Yale University Press,1988.

[25]McFarland Thomas. William Wordsworth. Intensity and Achievement. [M]. Oxford:Clarendon Press,1992.

[26]McGann Jerome J. The Beauty of Reflections:Literary Investigations in Historical Method and Theory[M]. New York:Oxford University Press,1985.

[27]O'Rourke James. Keats's Odes and Contemporary Criticism[M]. Florida:Florida State University Press,1998.

[28]Purkis John. A Preface to Wordworths[M]. Beijing:Peking University Press,2005.

[29]Paul Brooks. The House of Life,Rachel Carson at Work[M]. Boston:Houghton Mifflin,1972.

[30]Rachel Carson. Silent Spring[M]. Boston:Houghton Mifflin,1962.

[31]Rachel Carson. The Edge of the Sea[M]. Boston:Houghton Mifflin,1983.

[32]Rachel Carson. Thc Sea around US[M]. New York:Oxford University Press,1989.

[33]Rachel Carson. Under the Sea Wind[M]. New York:Oxford University Press, 1952.

[34]Willa Cather. My Antonia[M]. Boston:Houghton Mifflin,1954.

[35]曹孟勤. 人性与自然:生态伦理哲学基础反思[M]. 南京:南京师范大学出版社,2006.

[36]陈其荣. 自然哲学[M]. 上海:复旦大学出版社,2005.

[37]陈学明. 20世纪哲学经典文本[M]. 上海:复旦大学出版社,1999.

[38]程虹. 寻归荒野[M]. 北京:生活·读书·新知三联书店,2001.

[39]董学文. 西方文学理论史[M]. 北京:北京大学出版社,2005.

[40]何怀宏. 生态伦理——精神资源与哲学基础[M]. 保定:河北大学出版社,2002.

[41]侯维瑞. 英国文学通史[M]. 上海:上海外语教育出版社,1999.

[42]胡经之. 西方文艺理论名著选编[M]. 北京:北京大学出版社,2003.

[43]黄宏煦. 英国浪漫主义诗人抒情诗选[M]. 南京:江苏人民出版社,1988.

[44]黄晋凯. 象征主义·意象派[M]. 北京:中国人民大学出版社,1989.

[45]姜岳斌. 伦理的诗学——但丁诗学思想研究[M]. 杭州:浙江大学出版社,2007.

[46]蒋炳贤. 劳伦斯评论集[M]. 上海:上海文艺出版社,1995.

[47]蒋承勇. 欧美自然主义文学的现代阐释[M]. 上海:复旦大学出版社,2002.

[48]雷体沛. 西方文学初步[M]. 广州:广东人民出版社,2003.

[49]雷体沛. 西方文学的人文印象[M]. 广州:广东人民出版社,2008.

[50]雷毅. 深层生态学思想研究[M]. 北京:清华大学出版社,2001.

[51]李比雄. 跨文化对话[M]. 上海:上海文化出版社,2002.

[52]李明滨. 20世纪欧美文学史[M]. 北京:北京大学出版社,1999.

[53]李培超. 伦理拓展主义的颠覆[M]. 长沙:湖南师范大学出版社,2004.

[54]李培超. 自然的伦理尊严[M]. 南昌:江西人民出版社,2001.

[55]李燕乔. 外国文学与文化[M]. 北京:新华出版社,1989.

[56]李泽厚. 批判哲学的批判:康德述评[M]. 北京:人民出版社,1979.

[57]刘炳善. 英国文学简史[M]. 上海:上海外语教育出版社,1983.

[58]刘文飞. 20世纪俄语诗史[M]. 北京:社会科学文献出版社,1996.

[59]刘意青. 欧洲文学史[M]. 北京:商务印书馆,1999.

[60]卢风. 人类的家园——现代文化矛盾的哲学反思[M]. 长沙:湖南大学出版社,1996.
[61]鲁枢元. 生态文艺学[M]. 西安:陕西人民教育出版社,2000.
[62]吕凯,等. 世界神话百科全书[M]. 上海:上海文艺出版社,1992.
[63]罗国杰. 西方伦理思想史[M]. 北京:中国人民大学出版社,1998.
[64]罗芃. 欧洲文学史[M]. 北京:商务印书馆,2001.
[65]罗婷. 劳伦斯研究[M]. 长沙:湖南文艺出版社,1996.
[66]马建军. 乔治·艾略特研究[M]. 武汉:武汉大学出版社,2007.
[67]马凌. 征服与回归:近代生态思想的文学渊源[J]. 外国文学研究,2003(1).
[68]毛信德. 外国文学教程[M]. 杭州:浙江大学出版社,2007.
[69]聂珍钊. 文学伦理学批评:文学研究方法新探讨[M]. 武汉:华中师范大学出版社,2006.
[70]聂珍钊. 英国文学的伦理学批评[M]. 武汉:华中师范大学出版社,2007.
[71]庞彭予. 20 世纪美国诗歌——从庞德到罗伯特·布莱[M]. 郑州:河南大学出版社,1995.
[72]钱青. 19 世纪英国文学史[M]. 北京:外语教学与研究出版社,2006.
[73]尚永强. 人与自然的对话[M]. 合肥:安徽教育出版社,2001.
[74]史怀泽. 敬畏生命[M]. 上海:上海社会科学院出版社,1996.
[75]宋希仁. 西方伦理思想史[M]. 北京:中国人民大学出版社,2004.
[76]王诺. 欧美生态文学[M]. 北京:北京大学出版社,2003.
[77]王诺. 生态与心态:当代欧美文学研究[M]. 南京:南京大学出版社,2007.
[78]王佐良. 英国诗史[M]. 南京:译林出版社,1997.
[79]王佐良. 英国诗选[M]. 上海:上海译文出版社,1993.
[80]王佐良. 英国文学论集[M]. 北京:外国文学出版社,1980.
[81]吴迪. 比较视野中的欧美诗歌[M]. 北京:作家出版社,2004.
[82]伍蠡甫. 现代西方文论选[M]. 上海:上海译文出版社,1983.
[83]曾永成. 文艺的绿色之思[M]. 北京:人民文学出版社,2000.
[84]张艳梅. 生态批评[M]. 北京:人民出版社,2007.
[85]郑克鲁. 外国文学简明教程[M]. 武汉:华中师范大学出版社,2001.
[86]朱立元. 当代西方文艺理论[M]. 上海:华东师范大学出版社,1997.